リ文庫

ラスト・チャイルド

〔上〕

ジョン・ハート
東野さやか訳

早川書房

6665

THE LAST CHILD

by

John Hart

Translated by
Sayaka Higashino
First published 2010 in Japan by
HAYAKAWA PUBLISHING, INC.
This book is published in Japan by
arrangement with
ST. MARTIN'S PRESS, LLC
as the original publisher of the work
through TUTTLE-MORI AGENCY, INC., TOKYO.

本書をナンシーとビルのスタンベック夫妻、アニーとジョンのハート夫妻、ケイとノードのウィルソン夫妻に捧げる。

両親、親友、信頼できる助言者に。

謝辞

本書の完成に漕ぎ着けるにあたり、多くの方々のご協力を得た。全体の雰囲気を決め、叱咤激励し、精力的に関わってくれた方々――サリー・リチャードソン、マシュー・シア、アンドリュー・マーティン、およびトマス・ダンに感謝したい。本書のマーケティングにおいて非凡なる才を発揮してくれたマット・バルダッチおよび、彼のもとで働くすばらしいメンバー――タラ・シベッリ、キム・ラドラム、ナンシー・トライパックもありがとう。美しく仕上がった表紙は多くの本好きの心をとらえることと思う。デイヴィッド・ロトスタインとアーヴィン・セローナのおかげだ。制作に関してはケネス・Ｊ・シルヴァー、キャシー・トゥリアノ、およびニーナ・フリーマンに、デザインに関してはジョナサン・ベネットにお礼を言わせていただく。例のごとく、セント・マーティンズ社の勤勉なる営業のプロたちには格別なるねぎらいの言葉を贈りたい――きみたちは最高だ。強力な宣伝なしに本がヒットすることはありえない。ゆえに宣伝担当のヘクター・デジーンとタミー・リチャーズ＝ルシュアにも感謝している。幸いにもわたしは、ピート・ウルヴァートンとケイティ・ギリガンという業界屈指の敏腕編集者に恵まれており、わたしがその仕事ぶりに日頃から感謝していることはふたりもよく知っている。しかし、ここであらためて言わせてもらいたい。〝ふたりともありがとう。きみたちは本当にすばらしい〟。エージェントのミッキー・チョートにも感謝する。早くからの読者であるクリント・ロビンズ、マーク・ウィッテ、ジェイムズ・ランドルフおよびドビー・バーンハートの四人は、執筆に際しきわめて重要な役割を演じてくれた。ありがとう。あしざまに書かれるかもしれないのを充分承知で名前を貸してくれたクライド・ハントとジョン・ヨーカムのふたりには、感謝の気持ちでいっぱいだ。鷲に関する知識を授けてくれたマーク・スタンバックとビル・スタンバックにも感謝している。最後に誰よりも大切な存在、いちばんの親友であり生涯の恋人である妻のケイティーと、一日をめいっぱい楽しみ、無邪気にはしゃぐことにかけては天才的なふたりの娘、セイラーとソフィーにも感謝を。

ラスト・チャイルド〔上〕

登場人物

ジョニー・メリモン……………………………十三歳の少年
アリッサ……………………………………………ジョニーのふたごの妹
スペンサー…………………………………………ジョニーの父親
キャサリン…………………………………………ジョニーの母親
スティーヴ…………………………………………スペンサーのいとこ
クライド・ラファイエット・ハント……刑事
アレン………………………………………………ハントの息子。高校生
ジョン・ヨーカム…………………………………刑事。ハントのパートナー
ローラ・テイラー…………………………………巡査
トレントン・ムーア………………………………レイヴン郡の監察医
ジャック・クロス…………………………………ジョニーの親友
クロス………………………………………………刑事。ジャックの父親
ジェラルド…………………………………………ジャックの兄。高校の野球選手
リーヴァイ・フリーマントル……………服役囚
ティファニー・ショア……………………ジョニーの学校の生徒
デイヴィッド・ウィルソン………………大学教授
バートン・ジャーヴィス…………………性犯罪常習犯
ケン・ホロウェイ…………………………地元の実業家

プロローグ

アスファルトが大地を傷痕《きずあと》のように、細長く真っ黒な火傷《やけど》のように走っていた。炎暑はまだ大気をゆがませていないが、運転手にはもうじきだとわかっていた。灼熱の太陽が照りつけ、はるかかなた、空の青が押しつぶされているあたりがかげろいはじめるはずだと。運転手はサングラスをかけ直し、フロントガラスの上の大きなミラーに視線を投げた。バスの車内全体が見わたせ、乗客全員の顔が見える。この三十年間、彼はそのミラーごしにいろんな種類の人間を見てきた。かわいい娘、傷心を抱いた男、酔っぱらいやイカれた連中、赤くてしわくちゃな赤ん坊を抱いた胸の大きな女。運転手は一マイル離れたところからでもトラブルを察知できた。誰がまともで誰が逃亡中か、言い当てることができた。

運転手の目が少年のところで止まる。

少年は家出してきたように見えた。

鼻の皮が剝《む》けているが、睡眠不足か栄養不足か、あるいはその両方によるのか、日焼けした肌の下は血の気がなく土気色をしていた。ぴんと張った肌の下の頰骨《ほおぼね》が鋭い刃のように突き出ている。小柄で幼く、おそらく十歳前後だろう。黒い髪がぼさぼさに乱れている。自分で切ったのだろうか、カットラインがギザギザで揃っていない。シャツの襟《えり》とジーンズの膝《ひざ》がほつれ、糸が垂れていた。靴はほぼ擦り切れていた。膝の上で青いバックパックをしっかりと抱えている。なにが入っているにせよ、中身はそう多くなさそうだ。

顔立ちの整った子どもだったが、なにより印象的なのは目だった。大きくて黒い目がひっきりなしにきょときょとと動いている。まわりの乗客を過剰に意識しているかのようだ。

太陽にあぶられる朝にノース・カロライナの砂丘を行くおんぼろバスにふさわしく、種々雑多な顔ぶれが乗っている。移動労働者五、六人、酔っぱらってくだをまいている元軍人とおぼしき連中数人、家族連れが一組か二組、高齢者が数人、最後列の席で寄り添っているタトゥーを入れたふたり連れ。

少年の目は通路を隔《へだ》てた反対側の席の男に、髪を撫でつけ、皺《しわ》だらけのスーツにひびが入ったローファー姿のセールスマンタイプの男に頻繁《ひんぱん》に向けられた。折り目がついた聖書を持ち、脚のあいだにソーダの瓶を置いた黒人も気になるようだ。少年のうしろにはごわごわのワンピースを着た老婦人がすわっていた。彼女が前に乗りだしてなにか訊くと、少年は小さく首を横に振り、ていねいに答えた。

いいえ、おばあさん。

少年の言葉が煙のように立ちのぼり、老婦人はふたたび椅子に腰を落ち着けると、静脈の浮き出た指を眼鏡のチェーンに持っていった。婦人は窓外の景色に目を向けた。眼鏡がきらりと光ったがすぐにその光は消え、バスは木の枝が緑色の影を落とすマツ林に入った。車内に同じ色の光が満ちあふれ、運転手は皺だらけのスーツの男を観察した。血色が悪く、二日酔いの汗をかき、異様に小さい目と落ち着きのない態度が運転手の癇《かん》にさわった。男は一、二分ごとにすわりなおした。脚を組んではほどき、前かがみになっては体を起こすを繰り返した。サイズの合わないスーツの膝で指をドラムを叩くように動かしたり、しょっちゅう唾をのみこんでは視線を少年のほうにさまよわせ、すぐに目をそらすものの、また戻してじっと見つめた。

運転手はものにこだわらないたちだが、自分が運転するバスのマナーにはうるさかった。酔っぱらい、乱行、大声は容認しないと決めている。五十年前、母親にそう育てられたし、その主義を変える必然性を感じたこともなかった。だから少年と、酒焼けした顔と血走った目をした男を監視していた。男が少年をじっと見つめる様子も見ていたし、ナイフがのぞいた瞬間に脂じみた座席に背中を押しつけたのも見ていた。

少年はナイフの扱いに慣れていた。ポケットからそれを出すと、親指一本で刃を起こした。しばらくよく見えるように掲《かか》げ、バックパックからリンゴを一個出すと、器用な手つきでてきぱきと剝《む》いていった。リンゴの香りが、旅の垢《あか》が染みついた座席よりも泥だらけの床よりも強くにおった。ディーゼル臭をも圧倒し、運転手のもとにまで鼻を突く甘ったるい香りが届いた。少年は顔色の悪い脂ぎった男が目を見ひらいているのに視線を投げ、ナイフをたたんでポケットにしまった。

運転手は安堵《あんど》し、しばらくはなににも煩《わずら》わされることなく道路だけを見つめていた。前にもあの少年を見た気がしたが、そんなことはすぐに忘れた。なにしろ三十年だ。運転手はがっしりした体をさらに深く座席に沈めた。

彼は数え切れないほど多くの少年を見てきた。数え切れないほど多くの家出少年も。

運転手に見られるたび、少年は視線を感じた。それは一種の才能で、技能だった。運転手の目は影になっていたし、ミラーに映った顔は大きくゆがんでいたが、それでも見られているのはわかった。この三週間でこのバスに乗るのは三度めだった。三度とも違う座席にすわり、違う服を着てきたが、いずれ誰かに訊かれると覚悟していた。学校のある日の午前七時に、州をまたぐバスに乗っているのはどういうわけかと。その質問をするとしたら運転手だろうとも思っていた。

しかし、いまのところそんな事態になっていない。

少年は窓のほうを向いて、誰からも話しかけられないよう肩を怒らせた。窓ガラスの映り込みを見つめ、車内の動きや表情に目を光らせた。雲を突くような木々と、雪をかぶった茶色い羽根に思いをめぐらした。

ポケットのなかのナイフがずっしりと重く感じた。

四十分後、バスは大きく揺れながら、小さなガソリンスタンドつきの停留所に停まった。広大なマツと低木の茂みと炎暑の砂地に埋もれたような場所だった。レッカー車しか駐っていないことや、せいぜい十歳にしか見えない十三歳の子どもを迎えに来たらしき大人の姿がないことを運転手に指摘される前に、少年は狭い通路を進んでステップの最下段から飛び降りた。うつむいている少年の首を太陽があぶった。彼がバックパックを背負うと、ディーゼルの排煙が立ちのぼった。やがてバスはがくんと動き、南に走り去った。

ガソリンスタンドには二台の給油機と長いベンチがひとつ、それに油染みのついた青い服を着たやせっぽちの老人がいた。老人は汚れたガラス窓の向こうから会釈を寄越したものの、暑い戸外には出てこなかった。建物の陰にある飲み物の自販機は古いもので、どれも一本五十セントだった。少年はポケットに手を突っこんで薄っぺらい十セント硬貨を五枚出し、グレープソーダを買った。冷たいガラス瓶が取り出し口に現われた。少年は栓《せん》を抜き、バスがやってきた方向を向くと、黒いヘビのような埃っぽい道路を歩きだした。

三マイル歩いて二度曲がると、道路は細くなり、アスファルトが砂利に変わり、砂利の層が薄くなった。標識は前に見たときと変わっていなかった。古くてがたがきており、はがれかけたペンキがめくれて下の木がのぞいている。**アリゲーター川猛禽類保護区域**。文字の上には、空高く飛ぶワシのありきたりな絵。翼のところのペンキが盛り上がっていた。少年は噛んでいたガムを手に吐き出し、それを標識にくっつけて前を通りすぎた。

巣が見つかるまで二時間かかった。汗にまみれ、とげ植物の茂みと格闘し、蚊に刺されて皮膚に真っ赤な痕が点々とついた二時間だった。川岸の湿った土から高くまっすぐのびたダイオウショウの木の上方に、枝を寄せ集めたようなものが見えた。木のまわりを二周したが、地面には一枚の羽毛も見あたらなかった。陽射しが茂みを貫き、まばゆく青い空が目に痛い。巣は小さな点にしか見えなかった。

少年は肩をすぼめてバックパックをおろし、木をのぼりはじめた。樹皮はごつごつと固く、陽に焼けた肌がすりむけて痛かった。ワシがいないかと用心しながら、おそるおそるのぼっていく。ローリーにある博物館で台座に飾った剝製《はくせい》のワシを見たことがある。その獰猛《どうもう》な容姿がまぶたによみがえった。目玉はガラスだったが、広げた翼は幅五フィートにもおよび、鉤爪は少年の中指ほどの長さがあった。くちばしは大人の耳さえ食いちぎれそうに見えた。

手に入れたいのは羽根一枚だけだ。きれいな白い尾羽根か翼部分の大きな茶色い羽根が一枚あればいい。とはいえ、柔らかい部分の小さな羽根を手に入れるのがせいぜいだろう。たぶんうぶ毛、そうでなければ、翼の付け根のふかふかの毛か。

本当のところ、どの部分でもかまわなかった。

魔法に変わりはない。

上へ行くにつれ枝がしなるようになった。風が木を揺らすたびに、一緒に少年も揺れた。強く吹いたときには幹に顔を押しつけた。心臓がどきどき鳴り、指が白くなった。木の王であるこのダイオウショウはひときわ高く、見おろすと川ですらちっぽけに見えた。

頂上が近くなった。ここまで近づくと、巣はダイニングルームのテーブルほども大きく、重さはおそらく二百ポンドはあるだろう。何十年も前からあるらしく、腐敗と糞とウサギの肉片の悪臭がただよっていた。少年はそのにおいに、においが持つ力に身をさらした。手の位置を変えると、風雨にさらされて白茶け、樹皮のはげた枝に片足を乗せた。眼下に目をやると、マツ林が遠くの高台に向かって行進しているように見えた。蛇行《だこう》する川は石炭のようにどす黒く、てかっている。巣の上に顔を出すと、お椀《わん》型の巣に白地にぶちのひながニ羽いるのが見えた。二羽は小さなくちばしをあけ、食べ物を要求した。そのとき風が強く吹き、洗濯ひもに干したシーツがはためくような音が少年の耳に届いた。思いきって目を上げると、雲ひとつない空からワシが舞い下りてきた。次の瞬間、少年の目には羽根しか見えなくなったが、すぐに翼が降りおろされ、鉤爪が現われた。ワシがすさまじい鳴き声をあげた。

鉤爪が食いこむと同時に少年は両腕を上げた。彼は落下し、あざやかな黄色い目をぎらつかせ、鉤爪を少年の肌とシャツに食いこませたワシも一緒に落ちた。

三時四十五分、バスが同じ小さなガソリンスタンド兼停留所に到着した。今度は北行きで、来たときとはバスも運転手も違った。扉が騒々しい音とともにあき、リュウマチ患者のような乗客が若干名降りた。運転手は痩せぎすのヒスパニックで、二十五歳で疲れた顔をしていた。痩せっぽちの少年がベンチから腰をあげ、足を引きずりながらバスの扉に向かって歩いてくるのを運転手はほとんど見ていなかった。破れた服にも、少年の絶望した表情にも気づかなかった。また、切符を差し出した手についていたのが血だとしても、それについてなにか言うのは運転手の仕事ではなかった。

少年は切符から手を離した。ステップを上がり、破れたシャツを精一杯かき寄せた。重たそうな背中のバックパックはいまにも破裂せんばかりにふくらみ、底の縫い目が赤く染まっていた。少年は異臭を放っていた。泥と川のにおいに、生臭いようなにおいが混じっている。しかし、それもまた、運転手の知ったことではなかった。少年はバスの暗いほうへとひたすら進んだ。一度、座席の背に倒れかかったが、すぐに最後列まで行って、隅の席にひとりですわった。バックパックを胸の前で抱え、両脚を座席に引っ張り上げた。体のあちこちが深くえぐれ、首に切り傷があった。しかし誰も少年を見ようとせず、気遣いも示さなかった。少年はさらにバックパックを強く引き寄せた。まだ残っているぬくもりが、事切れて砕けた小枝をつめた袋と化した肉体の存在が伝わってくる。巣に残された、小さくてふわふわのヒナがまぶたに浮かんだ。巣に取り残され、飢え死にするであろうヒナ。

少年は暗がりで体を揺すった。

暗がりで体を揺すり、熱く苦い涙を流した。

1

ジョニーは早くに学んだ。なぜそんなにも他人と違うのか、なぜ少しも物に動じないのか、なぜ光を吸い取ってしまうような目をしているのかと問われたら、こう答えるつもりだ。どこも安全ではないことを早くに学んだのだと。裏庭も公園も、玄関ポーチも町はずれをかすめる車通りの少ない道路も。どこも安全ではなく、誰も守ってなんかくれない。子ども時代は幻想にすぎない。

彼は一時間前に目が覚めて、夜の音がやむのを、太陽が朝と呼べるほど地平線近くまでのぼってくるのを待っていた。月曜日、あたりはまだ暗いが、ジョニーはほとんど寝ていなかった。寝床を出て暗い窓を点検してまわる。ひと晩に二度も施錠《せじょう》を確認し、がらんとした道路と月がのぼるとチョークのように見える未舗装の私道に目をこらす。母の様子をたしかめる。もっともケンが来ているときはべつだ。ケンは短気で、ゴールドの大きな指輪をはめている。それで殴られると完璧な楕円形のあざがつく。これもまた、彼が学んだことのひとつだ。

Tシャツと擦り切れたジーンズを身につけると、部屋のドアまで行って細くあけた。狭い廊下に明かりが漏れ、空気がよどんでいた。煙草と、おそらくバーボンとおぼしき酒をこぼしたようなにおいがした。一瞬、昔の朝のにおいを思い出した。卵とコーヒー、それに父がつけていたアフターシェーブの爽やかなにおい。その心地よい記憶を押しとどめ、かき消した。つらくなるだけだ。

廊下に出て、シャギー・カーペットの毛足の硬い感触をつま先に感じながら進んだ。母の部屋のドアが枠にだらしなくおさまっている。がらんどうの板でできたそのドアは色も塗っておらず、ちぐはぐな感じだ。もとのドアはへし折られ、裏に放置されている。一カ月前、ケンがジョニーの母と夜遅くにやり合った際、蝶番《ちょうつがい》がはずれてしまったのだ。母は喧嘩の原因を教えてくれなかったが、ジョニーは自分に関係があるにちがいないと思っている。一年前だったら、ケンが母のような女性に近づくことはありえなかった。ジョニーはことあるごとにケンにそう言った。しかしもう一年だ。気が遠くなるほど長い。

一家は昔からケンを知っていた、というか、知っていると思っていた。ジョニーの父は建設作業員で、この界隈《かいわい》の建物はケンの会社が建てたものだ。ふたりはよく組んで仕事をしていた。父は仕事がはやくて腕がたしかだったし、その彼に敬意を払うだけの才覚がケンにあったからだ。そのせいでケンはずっと親切で気を遣ってくれた。それは誘拐事件のあとも、父がこれ以上の苦しみと罪悪感には耐えられないと決意したときまでつづいた。

しかし父の失踪後、敬意は失せ、ケンは頻繁《ひんぱん》に訪ねてくるようになった。いまでは彼がすべてを仕切っている。母を依存体質の孤独な女に変え、薬と酒がなくては生きていけなくした。ケンがやれと言うことに母はひたすらしたがう。ステーキを焼け。寝室に行け。ドアに鍵をかけろ。

そんな関係をジョニーは黒い目でじっと見ていた。夜中にふと気づくとキッチンにいて、木のブロックに差した大きなナイフに三本の指をかけ、ケンの胸の上の柔らかい部分を目に浮かべることもしばしばだった。

あの男はまぎれもない野獣だ。母はすべてを吸いつくされた。いまでは体重も百ポンドを切って、ほとんど引きこもり状態だが、たまに家から出ることがあると男たちの目つきが変わり、ケンがおれの女だといわんばかりの態度になるのをジョニーは知っている。血色は悪いがきめの細かい肌、憔悴して落ちくぼんだ大きな目。三十三歳で、天使がこの世に存在するならこんな感じだろうと思わせる顔立ちに黒い髪、華奢な体つきはこの世のものとは思えない。彼女が部屋に入っていくと、男たちはやっていたことを中断する。彼女の肌が光を放っているかのように、いまにも彼女が地上から舞い上がるかのように、一心に見つめるのだ。

母のほうはまったく意に介さなかった。娘の行方がわからなくなる前から、外見にはほとんど気を遣わなかった。ブルージーンズとTシャツ。髪はポニーテールに結い、たまに化粧する程度。彼女は小さな世界に満足していた。夫と子どもを愛し、庭の手入れをし、教会でボランティア活動をし、雨の日には鼻歌を歌うだけで完結している世界に。しかし、それも遠い昔のこと。いまは沈黙と虚無と苦痛、それにかつての母の名残《なごり》があるだけだ。けれども美しさだけはいまも色褪せていない。ジョニーは毎日それを目にし、母をこのうえなく美しく見せている容貌を毎日のように呪う。母が不細工な女だったらケンは見向きもしなかったろう。子どもが不細工だったら、ジョニーの妹はいまも隣の部屋で眠っているだろう。けれども妹は人形のような、とてもこの世のものとは思えない存在で、鍵をかけて戸棚に飾っておかなくてはいけないほどかわいらしかった。あれほど美しい人間をジョニーはほかに知らず、妹のその美しさが憎かった。

　憎かった。

　そのせいで、人生が一変したのだ。

　母の部屋のドアに目をこらした。ケンはなかにいるかもしれないし、いないかもしれない。耳を板に押しつけ、息をつめる。いつもならわかるが、もう幾日もまともに眠っていなかったから、睡魔に襲われ一瞬にして眠りに落ちた。真っ暗な静寂へと。底知れぬ眠りへと。彼ははっとして目を覚ました。まるでガラスが割れる音が聞こえたかのように。時刻は三時になっていた。

　迷いながらもドアを離れ、足音を立てぬよう廊下を進んだ。浴室に入ってスイッチをつけると、虫の羽音のような音とともに明かりが点灯した。薬棚の扉があけっぱなしで、なかの薬が見えた。ザナックス（抗不安薬）、プロザック（抗鬱薬）、青い色をした薬、黄色い薬。瓶を手に取ってラベルを読む。ヴァイコデン（鎮痛薬）。これは初めて見る。ザナックスの瓶があいていて、なかの錠剤がカウンターに散らばっていた。ジョニーは怒りが満ちるのを感じた。ザナックスなんかがあるから、ケンがお楽しみの夜を求めてやってくるのだ。

ケンはそういう言い方をする。

お楽しみ。

薬瓶のふたを締めて浴室を出た。

安普請《やすぶしん》の家だった。でもここは本当の家じゃない、と自分に言い聞かせる。本当の家はきれいに片づいている。ジョニーも手伝って屋根を新しく葺《ふ》き替えた。春休み、毎日はしごをのぼって屋根板を父に渡し、自分の名が刻まれた工具ベルトには釘がちゃんと入れてあった。石造りの壁に、土と雑草だけではない裏庭をそなえたいい家だった。ほんの数マイルも離れていないのに、もっと遠く感じる。ここは大違いの、広くて緑豊かな区画に手入れの行き届いた家ばかりが建つ地域。記憶にしっかり染みこんでいるが、いま、あの家は銀行の所有になっている。母は庭で書類をいくつか渡され、署名を迫られた。いま住んでいるのはケンが所有する貸家だ。百軒ほど所有しているなかでも、おそらくここは最低の物件だろう。町外れに建つどうしようもないあばら屋だ。キッチンは狭く、メタルグリーンのリノリウムの床は擦《す》り切れ、隅がめくれ上がっている。コンロの上の電球がついていたので、ジョニーはゆっくりとひとまわりした。ひどいありさまだった。吸い殻でいっぱいの皿、空き瓶、それにショットグラス。テーブルに鏡が平らに置かれ、白い粉末の残りが光を受けていた。それを見たとたん、ジョニーの胸に寒々としたものが広がった。巻いた百ドル札が床に落ちていた。それを拾い上げ、皺《しわ》をのばす。彼は一週間ろくな食事をとっていないというのに、ケンは百ドル札でコカインを吸引しているのだ。

鏡を手に取って濡れタオルでぬぐい、壁のもとの場所にかけた。父がよくのぞきこんでいた鏡。日曜日に鏡の前でネクタイと格闘する父の姿がいまも目に浮かぶ。大きな指がうまく動かず、ネクタイが思うように結べなかった。父がスーツを着るのは教会に行くときだけで、息子に見られているのに気づくと照れくさそうな顔をした。いまもはっきり思い出せる。一気に顔を赤らめた次の瞬間、ひらき直ったようにほほえんだ父を。「母さんがいてくれて本当によかった」父はそう言い、母がネクタイを結んでやる。

父は両手を母の腰のくびれに置く。

キスとウインクがそれにつづく。

ジョニーはもう一度鏡を拭き、まっすぐに直し、納得いくまで位置を調整した。

玄関ポーチに出るドアががくがくとあき、ジョニーは湿気を帯びた暗い朝に足を踏み出した。前の道の五十ヤードほど先で街灯がまたたいている。遠くの坂を車のヘッドライトがのぼっていく。

ケンの車はなく、ジョニーはうしろめたさを感じつつも甘美な安堵をおぼえた。ケンは町の反対側にある、完璧な塗装と大きな窓と車四台分のガレージがある大邸宅に住んでいる。ジョニーは大きなため息をひとつつくと、鏡におおいかぶさる母の姿を想像し、そこまでのめりこんではいないはずだと否定した。あれはケンが吸引した跡で、母のじゃない。握っていた手を無理にひらいた。さわやかな空気に全神経を集中させた。自分に言い聞かせる。新しい一日が始まる、いいことがあるかもしれないと。しかし母にとって朝は最悪の時間だ。目があいた瞬間に思い知らされる。ひとりしかいない娘がいまも行方不明のまだという事実を。

ジョニーの妹。

彼のふたごの妹。

アリッサはジョニーより三分あとに生まれ、ふたりは二卵性双生児とは思えないほどよく似ていた。髪も顔立ちもそっくりなら、笑い方もそっくりだった。アリッサは女の子だが、二十フィートも離れたらふたりを見分けるのはまず無理だった。背恰好もそっくり、歩き方もそっくり。別々の部屋で寝ているのに、朝はたいてい同時に目覚めた。母の話では、幼い頃はふたりだけに通じる言葉で意思疎通していたらしいが、ジョニーには覚えがない。生まれてこの方、孤独を感じた記憶はなかった。ふたりだけがわかる特別な帰属意識で結ばれていた。しかしアリッサがいなくなって、すべてが失われた。そのまぎれもない事実が母をずたずたにした。だからジョニーはできるかぎりのことをする。夜に施錠を確認し、散乱したごみを始末する。きょうは二十分かかった。それからコーヒーを用意し、筒状に巻いた札に思いをめぐらせた。

百ドル札。

食べるものと着るもの。

最後にもう一度、家のなかを見てまわった。瓶――片づけた。ドラッグを使った跡――片づけた。空気を入れ換えるために窓をあけてから、冷蔵庫の中身を調べた。牛乳のパックを振るとむなしい音がした。カートンには卵が一個。ジョニーは母の財布をあけた。九ドルと小銭がいくらか。金をそのままにして財布を閉じた。コップに水を満たし、アスピリンを二錠、瓶から出した。廊下を歩いていき、母の部屋のドアをあけた。

生まれたての朝陽がコップにぶつかり、黒い木立の向こうがオレンジ色に隆起していた。母は横向きに寝ていた。髪の毛で顔が隠れていた。ナイトテーブル一面に雑誌と本が散乱していた。ジョニーはコップを置く場所をつくり、瑕だらけの天板にアスピリンを置いた。しばらく母の寝息に耳をすましていたが、やがてケンがベッドわきに置いていった札に目が行った。二十ドル札が数枚に五十ドル札が一枚。染みのついたくしゃくしゃの百ドル札も何枚かあるようだ。
丸めた束から抜き取った札。
無造作に放った札。

私道に駐まっている車は古いステーションワゴンで、何年も前に父が買ったものだった。塗装はワックスがきいて美しく、タイヤ圧も毎週チェックしているが、ジョニーが手をかけられるのはそれだけだった。キーをまわすと排気管から青い排気ガスが立ちのぼった。助手席側のウィンドウは上がりきらない。排気が白くなるのを待ってギヤを入れ、私道の先端まで車を進めた。まだ免許が取れる年齢にはほど遠かったから、しっかり左右を確認してから、ゆるゆると公道に出た。スピードを抑え、なるべく裏道を通った。いちばん近い店まではほんの二マイルだが、大通りにある大きな店だから、知り合いに会う恐れがある。三マイルよけいに走って、低価格商品を扱う小さな食料品店に向かった。ガソリン代がかかるし、食べ物は高くつくがしかたない。すでに二度、社会福祉局の訪問を受けているのだ。

ジョニーが運転する車はすでに駐まっていた車にすんなり溶けこんだ。大半が古いアメリカ車だった。うしろから濃色のセダンが入ってきて、入り口近くに停まった。陽射しがフロントガラスに反射して、運転席の男の顔はわからない。男は車を降りず、ジョニーは男を気にしながら店に入った。

　駐車中の車にひとりで乗っている男には不安をおぼえる。

　通路から通路へカートを押してまわった。必要最低限のものだけにしろ、と自分に言い聞かせる。牛乳、ジュース、ベーコン、卵、サンドイッチ用のパン、果物。母に予備のアスピリンを買った。トマトジュースもあるとよさそうだ。

　八番通路の突端で例の刑事に止められた。長身で肩幅が広く、茶色の目は温和で、顔に刻まれた皺といかつい顎とは好対照をなしている。彼はカートを押しておらず、両手をポケットに突っこんでいた。ジョニーはひと目見て、外からつけてきたのだと察した。刑事の顔には例の、あきらめにも似た寛容な表情が浮かんでいた。

　逃げだしたかった。

「やあ、ジョニー。元気にしてたか」

　刑事の髪は記憶にあるより長かった。目と同じ茶色をしたくしゃくしゃの巻き毛が襟にかかるほどのび、鬢《びん》のあたりの白髪がいくらか増えていた。面やつれしたのを見て、この一年は彼にとっても苛酷だったのだろうとも思う。実際には大柄なのに、押しつぶされたようにも、なにかに取り憑《つ》かれたようにも見える。もっともジョニーの目には世間の大半がそう映るので、実際のところはわからない。刑事の声は太く、気遣わしげだった。声を聞いたとたん、数々の記憶がよみがえり、一瞬、動くことも口をひらくこともできなかった。刑事が間合いをつめ、過去にさんざん目にした思慮深い表情を、以前と変わらぬひかえめな不安の表情を浮かべた。この男に好意を持ちたい、信用したいという気持ちもあるが、アリッサの行方が知れない責任が彼にある事実は変わらない。妹が見つからないのはこの男のせいなのだ。

「元気だよ」ジョニーは答えた。「なんとかやってる」

刑事は腕時計に目を落とし、それからジョニーの薄汚れた服とのび放題の黒い髪を見た。学校がある日の六時四十分すぎ。「お父さんからなにか連絡はあったかい？」

「ううん」ジョニーはふいにわき上がったばつの悪さを押し隠した。「なんにも」

「それは残念だ」

時間がじりじりと過ぎたが、刑事は動かなかった。茶色の目はまたたきもせず、間近で見ると、初めてジョニーの家に来たときと変わらず大きくて穏やかだ。しかしそれも昔のことだ。だからジョニーは相手の太い手首と、きれいに丸く切った爪に視線をそそいだ。彼はかすれた声で言った。「一度、母さんあてに手紙が来たよ。シカゴにいて、そのあとカリフォルニアに行くかもって母さんから聞いた」黙りこみ、目を手から床へと移す。「そのうち帰ってくるよ」

ジョニーは自信たっぷりに言った。刑事は一度だけうなずき、顔をそむけた。スペンサー・メリモンは娘が連れ去られた二週間後にぷいといなくなった。心痛と罪悪感に耐えきれずに。あなたが娘を迎えにいく約束だったでしょ、あなたがやるべきことをやっていれば娘は夕暮れに歩かなくてもすんだのよと、妻からさんざん責め立てられた結果だった。

「父さんが悪いんじゃない」ジョニーは言った。

「そんなことは一度も言ってない」

「父さんは仕事してたんだ。それでつい時間を忘れちゃっただけさ。父さんが悪いんじゃない」

「誰にだって間違いはある。おれたち誰にも。きみのお父さんは善良な人だ。それだけは忘れるな」

「わかってるさ」むっとしたように言い返した。

「なら、いい」

「忘れるわけないだろ」顔から赤みが引いていった。最後に大人とこんなに話をしたのはいつだったか記憶にないが、この刑事はどこか違う。想像もつかないほど年上で、だいたい四十歳くらいだろうか。でも急かすようなことはしないし、温厚な顔をしている。優しさにあふれた表情はわざとらしくないし、子どもを信用させるための仮面とも思えない。いつも落ち着いたまなざしをしていて、正しいことをしてくれそうないい人じゃないかという気もする。しかし一年がすぎても妹は行方知れずのままだ。ジョニーが案じるべきは現在であり、現在において目の前の刑事は味方と見なせない。

社会福祉局が介入する隙を虎視眈々と狙っているのだ。ジョニーはあれこれ動きまわり、学校をさぼってはあちこち訪れ、危険を承知で真夜中に家を抜け出している。目の前の刑事だってジョニーの行動を知れば、なんらかの手を打たざるをえない。里子に出す。あるいは裁判所に通告する。

とにかく邪魔をするに決まっている。

「お母さんはどうしてる?」刑事が訊いた。片手をカートに置いたまま、真剣なまなざしを向けてくる。

「疲れてるみたい。狼瘡《ルーパス》なんだ。すぐ疲れちゃうんだ」

ここで刑事は初めて顔をしかめた。「こないだきみをここで見かけたときには、ライム病だと言ってたぞ」

相手の言うとおりだ。「違うよ。狼瘡だと言ったんだ」

刑事は表情をやわらげ、手をカートから離した。「力になりたいと思ってる人たちだっているんだよ。ちゃんとわかってくれてる人たちが」

とたんに怒りがこみ上げた。誰もわかってくれなかったし、誰も手を差しのべてくれなかった。ただの一度も。「母さんはちょっと具合が悪いだけだってば。体がだるいんだよ」

刑事は少年のうそから目をそむけたが、悲しそうな表情は変わらなかった。彼の視線がアスピリンとトマトジュースに落ちるのを、ジョニーは見逃さなかった。いつまでも見ている様子から、彼が飲んだくれと薬物常用者についてそうとうくわしいことは明らかだ。

「つらいのはきみだけじゃないよ、ジョニー。きみは孤独じゃない」

「どうしようもないほど孤独だよ」

刑事は大きくため息をついた。シャツのポケットから名刺を出し、裏に番号を書いた。それを少年に差し出した。「なにか用があったら」彼は毅然《きぜん》とした表情になった。「何時でもかまわない。本当だ」

ジョニーは名刺にちらりと目をやっただけで、ジーンズのポケットにおさめた。「ぼくたちのことなら心配いらないよ」彼はカートを押し、刑事が立っている場所をまわりこんだ。刑事がその肩に手を置いた。

「またあの男がきみを殴ったら……」

体がこわばった。

「あるいはきみのお母さんを……」

ジョニーは肩をすぼめ、刑事の手を払いのけた。「心配いらないって言ってるでしょ。ぼくがちゃんと目を光らせてるんだから」

彼は刑事を押しのけた。呼びとめられ、もっといろいろ訊かれるか社会福祉局のいかめしい顔の女性に電話されるものと身をすくめた。

レジカウンターにカートがこすれ、すり切れたスツールに腰かけた大柄な女性が上目遣いに見た。新顔の彼女はいぶかるような顔をしていた。彼は十三歳だが、見た目はもっと幼い。ポケットから百ドル札を出し、コンベヤーベルトにおもてを上にして置いた。「さっさとしてくれないかな」

レジ係はガムをポンと破裂させ、おもしろくなさそうな顔をした。「カリカリしないでよ、坊や。いまやるから」

刑事が十フィート離れたところでまだ見張っていた。ジョニーはその存在を強く意識し、太ったレジ係が食料品をレジに通すのを待つあいだも背中に視線を感じていた。彼は呼吸に神経を集中させた。一分後、刑事がわきをすり抜けた。「さっきの名刺をなくすなよ」

「うん」まともに目を合わせられなかった。

刑事は振り返り、気さくとは言いがたい笑みを浮かべた。「いつものことながら、会えてよかったよ」

刑事は店を出ていったが、大きな板ガラスの向こうにうしろ姿が見えた。彼はステーションワゴンのわきをすり抜けたところで振り返り、しばらくじっと立っていた。ウィンドウからなかをのぞきこみ、ぐるっと一周してナンバープレートを確認する。それで納得したのか、自分のセダンまで行ってドアをあけた。暗い車内にするりと乗りこんだ。そのまま待ちの姿勢に入った。

ジョニーはあせる気持ちを抑え、レジ係の肉づきのいいじっとりしたてのひらにのった釣り銭に手をのばした。

刑事の名前はクライド・ラファイエット・ハント。名刺にはそう書いてある。同じ名刺は山ほどあって、ジョニーはそれをいちばん上の抽斗《ひきだし》のなか、靴下と父の写真の下に隠していた。たまに、名刺に書かれた電話番号が頭にちらつくことがある。しかしそれはすぐに、孤児院と里親にとって代わる。思いは行方のわからない妹のことへ、さらには冷気が漏れる壁とベッドのあいだに隠した鉛パイプへと飛ぶ。刑事の言葉が本心からのものなのはわかっている。きっといい人なのだろう。しかし彼の姿を目にするたび、アリッサを思い出してしまうし、そうなるととてつもない集中力が必要になる。元気にほほえむアリッサを頭に描かなくてはならないからだ。地下室の土間や車の後部座席に転がされている姿ではなく。最後に姿を見たとき、アリッサは十二歳だった。黒髪を男の子のように短くした十二歳。一部始終を見ていた人物は、彼女がまっすぐ車に近寄っていったと証言している。車のドアがあいたときもまだ、にこにこ笑っていたと。

何者かに引きずりこまれる直前まで笑っていたと。

その言葉がいつも聞こえてくる。**笑っていた**。頭に染みついて離れない。一語だけが録音されたレコードがえんえんとまわりつづけているかのようだ。しかし、眠りに落ちると彼女の顔が見える。小さくなっていく家並みを振り返る彼女が見える。一瞬にして不安がピークに達するのが見え、彼女が悲鳴をあげるのが見える。

ふと気づくと、レジ係に見つめられていた。差し出したままの手に釣り銭をのせ、買った物は袋づめされている。レジ係はあいかわらずガムをくちゃくちゃ嚙みながら、片方の眉を上げた。

「ほかになにかいるの、坊や？」

ジョニーはあとずさりした。紙幣を握りつぶしてポケットに突っこんだ。「ううん、買う物はこれだけだよ」

レジ係は目をジョニーのうしろ、低い仕切り窓の奥に立つ店長に向けた。ジョニーはつられてそっちを向き、買い物袋に手をのばした。レジ係は肩をすくめ、ジョニーは退散した。外に出ると、買い物をしているあいだに空は真っ青に晴れ上がっていた。ひたすら母の車だけを見つめ、ハント刑事には目を向けまいとした。買い物袋がこすれ合って耳障りな音を立てる。はねてピチャピチャいう牛乳のせいで、右側が重たい。袋を後部座席にのせたところでためらった。刑事は二十フィートも離れていないところに斜めに駐めた車からこっちの様子をうかがっている。刑事に手招きされ、ジョニーは背筋をのばした。

「運転くらいできるよ」ジョニーは言った。

「ああ、そうだろう」その答えにジョニーは驚いた。刑事はにやにや笑っているようだった。「きみがタフなのはわかってる」もう笑顔は消えていた。「ほとんどなんでもうまくこなせることもわかってる。だが法律は法律だ」ジョニーは背筋をさらにのばした。「運転するのを黙認するわけにはいかない」

「ここに車を置きっぱなしにはできないよ。うちにはこれ一台しかないんだもの」

「おれが送っていく」

ジョニーは黙っていた。まだ家のなかはバーボンくさいだろうかと考えていた。薬を全部始末しただろうかと考えていた。

「おれは力になろうとしてるんだ、ジョニー」刑事はひと呼吸おいた。「人間なら誰でもそうする」

「誰でも？」ジョニーの声にとげとげしさが滲《にじ》み出た。

「いまのは忘れてくれ。悪かった。とりあえず住所を教えてくれ」

「ぼくが住んでるところは知ってるくせに。ときどき車で前を通ってるじゃないか。わざわざスピードを落としてさ。だから、知らないふりなんかしなくていいよ」

ハントは少年の言葉に不信感を感じ取った。「べつに芝居をしてるわけじゃない。パトロールカーに拾ってもらうために正確な住所が必要なだけだ。おれの車まで連れてきてもらわなきゃいけないだろ」

ジョニーは相手の顔をしげしげと見つめた。「なんでしょっちゅう、うちのそばを通るのさ？」

「さっきも言ったろう、ジョニー。力になりたいと思う人間だっているんだ」ジョニーはその言葉を鵜呑《うの》みにしていいかわからなかったが、ハントがその住所までパトロールカーを寄越してほしいと連絡するのを黙って見ていた。

住所を告げ、ハントはそくぞ」ハントは自分の覆面車を降り、ステーションワゴンめざして駐車場を突っ切った。「さあ、行くぞ」ハントは助手席側のドアをあけ、刑事が運転席に乗りこんだ。ジョニーはシートベルトを締めると、ぴくりとも動かずにすわっていた。ふたりとも長いこと動かなかった。「妹さんのことはすまなかった」ハントがようやく口をひらいた。「家に連れ帰ってやれなくてすまないと思ってる。それはわかってるよな」

ジョニーは膝の上で両手を白くなるほどきつく握り合わせ、まっすぐ前を見つめていた。陽射しが木々を明るく照らし、ウィンドウごしに熱を送りこんでくる。

「なんとか言ってくれないか？」ハントは言った。

ジョニーは向き直り、そっけない声で言った。「一年前のきのうだった」自分がつまらないことを言っているのはわかっていた。「気がついてた？」

ハントはばつが悪そうな顔をした。「ああ、気がついていた」

ジョニーは目をそらした。「黙って運転してよ。お願いだから」

エンジンがかかり、青い排ガスがジョニーがいる側のウィンドウをかすめた。「わかった。わかったよ、ジョニー」

ハントは車のギヤを入れた。町はずれまでの道中、ふたりは押し黙っていた。ひとことも口をきかなかったが、ジョニーはにおいに気づいた。石鹸とガンオイルのにおい、それに服に染みついた煙草とおぼしきにおいも。ハントの運転はジョニーの父によく似ていた。たくみで堅実、視線を道路に向け、時々バックミラーに向ける。家の近くまで来たときに唇をきっと結んだ彼を見て、ジョニーはいま一度思い出した。必ずアリッサを連れ戻すと刑事が言ったことを。一年前。彼はそう約束したのだ。

家に着くと、パトロールカーが一台、私道に駐まっていた。ジョニーは車を降り、うしろのドアをあけて買った物を出した。「手伝ってやる」ハントが言った。

ジョニーは無言で相手を見つめた。いったいなにが目的なんだ。妹を見つけられなかったくせに。

「ひとりで大丈夫」

ハント刑事はしばらくジョニーと目を合わせていたが、やがてかけるべき言葉がないのを悟った。「じゃあな」とあきらめたように言った。ジョニーはハントがパトロールカーに乗りこむのをじっと見ていた。買い物袋を持ったまま、車がバックで道路に出ていくまで動かなかった。刑事が手を振っても振り返さなかった。埃っぽい私道に突っ立ち、パトロールカーが遠くの丘をのぼっていき、やがて下って見えなくなるまで見送った。心臓の鼓動が落ち着くのを待ってから、荷物を家に運び入れた。

カウンターに並べてみると、買ってきたものはわずかだったが、それ以上の意味があった——達成感。ジョニーはそれらをしまい、コーヒーを準備し、卵を一個、フライパンに割り入れた。鉄の輪のなかで青白い炎が踊り、彼は卵が端から白くなっていくのを見ていた。慎重にひっくり返して紙皿に盛った。ナプキンを取ろうとしたとき、電話が鳴った。知っている番号がナンバー・ディスプレイに表示され、二度めの呼び出し音が鳴るよりはやく受話器を取った。かけてきた少年はかすれ声だった。同じ十三歳だが、大人と同じように煙草も吸えば酒も飲む。「おまえ、きょうサボるだろ？　一緒にサボろうぜ」

ジョニーは廊下に目を向け、声を低くした。「やあ、ジャック」

「西のほうの家を何軒か調べてきたぜ。ヤバそうなところだな。めちゃくちゃヤバそうだ。ムショに入ってた連中がうじゃうじゃいる。おまえがあやしいとにらんだのも無理ないな」

いつもの科白《せりふ》だ。ジョニーが学校をさぼった日や、夜中に家を抜け出したときになにをしているか、ジャックは知っている。自分も手助けしたいのだ。動機の半分は彼がいい少年だからで、もう半分は彼が悪い少年だからだ。

「そこらのゲームじゃないんだよ」ジョニーは言った。

「人の好意にケチをつけるなって言葉、知らないのか。ただで手伝ってやるんだ。少しはありがたく思え」

ジョニーは大きくため息をついた。「ごめんよ、ジャック。きょうはツイてなくてさ」

「おふくろさんか？」

声がつまり、ジョニーはうなずいた。ジャックは最後に残った友だちで、ジョニーを変わり者扱いしたり憐れんだりしない唯一の存在だった。それにふたりには共通点がいくつかあった。ジャックもジョニーと同じように小柄だし、彼なりに問題を抱えていた。「きょうは学校に行かなきゃ」

「歴史のレポートの提出日だぜ。もうできてんのか？」

「あれは先週、出したよ」

「本当かよ。おれなんかまだ手もつけてないってのに」

ジャックは必ず遅れるし、教師もそれを見逃している。ジョニーの母は以前、ジャックをやんちゃ坊主と呼んだが、その言葉がぴったりだ。教師の休憩室から煙草を盗むし、金曜日には髪をてかてかに撫でつける。子どもとは思えないほど酒を飲むし、うそのつき方はプロ並みだ。しかし、約束は必ず守るし、必要とあらば後方から援護してくれる。その気になればまじめな好人物にだってなる。一瞬、ジョニーは元気がわいてくるのを感じたが、すぐにけさの出来事が重くのしかかった。

ハント刑事。

母のベッドわきの脂じみた札の束。

「もう切るよ」ジョニーは言った。

「サボる話はどうなったんだよ」

「もう切らなくちゃ」ジョニーは受話器を置いた。友は気分を害しただろうが、どうしようもない。皿を手にポーチに腰かけ、パン三枚と一杯の牛乳と一緒に卵料理を食べた。食べ終えてもまだ空腹だったが、昼食の時間までたったの四時間半だ。

そのくらいならがまんできる。

コーヒーに牛乳を入れ、母の部屋まで薄暗い廊下を歩いた。水がなくなっていた。アスピリンも。顔にかかっていた髪の毛が払われ、一条の陽射しがちょうど目に当たっていた。

ジョニーはテーブルにマグカップを置き、窓をあけた。家の日陰側からひんやりした外気が流れこむのを感じながら、ジョニーは母の顔を観察した。またひときわ顔色が悪く、憔《しょう》悴《すい》し、妙に幼く、魂が抜けたように見える。コーヒーが飲みたくて起きるとは思えないが、念のため置いておきたかった。気がついてくれさえすればいい。

背中を向けようとしたとき、母が寝たままうめき声をあげ、激しく体をひくつかせた。なにやらぶつぶつと言い、両脚を二度ばたつかせたかと思うと、はじかれたように飛び起きた。怯えきった目を大きく見ひらいて。「大変!」と叫んだ。「大変!」

ジョニーが目の前に立っているのに、母にはその姿が見えていなかった。なにに怯えたにせよ、まだその影響下にあるようだ。ジョニーは顔を近づけ、夢を見ただけだよと声をかけた。次の瞬間、母の目がジョニーを認めたように見えた。片手を彼の顔へと持っていく。「アリッサ」問いかけるような口調だった。

ジョニーは嵐の襲来を察知した。「ジョニーだよ」

「ジョニーなの？」母が目をしばたたいたとたん、現実が襲いかかった。すがりつくようなまなざしが音を立てて崩れ、手がポトリと落ち、母は掛けぶとんにまたもぐりこんだ。数秒待ったが、母はそれきりもう目をひらかなかった。「大丈夫？」ジョニーはおずおずと声をかけた。

「いやな夢を見たわ」

「コーヒーを持ってきたよ。朝ごはんになにか食べる？」

「ああ、もう」母は上掛けをはねのけ、部屋を出ていった。一度も振り返らずに。浴室のドアが乱暴に閉まる音が響いた。

彼は外に出てポーチに腰をおろした。五分後、スクールバスが未舗装の道路わきに停まった。ジョニーは腰を上げず、動きもしなかった。やがてバスは出発した。

母は一時間近くかかってようやく着替え、息子がポーチにいるのに気がついた。隣に腰をおろし、痩せこけた腕で膝を抱えた。いくらほほえもうとしてもうまくいかない様子を見て、かつては母の笑顔で部屋全体が明るくなったことを思い出した。

「ごめんね」母は肩でジョニーを軽く突いた。ジョニーは道路に目を向けた。母がふたたび突いた。「ごめん。聞いてるの、ねえ……謝ってんのよ」

どう答えていいのかわからなかった。彼を見るだけで母がつらい思いをしているのはわかっているが、それをうまく説明できない。彼は肩をすくめた。「いいんだ」

母が適切な言葉を探す表情をしているのが雰囲気でわかった。それが見つからなかったことも。「バスに乗れなかったのね」

「気にしてないよ」

「学校のほうが気にするでしょ」

「ぼくはいつも満点なんだ。学校に行こうが行くまいが、誰も気にしないよ」

「いまも学校のカウンセリングを受けてる？」

ジョニーは揺るぎのない目で母を見つめた。「もう半年間、受けてない」

「そう」

ふたたび道路に目を戻したが、母がじっと見ているのはわかった。以前の母はなんでも知っていた。親子の会話が充分あったからだ。母はとげのある声で言った。「お父さんは帰ってこないわ」

ジョニーは母に目を向けた。「え？」

「さっきからおまえは道路ばかり見てる。いつもそう。あの人が丘を越えて帰ってくるのが見えるとでも思ってるんでしょ」ジョニーは口をひらきかけたが、母が機先を制した。

「そんなことは絶対にないわ」

「そんなのわかんないじゃないか」

「あたしはただ――」

「わかんないじゃないか！」

ジョニーは自分でも気づかないうちに立ち上がっていた。この朝二度めのこぶしを握り、胸に熱いものがこみあげるのを感じた。母は両腕で膝を抱えた恰好のまま、うしろにもたれた。その目から光が消えたのを見て、ジョニーはこのあとの展開を察知した。母が片手をのばしてきたが、その手はジョニーに届かなかった。「あの人はあたしたちを捨てて出てったのよ、ジョニー。おまえのせいじゃない」

母が立ち上がりかけた。唇がやわらぎ、表情が迷惑そうな訳知り顔に変化した。世の中をよく理解していない子どもに大人たちが向ける表情だ。しかしジョニーは理解していた。その表情がいやでいやでたまらなかった。

「母さんがあんなこと言うからいけないんだ」

「ジョニー……」

「アリッサがさらわれたのは父さんのせいじゃないよ。あんなこと言わなきゃよかったのに」母が詰め寄った。ジョニーはその動きも意に介さなかった。「父さんは母さんのせいで出てったんだ」

母は途中で足を止め、声に氷が張った。憐れむような唇の曲線が消えた。「あの人のせいよ。あの人だけのせいよ。あの娘《こ》がいなくなったいま、あたしにはなんにも残ってない」

脚のうしろで小さな痙攣《けいれん》が始まった。数秒後、体全体がぶるぶると震えた。また同じ話の蒸し返しだ。おたがいに傷つくだけなのに。

母は背筋をのばし、背を向けかけた。「おまえはあの人の肩を持ってばっかり」そう言っていなくなった。家のなかに。世間と、ひとり残ったわが子《ラスト・チャイルド》の前から逃げるように。

ジョニーは色褪せたドアをじっと見つめ、それから自分の手に視線を落とした。見ていると手が震えだし、こみ上げてくるものを必死でこらえた。また腰をおろし、道路わきの土埃が風で舞い上がるのを見ていた。母の言葉を振り返り、それから丘を見上げた。見栄えのする丘ではない。不揃いな森のせいで輪郭はでこぼこ、小さな家や未舗装の私道がそこかしこに点在し、電柱のあいだでたるんでいる電話線が新しい空に不釣り合いなほど黒く見える。どうというところのない丘だが、ジョニーは長いあいだずっと見つめていた。見つめるうちに首が痛くなり、母の様子を見に家に入った。

2

浴室の洗面台にキャップのはずれたヴァイコデンの瓶が置いてあった。母の部屋のドアは閉まっていた。ドアを薄くあけると、なかは薄暗く、母は上掛けを頭からかぶってじっとしていた。息がぜいぜいいう音がするが、それ以外は深く完全な静寂があるだけだった。ジョニーはドアを閉め、自室に戻った。

ベッドの下のスーツケースは革にひびが入り、蝶番《ちょうつがい》が黒く変色していた。革のストラップが一本壊れていたが、なぜ後生大事に持っているかと言えば、もともと高祖父のものだったからだ。大きな四角い本体部分に書かれた組み合わせ文字はすっかり薄くなっているが、右に傾ければまだ読める。JPM——ジョン・ペンドルトン・メリモン。ジョニーの名前と同じだ。

引っぱり出してベッドにのせ、ひとつだけ残った留め金をはずした。ふたがぎくしゃくと上がって、壁にぶつかった。ふたの裏には写真が十枚ほど飾ってあった。いわばコラージュだ。大半は妹の写真だが、ふたり一緒のものも二枚ある。いかにもふたごらしく、同じ笑顔を浮かべている。ジョニーはそのうちの一枚に軽く触れ、ほかの写真に目を移した。父の写真に。四角い歯と穏やかな笑顔をした大柄なスペンサー・メリモンは、ごつごつした手、内に秘めた自信、気概を持つ大工で、ジョニーはいつもこの人の息子に生まれてよかったと思ったものだ。父は数え切れないほどたくさんのことを教えてくれた。車の運転、絶対に油断しないこと、正しい判断をくだす方法。世の中の仕組みを教えてくれ、なにを信じ、なにに忠実であるべきかを教えてくれた。家族、神、地域社会。人間としての生き方はすべて父から学んだのだった。

最後の最後、父が家を出ていくまで。

いまはそのすべてに、自信を持って教えられたすべてのものに、疑問を持たざるをえない。神は苦しむ人々のことなど気にかけていない。幼い子どものことも。正義、因果応報、地域社会などというものは存在しない。聖書に書かれているように、隣人が隣人に手を差しのべることはないし、柔和《にゅうわ》なる者が地を受け継ぐこともない。どれもこれも戯言《たわごと》だ。聖職者、警察、母——このなかの誰ひとりとして正しいことをしてくれず、誰ひとりとしてその力を持たなかった。この一年、ジョニーはこれまで知らなかった残酷な事実を突きつけられつづけた——自分はひとりぼっちなのだと。

しかし、世の中はそういうものだ。絶対にたしかだと思ったものが、次の日にはもろくも崩れ去る。強さは妄想にすぎない。信念などただのゴミだ。それがどうした？　かつては輝いていた彼の世界も冷たく湿った霧と変わった。それが人生であり、あらたな秩序なのだ。ジョニーは自分以外なにも信じられず、こう決めた――自分の道を行き、自分で決め、絶対に振り返らない。

父の写真に見入った。サングラスをかけ、笑顔でピックアップ・トラックのハンドルを握る写真。工具ベルトを片側に傾かせ、屋根の先端に軽々と立っている写真。見るからに腕力がありそうだ。顎、肩、濃い顎ひげ。ジョニーは自分と似ているところはないかと探したが、彼自身はあまりにひ弱で、あまりに色白だった。ジョニーは強そうに見えないが、あくまで見かけだけのことだ。

本当は強いのだ。

彼は自分に言い聞かせた。**絶対に強くなってやる。**

その先を認めるのはもっとつらいから、そこでやめておいた。心の奥底から聞こえる小さな声、子どもの声に耳を閉ざした。顎をぐっと引き、最後にもう一度、写真に手を触れた。そして目を閉じた。目をあけたとき、感傷的な気持ちはすっかり消えていた。

さびしくなんかない。

スーツケースには、捨てたらアリッサが悲しむと思われるものが、無事に帰ってきたときに見たがりそうなものが全部入っている。ジョニーはそれをひとつひとつ出していった。日記――中身は読んでいない。昔から持っていたぬいぐるみ二個。アルバム三冊。学校の記念アルバム。お気に入りのCD。学校でまわして宝物のようにためこんだメモをおさめた小箱。

母からは一度ならず、スーツケースの中身はなにかと訊かれたが、ジョニーも教えてやるほどばかではなかった。よくない薬を飲んだ母はなにをするかわからない。投げ捨てるか、それとも庭で燃やすか。ゾンビのように呆然と立ちつくすか、あるいは思い出すだけでもつらいのよとわめきちらすかするだろう。父のほかの写真もその憂き目に遭った。妹の部屋にあふれていた、ささやかながらも大切な品々も。どれも夜のうちに消え去ったか、母が引き起こした嵐によって消滅してしまったのだ。

スーツケースの底に緑色のファイルフォルダーが隠してある。中身はわずかばかりの地図の束と、アリッサのインチ版の写真が一枚。写真をわきにどけて地図を広げた。一枚は大縮尺で、郡の一部がノース・カロライナ東部にかかったあたり、完全な砂丘地帯でもなく完全な丘陵地帯でもなく完全な氾濫原でもない地域のものだ。州都のローリーからは二時間、海岸線からはおそらく一時間ほどの場所。郡北部は起伏に富んでいる。森があり沼地があり、三十マイルにもおよぶ花崗岩の露出地帯ではかつて、金鉱石を採取するための坑道が掘られたという。北を源流とする川が郡を二分し、市街地から数マイルのところをかすめている。西はブドウ園や農場に最適な黒土、東は砂地で高級ゴルフコースの三角地帯となっており、そのさらに東には存続すら危ぶまれる小さく貧しい町がえんえんと連なっている。ジョニーはそのいくつかを訪れたが、雑草が生えた側溝、シャッターがおりたままの工場と酒屋、日陰に腰をおろして茶色い紙袋に入れた瓶に口をつける浮浪者たちの姿が記憶に残っている。最後のうらぶれた町を過ぎて五十マイルほど行くとウィルミントン、さらには大西洋に出る。隣接するサウス・カロライナ州は地図の端のさらに向こうの異国だ。

ジョニーは大きな地図をフォルダーにはさんだ。それ以外の地図には町内の通りが細かく描かれている。数本の通りが赤で塗られ、個々の住所に小さなバツ印がついている。余白にはジョニーの手書きメモ。いくつかの地区はまだ手つかずで、全部バツでつぶした地区も若干《じゃっかん》ある。町の西地区に目をこらし、ジャックが言っていたのはどのあたりだろうとぼんやり考えた。あとで確認しなくては。

ジョニーはもうしばらく地図をながめてから、たたんでわきに置いた。アリッサのものをスーツケースに戻し、スーツケースをベッドの下に戻した。大判の写真を手に持ち、赤のペンを尻ポケットにおさめた。

玄関を出て鍵をかけようとすると、一台のバンが私道のほうに曲がってくるのが見えた。ボンネットの塗装がところどころ剝げている。右前のフェンダーが壊れ、錆が浮いている。バンがガタガタ揺れながら私道に入ってきたのを見て、ジョニーは落胆にも似た感覚に襲われた。背中を向けて地図をまるめ、ペンと同じポケットに押しこんだ。写真は皺になららないよう手に持ったままでいた。バンが停まり、フロントガラスの向こうに青いものが一瞬見え、つづいてウィンドウがおりた。その奥の顔は異様なまでに青白く、むくんでいた。

「乗りな」なかの男が言った。

ジョニーは玄関ステップをおり、芝と雑草が生えている小さな一画を突っ切った。私道のへり手前で足を止めた。「ここでなにしてるのさ、スティーヴ」

「スティーヴおじさんと言え」

「おじさんじゃないくせに」

車のドアがきしみながらあき、男が降り立った。右肩に金色の記章がついた青いつなぎを着ている。ごつい黒のベルトを締めていた。「おまえの親父さんといとこ同士だから、同じようなものだ。だいいち、三つのときからおれをスティーヴおじさんと呼んでたじゃないか」

「おじさんなら家族だろ。家族なら助け合うはずじゃないか。最後に顔を見せたのは六週間前、ということは一カ月以上も前だよ。どこにいたのさ?」

スティーヴが両方の親指をベルトに引っかけると、堅いビニールがきしんで不快な音を立てた。「最近、おふくろさんは金持ちとつき合ってるそうじゃないか、ジョニー。左うちわの生活なんだってな」彼は手をひらひらさせた。「ただで住める家があって、働く必要もない。なあ、坊主、おふくろさんのボーイフレンドが千倍ものことをしてくれるんだ、おれの出る幕はないよ。あの人はショッピングモールも映画館も持ってる。この町の半分はあの人のものなんだぜ。おれみたいな野郎によけいなお節介を焼かれたくないと思うけどな」

「お節介を焼く？」不信の念が波のように次々とわき起こった。

「おれが言いたいのは――」

「あいつが怖いだけのくせに」ジョニーは憎々しげに言った。

「あの人はおれの給料小切手にサインしてるんだ。おれを含めた四百人の従業員のな。あの人がおふくろさんを痛い目に遭わせるかなんかしてるんだったら、話はべつだ。だが力になってる。そうだろ？　だったらどうしておれがよけいなお節介を焼かなきゃならない。親父さんだってわかってくれると思うけどな」

ジョニーは目をそむけた。「ショッピングモールの交替時間に遅刻するんじゃない？」

「ああ、そうだ。だからさっさと乗れ」

ジョニーは動かなかった。「ここになにしに来たんだよ、スティーヴおじさん」

「おふくろさんから電話があって、学校に連れてってやってほしいと頼まれたんだ。バスに乗り遅れたからってな」

「学校なんか行かない」

「いいや、行くんだ」

「勘弁してくれよ、ジョニー。なんだって、そう面倒をかける？　いいからバンに乗れ」

「母さんにはちゃんと送り届けたと言えばいい」

「おふくろさんとの約束だ、絶対に連れていく。おまえがバンに乗るまでてこでも動かないからな。必要なら力ずくで乗せてみせる」

ジョニーはぼそりと言った。「おじさんは警官じゃない。ただの警備員だろ。強制なんかできないさ」

「行かないってば」

「ふざけやがって。そこで待ってろ」スティーヴはジョニーのわきをすり抜けた。ベルトのわずかな金属部分がカチャカチャと鳴った。制服はパリッと糊がきいていて、歩くたびにこすれる音がした。

「なにをするつもりだよ？」

「おふくろさんに言いつける」

「まだ寝てるよ」

「だったら起こすまでだ。どこにも行くなよ。絶対にな」スティーヴはそう言うと、こぼれた酒とノーブランドの洗剤のにおいがする小さな家に入っていった。ジョニーはドアがカチリと閉まるのを見届けてから、自分の自転車に目を向けた。あれにまたがってスティーヴおじさんが戻る前に逃げ出すこともできるが、それは強い男がすることじゃない。だからジョニーはポケットから地図を出し、胸のところで皺をのばした。ひとつ深呼吸すると、この問題と向き合うために家のなかに入った。

家のなかはしんと静まり返り、まだ薄暗かった。ジョニーは短い廊下に歩を進めたところで足を止めた。母の部屋のドアが大きくあいて、その前にスティーヴおじさんが微動だにせず立っていた。ジョニーはしばらく黙って見ていたが、スティーヴは動きもせず、声もかけない。さらに近づいてみると、母の部屋がほんの少しだけのぞけた。母はまだ眠っていた。仰向けの姿勢で、片腕を目の上にのせて。上掛けが腰までずり落ちているせいで、素っ裸でぴくりとも動かない母の姿がのぞけ、スティーヴおじさんがそれを呆然と見つめている。状況がのみこめた。「なにしてんだよ？」もう一度、今度はもっと大声で「なにしてんだよ、スティーヴ？」

スティーヴおじさんはうしろめたそうに体をびくっと震わせた。両手を上げ、指を広げる。「早とちりするな」

しかしジョニーは聞いていなかった。すばやく五歩進んで、母の部屋のドアを閉めた。母はそれでも動かなかった。ジョニーはドアに背中を押しつけ、目のなかで炎が燃え上がるのを感じていた。「変態だよ、スティーヴ。ぼくの母さんに」ジョニーは棒きれかバットでもないかと探すようにあたりを見まわしたが、なにもなかった。「どうしちゃったんだよ、おじさん」

スティーヴおじさんの目はめずらしく必死だった。「ただドアをあけただけだ。べつに下心があったわけじゃない。うそじゃないって、ジョニー。そんなんじゃないんだ。おれはそんな男じゃない。本当だって。神に誓ってもいい」

スティーヴおじさんの顔は脂じみた汗でぐっしょり濡れていた。彼は哀れなほど怯えていた。ジョニーは急所を蹴り上げてやりたかった。地面に押し倒し、自室のベッドの下に隠した鉛パイプで急所が真っ平らになるまで殴りつけてやりたかった。しかしアリッサの写真が頭に浮かび、まだやらなくてはならないことがあるのを思い出した。それに今年のジョニーは学んでいた。情熱を燃やしつづけるすべを。声は冷ややかで落ち着き払ったものになっていた。自分にはやるべきことがある。だったらスティーヴにも手を貸してもらおう。「母さんには学校に送り届けたと言うんだ」ジョニーはうなずいて詰め寄った。

「訊かれたら、そう答えて」

「内緒にしててくれるのか?」

「言われたとおりにするならね」

「本当だな?」

「いいから行きなよ、スティーヴおじさん。仕事に行って」

スティーヴおじさんは両手を上げたまま、そろそろと退散した。「本当に下心があったわけじゃないんだ」

しかしジョニーにはそれ以上なにか言うつもりはなかった。ドアを閉め、キッチンのカウンターに地図を広げた。手に持った赤ペンが滑る。皺くちゃになった紙をてのひらで撫でつけ、この三週間にわたって調べた界隈《かいわい》に指を滑らせた。

適当に、とある通りを選び出した。

3

ハント刑事は自分の狭苦しいオフィスの乱雑なデスクにいた。キャビネットの上からも、使っていない椅子からもファイルがあふれている。汚れたままのコーヒーカップ、まだ目を通していないメモ。九時四十五分。目も当てられない状態だったが、なんとかする気力すらなかった。両手で顔をこすり、白い筋が現われチカチカするまでまぶたを揉《も》んだ。顔はざらついていて無精ひげがのび、どこから見てもりっぱな四十一歳なのを痛感する。体重が減りすぎて、スーツがだぶついてきていた。この半年間、ジムにも射撃練習場にも足を運んでいない。一日一食以上とれることはまれだが、そんなことはどうでもよかった。

彼はアリッサ・メリモンの職場用ファイルを前にしていた。自宅のデスクの抽斗《ひきだし》にも、手垢《てあか》で汚れたコピーがしまってある。彼はていねいにページをめくり、すべてに目を通した。報告書、事情聴取、要約。大きく引きのばした学校写真から、アリッサが彼を見つめ返した。兄と同じ黒い髪。同じ骨格に同じ黒い瞳。あいまいなほほえみ。母親と同じく、はかないというか、つかみどころのない雰囲気をただよわせているが、どうがんばってもその正体を突きとめることはできない。目の表情か。尖った耳と磁器のような肌か。それとも純真さか。ハントの頭を離れないのはその純真さだった。彼女は生まれてからこの方、一度も穢れた考えを抱いたり、いけないことをしたことなどないように見えた。しかし、母親と兄はどうか。ふたりとも程度の差こそあれ、同じ雰囲気を持っている。しかし、アリッサにはおよびもつかない。

ハントはまたも顔をさすった。

のめりこみすぎているのは自分でもわかっている。しかし彼はこの事件にとらわれていた。オフィスを一瞥《いちべつ》するだけで、どれだけ取り憑《つ》かれているかがよくわかる。捜査すべき事件はいくらでもある。ほかにも被害者はいる。メリモン家と同じように苦しんでいる生身の人間がいる。しかしどの事件にも興味が持てず、自分でもどうしてだかわからない。夢にまでアリッサが出てくる。夢のなかの彼女は、行方不明になった当日そのままの服装だ。色褪せた黄色いショートパンツに白い上着。血の気のない顔。ショートヘア。体重八十ポンド。暑い春の日だった。事件発生当時、手がかりはひとつもなかった。砲撃のごとく唐突に始まる夢は、色もついた真に迫ったものだ。少女は森の奥の暗いところへと引っぱりこまれ、生温かい朽ちた落ち葉のなかを引きずられていく。片手をのばし、口をあけ、真っ白な歯がのぞく。その手をつかもうとのばしたハントの手はむなしく空《くう》を切り、少女は悲鳴をあげながら、長い指によって暗く継ぎ目のない場所へと引きずりこまれていく。

そういうとき、彼は汗をぐっしょりかき、落ち葉を掘り返そうとするように手をやみくもに動かしている最中で目が覚める。夢は週に二、三回の頻度で訪れるが、いつも同じだ。ときには三時近くにすっかり目が覚め、体をぶるぶる震わせながらベッドを這い出し、顔を冷たい水で濡らし、血走った目を長いこと見つめたのち、ファイルを読みふける。息子が目を覚まし、新しい一日がその長い指で触れてくるまで何時間でも。

夢は彼にとっての地獄となり、ファイルは儀式書であり宗教となった。まさに生きながら食われるも同然の状態だった。

「おはよう」

ハントはぎくりとして顔を上げた。ドアのところにパートナーであり友人でもあるジョン・ヨーカムが立っていた。「やあ、ジョン。おはよう」

ヨーカムは六十三歳、茶色い髪は薄くなりかけ、ヤギひげに白いものが混じっている。痩せ形だがよく鍛えた体の持ち主で、恐ろしいほど頭が切れ、度を越した皮肉屋でもある。彼とは組んで四年で十以上もの重大事件を手がけてきた。ハントはこのパートナーが気に入っていた。人づき合いの悪いうぬぼれ屋だが、この仕事になにより必要な洞察力にすぐれている。必要とあらば長時間働くこともいとわず、パートナーの背後にもしっかり目をくばる。少々謎めいて愛想が悪いが、ハントは気にしていなかった。

ヨーカムはかぶりを振った。「なんだ、そのツラは。おれもそんな夜を過ごしてみたいもんだね」

「やめたほうがいい」

ヨーカムは薄笑いを消し、そっけなく言った。「わかってるさ、クライド。ちょっとからかってみただけだ」彼は肩のうしろを示した。「いまかかってきた電話、あんたが出たほうがよさそうだ」

「ほう。どうしてまた？」

「ジョニー・メリモンの件だからだ」

「本当か？」

「おまわりと話したいってご婦人からの電話でな。きょうここには、本物のおまわりはおれひとりしかいないと答えたんだ。で、精神衰弱なおまわりなら、たしかにひとりいると言ってやった。昔はおまわりらしく見えた強迫神経気味のやつがいるとな。そいつと話すことも可能ですよ。よかったら両方どうです？　それも同時に」

「何番だ、この皮肉屋」

ヨーカムは見事なまでに白く光る歯を見せた。「三番だ」そう言うと、ゆっくりと肩で風を切って出ていった。ハントは受話器を取り上げ、点滅している三番のボタンを押した。

「ハント刑事です」

最初はなんの反応もなく、しばらくたって女性の声がした。年配らしい。「刑事さんですか？　べつに刑事さんじゃなくてもよかったんですけど。そんな大げさな話じゃないんです、本当に。いちおう、誰かの耳に入れておこうと思っただけで」

「気になさらないように。お名前を教えてもらえますか」

「ルイーザ・スパロウ。鳥のスズメ《スパロウ》と同じスペルです」

声にぴったりの名字だ。「で、どうかしましたか、ミズ・スパロウ？」

「例のかわいそうな男の子のことなんですよ。ほら、妹さんがいなくなった子」

「ジョニー・メリモンですね」

「そう、その子です。かわいそうに……」彼女は一瞬言葉につまったが、声はすぐに落ち着いた。「その子がついさっきわたしの家に……ほんのちょっと前に」

「妹の写真を持ってたんですね」ハントは口をはさんだ。

「そうです。なぜご存知なの？」

ハントはその質問を受け流した。「住所を教えてもらえますか？」

「まさか、よくないことに関わってるわけじゃありませんよね？　あの子が大変な思いをしたのは知ってます。ただ、きょうは学校がある日だし、いきなり妹さんの写真を見せられるなんて、あまり気持ちのいいことじゃなくて。写真を見たらいまもそっくりなんですよ。まるで全然成長してないみたいに。それに変な質問をしてくるし。まるでわたしが事件に関わってるみたいな言い方なの」

ハント刑事の脳裡《のうり》に食料品店にいた小柄な少年が浮かんだ。落ちくぼんだ目。警戒心。

「ミズ・スパロウ……」

「はい」

「ぜひともお宅の住所を教えてください」


ハントはルイーザ・スパロウの家から一ブロック行ったところでジョニー・メリモンを見つけた。少年は道ばたに腰をおろし、側溝のなかで足を交差させていた。汗でシャツがぐっしょり濡れ、髪の毛が額に貼りついている。くたびれた自転車が他人の家の芝生に半分のっかる形で横倒しになっていた。ジョニーはしきりにペンを嚙みながら、毛布のように膝に広げた地図にかがみこんでいた。その集中ぶりは半端でなく、ハントが車のドアを乱暴に閉めて、ようやく気づいたほどだった。その瞬間の少年は驚いた動物そのものだったが、すぐにその表情は消えた。少年はおやっという目をし、それはすぐに覚悟に、つづいてもっと黒いものにとって代わった。

諦念。

つづいて狡智。

彼は自転車に飛び乗って逃げようかと距離を目視した。大胆にも近くの森に目をやったが、ハントに間合いをつめられ、さじを投げた。「こんちは、刑事さん」

ハントはサングラスをはずした。彼の影が少年の脚に落ちた。「やあ、ジョニー」

ジョニーは地図を巻きはじめた。「なにを言うつもりかわかってるから、言わなくていいよ」

ハントは手を差し出した。「その地図を見せてくれないか？」ジョニーはその場で固まり、追いつめられた動物のような表情をのぞかせた。目をどこまでもつづく道路に向け、それから地図に落とした。ハントは語を継いだ。「その地図の話は聞いてる。最初はまさかと思ったが、何人もの人から同じ話を聞かされたよ」ハントの目はひたすら少年にそそがれていた。「これでもう何回めだ、ジョニー？　きみにこの話をするのはこれで何回めになる？　四回か？　五回か？」

「七回」少年の声は側溝より上にはほとんど届かなかった。地図の上の手が白くなった。

「あとで必ず返すから」

黒い目を輝かせて顔を上げた少年から、小賢《こざか》しさが消え失せた。彼はまだ子どもだ。彼は怯えていた。「約束する？」

彼はあまりに小さく見えた。ハントは地図をつまみ上げた。「約束するよ、ジョニー」

ジョニーが手をどけ、ハントは地図をつまみ上げた。使い古して柔らかく、折り目が白くついていた。少年の隣に腰をおろし、両手で地図を広げた。大判の白い紙に紫色のインクで描かれていた。名前と該当住所が記された課税用地図なのはすぐわかった。市のほんの一部しか網羅しておらず、おそらく千戸程度だろう。半分近くに赤いインクでバツ印がついていた。「これをどこで手に入れた？」

「租税査定官のところで。べつに高いものじゃないよ」

「全部持ってるのか。郡全部の地図を？」ジョニーがうなずくと、ハントはさらに質問した。「この赤い印は？」

「訪ねた家。話を聞いた人たちの」

ハントは唖然とした。いったいどれだけの時間を費やしたのか。おんぼろ自転車でどれだけの範囲を網羅したのか。「アスタリスクがついてるやつはなんだ？」

「ひとり暮らしの独身の男。気味の悪いやつ」

ハントは地図をたたんで少年に差し出した。「ほかの地図にも同じ印がついてるのか？」

「ついてるのもある」

「こういうことはもうやめるんだ」

「でも――」

「でもじゃない、ジョニー。もうやめろ。この人たちは民間人だ。苦情が来てる」

ジョニーは立ち上がった。「べつに法律に違反してるわけじゃないでしょ」

「無断欠席してるじゃないか。学校をサボってる。それにこんなことは危険だ。どんなやつが住んでるかわからないんだぞ」ハントは一本の指で地図をはじいた。紙がパチンと鳴り、ジョニーは地図を引っこめた。「これ以上子どもがいなくなるのはごめんだ」

「自分の面倒くらい見られる」

「ああ、けさもそう言ったな」

ジョニーは横を向き、ハントは彼の細い顎のラインを、張りのある肌を押し上げている筋肉を観察した。ふと見ると、首からかけた細ひもに小さな羽根がくくりつけられていた。それが少年の洗いざらしたシャツの上で灰白色に光った。ハントは場の雰囲気をやわらげようと、それを指差した。「なんだい、それは？」

ジョニーの手が首にのびた。羽根をシャツの下にたくしこむ。「筆毛だよ」

「筆毛？」

「幸運のお守り」

ハントは少年の指が白くなっていくのに気づき、それから自転車にも羽根が結んであるのに気がついた。そっちはもっと大きく、色は茶色に近い。「あっちのはなんだ？」彼はまた指差した。「タカか？　フクロウか？」

少年はなんの表情も浮かべず、口を真一文字に結んでいた。「あれも幸運のお守りなのか？」

「ううん」ジョニーはちょっと黙り、顔をそむけた。「違う」

「ジョニー――」

「先週のニュースを見た？　コロラドで誘拐された女の子が見つかったでしょ。知ってる？」

「知ってるよ」

「その子は一年間行方がわからなくて、自分の家から三ブロックのところで見つかったんだ。ずっと一マイルも離れてないところにいたんだよ。一マイルも離れてないところで、地下室の壁に掘った穴に監禁されてたんだ。バケツとマットレスだけの穴蔵に閉じこめられてたんだ」

「ジョニー――」

「ニュース番組で写真が公開されてたよ。バケツ。ろうそく。汚らしいマットレス。天井までの高さは四フィートしかなかった。でも、その子は見つかったんだ」

「あくまで一例にすぎないよ、ジョニー」

「どれも同じだってば」ジョニーは顔を戻した。落ちくぼんだ目にいっそう影が射した。「近所の人とか友だちとか、その子が知ってる人とか、毎日のように前を通ってる家の人の仕業《しわざ》なんだよ。だからいつもすぐそばで見つかるじゃないか。死んでる場合でも近くで見つかってる」

「必ずしもそうとはかぎらない」

「だけどそういう場合だってあるよ。たまには」

ハントも立ち上がって、穏やかな声で言った。「たまにはな」

「刑事さんがあきらめたからって、ぼくまであきらめなきゃいけないことにはならないよ」

少年の姿と思いつめた表情を見て、ハントは深い悲しみに襲われた。彼は重大事件で主任刑事をつとめる立場にあり、それゆえ、アリッサの失踪でも捜査にくわわった。拉致された子どもが無事に家に帰れるよう、ほかのどの警官よりも懸命に捜査に打ちこんだ。何ヵ月にもわたって家族を捨て置いた結果、やりきれない思いと無言の怒りをためこんだ妻は彼のもとを去った。引き替えになにを得たか？　アリッサは見つからなかった。遺体が見つかれば御の字だった。コロラドの事件の結末は問題じゃない。統計がすべてを物語っている。大半は一日めが終わるまでに死んでいる。だからと言って気が楽になるわけではない。彼はいまも彼女を家に帰してやりたいと思っている。なんとしてでも。「捜査はまだ続行中だ、ジョニー。誰もあきらめてなんかいない」

ジョニーは自転車を起こした。地図を丸め、尻のポケットに突っこんだ。「もう行かなきゃ」

ハント刑事はハンドルに手を置いた。点々とついた錆《さび》と太陽の熱が伝わってくる。「きみのことはこれまでさんざん大目に見てきた。これ以上はだめだ。こんなことはやめろ」

ジョニーは自転車を引き寄せようとしたが、ぴくりとも動かせなかった。彼はいつになく大きな声を出した。「自分の面倒くらい自分で見られる」

「問題はそこだよ、ジョニー。きみの面倒を見るのはきみの仕事じゃない。お母さんの仕事だ。しかし、率直に言って、お母さんは自分の面倒すらろくに見られる状態じゃない。ましてや十三歳の息子の面倒など無理だ」

「刑事さんが勝手にそう思ってるだけじゃないか。なんにも知らないくせに」

刑事は少年の目を長いこと見つめていた。それが怒りから恐れへと変化したのを見て、少年がどれほど希望を必要としているか痛いほどわかった。しかし世界は子どもにとってやさしくなく、ハントもジョニー・メリモンにはさじを投げかけていた。「いまここでそのシャツをめくり上げたら、体にいくつ傷がついている?」

「自分の面倒くらい自分で見られる」

その言葉は単調で説得力がなかった。ハントは声を落とした。「言ってくれなきゃなにもしてやれない」

ジョニーは背筋をのばし、自転車から手を離した。「歩いていく」彼はそう言って背を向けた。

「ジョニー」

少年は振り返りもせずに歩いていく。

「ジョニー！」

少年が足を止め、ハントは彼のところまで自転車を押して行った。スポークをカチカチいわせながらタイヤがまわった。ハントから自転車を返され、ジョニーはハンドルを握った。「おれの名刺はまだ持ってるか？」ジョニーはうなずき、ハントは長いため息を漏らした。この少年にここまで親近感を持つ理由をハントはうまく説明できたためしがない。自分にすら。この少年にここまで親近感を持つ理由をハントはうまく説明できたためしがない。必要以上に少年の痛みがわかるのかもしれない。なにか惹かれるものがあるのかもしれない。「捨てるんじゃないぞ、いいな。いつでも電話しろ」

「うん」

「またこんなことをしたら承知しないぞ」

ジョニーは黙っていた。

「このまままっすぐ学校へ行け」

沈黙。

ハントはすっきり晴れ上がった青い空を見上げ、それから少年に目を戻した。黒い髪が濡れ、顎をぐっと引いてる。「気をつけて行けよ、ジョニー」

4

人間は善良じゃない。ハント刑事はそう強調した。これまでジョニーは、フェンスごしに窓のなかを数え切れないほどのぞきこんできた。昼夜を問わずドアをノックし、そのたびにまともとは言えないものを目にしてきた。ひとりだから誰にも見られないと思ってやっていることを。コカインを吸う子どもや、床に落ちた食べ物を食べる老人を見た。一度など、下着姿の牧師が泣き叫ぶ妻に真っ赤な顔でわめきちらす場面も目撃した。あれには胸が悪くなった。しかし、ジョニーも世間知らずではない。狂気を帯びた人間も一見しただけでは常人と変わらないことくらいわかっている。だから人目を引く行動は慎《つつし》んだ。靴ひもをきつく縛り、ナイフをポケットにしのばせていた。

彼は慎重だった。

ぬかりなかった。

ジョニーはまるまる二ブロック走るまで振り返らなかった。ようやく頭をめぐらせたときも、ハント刑事はまだ道路に立っていた。濃色の車と緑の芝生の隣の小さな色の塊となって。刑事は一瞬動きを止めたが、すぐに片手を上げてゆっくりと振った。ジョニーはもう二度と振り返るまいと心に決め、自転車のスピードを上げた。

あの刑事には肝《きも》を冷やした。なんでわかったのだろう。

五。

五つの痣《あざ》。

その数字が頭にぱっと浮かんだ。

ペダルをさらに強く漕いだ。足を必死に動かしていると、シャツが第二の皮膚のように背中にぺったりと張りついた。町の北のはずれを目ざし、橋の下を滔々《とうとう》と流れる川が幅を広げ、流れがゆるくなるあたりに向かった。自転車に乗ったまま土手の下まで行って、自転車を横倒しにした。耳の奥がどくどくいい、塩からいものが口に入った。それが目に染みるので、汚れた袖でぬぐった。ここにはよく父と釣りに来た。五フィートも泥にもぐるバスや大ナマズがどのへんにいるかよく知っていたが、いまの彼にはどうでもいいことだ。釣りはまったくやらなくなっていたが、いまだにここに足が向いてしまう。

ここが彼の場所であることに変わりはない。

地べたにすわり、靴ひもをゆるめた。指が震えたが、どうしてかわからなかった。靴を脱ぎ終えると、羽根を頰に押し当ててからシャツでくるんだ。刺すような陽射しにあぶられながら痣を見つめた。最大のものは形も大きさも大柄な男の膝そのものだった。左わき腹にくっきり残るその痣を見て、ケンに膝で押さえこまれたこと、逃れようともがくたびに体重をかけられたことを思い出した。

ジョニーは肩をまわした。もう忘れよう。胸を押さえこんだ膝も、顔に突きつけられた指も。

おまえはおれの言うことを聞いてればいいんだ……。

てのひらがジョニーの横っ面にピシャリとあたる。まず片側、つづいて反対側にも。母は奥の部屋で気を失っている。

ガキのくせして……。

またも平手打ち。さっきより強く。

親父はいまどこにいる?

痣は周辺が黄色く変わり、なかほどは緑色になっていた。指で押すと痛みが走った。その瞬間だけ皮膚は白くなった——このときも完璧な楕円形だった——が、すぐもとの色がなだれこんだ。ジョニーは塩からいものをさらに目からぬぐった。川に向かって歩く途中、一度よろけた。水に足をつけたとたん、川底の土が指のあいだにもぐりこんだ。頭から飛びこむと、生ぬるい水にのみこまれた。水は彼を包みこんで外界から遮断し、ひたすら押さえつけた。

ジョニーは川で二時間を過ごした。ハント刑事がまた探しにくるんじゃないかと気が気ではなかったし、学校のことも心配だったから、ぞんぶんに楽しめたとは言えなかった。川を泳いで往復し、太陽にあぶられて熱くなった平たい石から浅飛び込みをした。流木が銀色の山をなし、風が水面を舐《な》める。午《ひる》近くにはくたくたに疲れ、橋から四十フィートほど下流の平たい岩の上に寝そべった。黒い川面に長い枝を垂れたヤナギの木が目隠しになっているから、見つかる心配はない。車が通るたびに橋が地響きのような音を立てる。小石が飛んできてジョニーの頭のすぐそばの岩に当たった。体を起こすと、また小石が飛んできて今度は肩にぶつかった。あたりに目をやったが、人の姿は見えなかった。三個めは脚をかすめた。今度のは大きくて痛かった。「これ以上投げたら殺すぞ」

静寂。

「きみなのはわかってるんだ、ジャック」

どこからか笑い声がしたかと思うと、雑木林の陰からジャックが現われた。カットオフ・ジーンズに汚れたスニーカー。黄白色のシャツには黒いエルヴィスのシルエットが描かれている。バックパックをかつぎ、手にはまだ何個か石を持っていた。口の片側を鋭角に上げ、髪をうしろに撫でつけている。ジョニーはきょうが金曜日なのをすっかり忘れていた。

「おれに内緒でサボった罰だ」ジャックは歩み寄った。ブロンドの髪と茶色の目をした小柄な少年で、片方の腕は深刻な障害を負っている。右腕は普通だが、左腕はいやでも目につく。短くて小さなその腕は、六歳児の腕をその倍の歳の子にくっつけたように見える。

「怒ってるのか？」ジョニーは訊いた。

「ああ」

「じゃあ、一発殴れよ。それでおあいこにしよう」

ジャックは冷酷な笑みを崩さなかった。「三発だ」

「ちっこいほうの腕で三発な」

「拳骨で二発」ジャックはいいほうの腕を引き、笑みを引っこめた。「よけるのはなしだぜ」彼が間合いをつめると、ジョニーは片腕を曲げてわきにしっかりと引き寄せた。ジャックは両脚を広げ、こぶしを引いた。「痛いぜ」

「さっさとやれよ、この意気地なし」

ジャックはジョニーの腕を二回殴った。かなり強く。彼は一歩さがり、満足の表情を浮かべた。「これでおあいこだ」

ジョニーが振りかぶって小石を一個投げると、ジャックはひょいとかわした。「ぼくがここにいるとどうしてわかった？」

「そのくらいロケット科学者じゃなくたってわかる」

「だったら、なんでこんなに時間がかかったんだよ？」

ジャックは岩の上にジョニーと隣り合ってすわった。バックパックをおろし、シャツを脱いだ。肌が真っ赤に焼けていて、肩の皮が剝けている。シルバーの十字架を華奢《きゃしゃ》なスチールのチェーンからぶら下げていた。バックパックをあけた拍子に十字架がくるりとまわり、陽射しを受けて銀色の光を放った。「必要なものを取りに家に帰らなきゃならなくてさ。そしたら親父がまだいやがったんだ」

「まさか親父さんに見つかったわけじゃないよね」ジャックの父はきまじめで融通《ゆうずう》のきかない警官で、ジョニーはできるだけ近寄らないようにしている。

「このおれがそんなアホに見えるかよ」ジャックのまともなほうの手がバックパックのなかに消えた。

「まだ冷たいぜ」彼は言って缶ビールを出した。それをジョニーに渡し、もう一缶出した。

「ビールを盗んできたのか」ジョニーは頭を振った。「地獄の炎に焼かれるぞ」

ジャックはいつもの険のある笑みを浮かべた。「神様だってささいな罪は大目に見てくれるさ」

「おふくろさんはそうは言わないと思うよ」

ジャックは大声で笑いだした。「おふくろはじき、洗足式とヘビをつかむ儀式をやるんだぜ、ジョニーちゃん。おまえだって知ってんだろ。おれがいつ地獄の炎に焼かれてもおかしくないとばかりに、おふくろが必死に祈ってることを。家のなかでも、人前でも」

「大げさだよ」

「サボったのがばれたときがあったろ？　覚えてるか？」

三カ月前のことだ。覚えている。「うん、歴史の授業だろ」

「それで校長と三者面談になってさ。面談が終わる頃には、おふくろは校長をひざまずかせ、息子の進むべき道をお示しくださいと神に祈らせてたんだぜ」

「うそつけ」

「うそじゃない。校長はそのくらいおふくろが怖かったのさ。やつの顔ときたら、そりゃもう見物だった。顔をくしゃくしゃにしてさ、片目をこっそりあけて、祈ってるあいだもおふくろに見張られてるからうかがってた」ジャックはプルタブをあけて肩をすくめた。

「それもしかたないよな。おふくろはすっかりおかしくなっちまって、おれにも同じ道を進ませようと一生懸命だ。先週なんか牧師を招いて、おれのために祈らせたくらいだ」

「なんのために？」

「おれがオナニーなんかしないようにさ」

「まさか」

「笑っちゃうだろ」ジャックは言ったが、笑みはもうかけらも残っていなかった。彼の母親は恐ろしいほど信心深く、ほとんど狂信的だ。ジャックの顔を見るたび、地獄の業火《ごうか》に焼かれるだの天罰が下ると口を酸っぱくして説教する。ジャックは適当に受け流しているものの、ほころびがあらわになることもある。ジョニーはビールのプルタブをあけた。「おふくろさんは親父さんがあいかわらず飲んでることを知ってるのか?」

「おふくろに主はお認めにならないと言われて、親父はビール用冷蔵庫をガレージに移したんだ。ウィスキーも一緒にな。それで一件落着になったみたいだ」

ジャックはビールをあおり、ジョニーはひとくち含んだ。「このビール、えらくまずいよ、ジャック」

「もらっておいて贅沢言うな。また殴られたいのか」ジャックは残りのビールを飲み干し、空き缶をバックパックにしまって新しいのを出した。

「歴史のレポートはやったの?」

「ささいな罪は大目に見てもらえると言ったろ?」

ジョニーはジャックのうしろに目をやった。「自転車はどうしたの?」

「知るかよ」

「知るかよってどういうこと?」

「乗る気にならないんだ」

「六百ドルもするマウンテンバイクなのに」

ジャックは顔をそむけ、肩をすくめた。「前のやつじゃなきゃだめなんだ。それだけだ」

「まだ見つからないの？」

「きっと盗まれたんだ。もう戻ってこない」

感傷のなせるわざだ、とジョニーは心のなかでつぶやいた。ジャックの先代の自転車は車体が小便のような黄色で、三段ギヤとバナナ形サドルがついていた。父親が中古で買ったというそれは、どう見ても十五年前のものだった。その行方がずいぶん前からわからなくなっていた。「列車にただ乗りして来たの？」

ジョニーの目が成長しきらなかった腕に移動した。ジャックは四歳のときにピックアップ・トラックの荷台から落ちて腕を損傷し、それが原因で骨が空洞になった。空洞部分を牛の骨で埋める手術を受けたが、執刀医の腕がよほど悪かったのだろう、骨はそれきり成長しなかった。指もよく動かない。力もほとんど入らない。ふたりのあいだでは腕の障害なんか取るに足りない問題だとジョニーはしつこいくらいに繰り返した。しかし、それはきれいごとにすぎない。その話題になるとジャックは神経を尖らせる。彼はジョニーの視線に気づいた。

「おれじゃ列車に飛び乗れないと思ってるな」むっとした顔。

「こないだの事故が頭に引っかかってるだけさ」

その一件はふたりともよく知っていた。郡内の学校に通う十四歳が同じ列車に飛び乗ろうとして手を滑らせたのだ。少年は車輪の下敷きになって両脚を失った。片方は腿から下を、もう片方は膝から下を。この悲劇はジャックのような少年を戒《いまし》める逸話《いつわ》として語られている。

「あいつは腰抜けだったんだ」ジャックはバックパックの外ポケットをかきまわし、メンソール煙草のパックを出した。短いほうの腕で煙草を抜いて赤ん坊のような指二本ではさみ、ライターで火をつけた。煙を吸いこみ、輪の形に吐き出した。

「親父さんは煙草もくそまずいのを買うんだね」

ジャックは真っ青な空を見上げ、もうひとくち吸った。小さな手のなかの煙草は異様なほど大きく見えた。「おまえも吸うか?」

「うん」

ジャックはジョニーに一本差し出し、自分の煙草の火を貸してやった。ジョニーはひと吸いしたとたん咳きこんだ。ジャックは笑った。「そんなんじゃ煙草吸いは気取れないぜ」

ジョニーは煙草を川に飛ばした。地面に唾を吐いた。「くそまずい煙草だ」さっきと同じことを言った。顔を上げると、ジャックが胸とわき腹の痣に見入っていた。

「まだ新しいな」ジャックは言った。

「そんなでもないよ」ジョニーは、ふたりがいる岩の前を丸太が流されていくのを見送った。「もう一度話してほしい」

「話すってなにを？」

「例のバンのことさ」

「おいおい、ジョニー。まったくしらける野郎だな。何度繰り返させれば気がすむんだ？　こないだからなんにも変わってないよ。その前からもな」

「いいから話して」

ジャックは煙を吸いこみ、友から目をそむけた。「普通のバンだった」

「何色？」

「知ってんだろ」

「何色だった？」

ジャックはため息をついた。「白だ」

「へこみとかなかった？　瑕《きず》は？　ほかになにか覚えてない？」

「もう一年も前なんだぜ、ジョニー」

「ほかになにかないの？」

「しつこいな。ただの白いバンだ。白だよ。前にも言ったろ。おまわりにも言ったろ」ジョニーが黙っていると、やがてジャックは落ち着きを取り戻した。「ありきたりの白いバンだったんだ。ペンキ屋が使ってるみたいなやつさ」

「そんなこと、前には言わなかったじゃないか」

「言ったさ」

「そうじゃない、こう言ったんだ。色は白で、うしろに窓がないやつって。ペンキ屋のバンみたいだったなんて言ってない。なんでいまになって思い出したんだよ。側面にペンキの跡でもついてたの？」

「違う」

「屋根にはしごがのっかってたとか？　はしごをのせるルーフラックがついてたとか？」

ジャックは煙草を吸い終え、吸い殻を川にはじき飛ばした。「ただのバンだったんだ、ジョニー。そのときアリッサはおれから二百ヤードも離れたところにいた。彼女の行方がわからないって聞いて初めて、あのときさらわれたんだとわかったくらいだ。おれも彼女も図書館から帰るところだった。ほかにも何人か一緒だったよ。バンが坂道をのぼってきて停まったんだ。ウィンドウから手が出てきたと思ったら、彼女がそっちに歩いていった。怯えてるようには全然見えなかった。ただ近づいていったんだ」ジャックは言葉を切った。「そしたらドアが大きくあいて、誰かが彼女をつかんだ。白人の男。黒いシャツ。それはもう百回も言ったよな。で、ドアが閉まって車は走り去った。ほんの十秒ほどの出来事だった。ほかに覚えてることなんかないよ」

ジョニーはうつむき、石を蹴った。

「ごめんよ。なにかすればよかったけど、なんにもしなくてさ。とても現実とは思えなかったんだ」

ジョニーは立ったまま川面《かわも》を見つめた。やがて一度小さくうなずいた。「もう一缶、ビールがほしいな」

ふたりはビールを飲み、川で泳いだ。ジャックは煙草を吸った。一時間ほどしてからジャックが訊いた。「何軒か調べにいくか？」

ジョニーは川面を切るように石を投げ、首を横に振った。ジャックはゲーム感覚でスリルを楽しみたいだけだ。人目をしのんでうろつきまわり、子どもが見てはいけないものをのぞきたいだけなのだ。ジャックにとってこれは興奮を味わうすべでしかない。「きょうはやめておく」

ジャックはジョニーの自転車に歩み寄った。前輪のスポークに地図が突っこんである。彼はそれを引き抜いて高く掲《かか》げた。「だったらこいつはなんだ？」ジョニーは友のほうを向いて、ハント刑事に遭遇した話を聞かせた。「あいつにまとわりつかれてるんだ」

ジャックはそんなのは言い訳だと思ったらしい。「たかがおまわりじゃないか」

「きみの親父さんだっておまわりだろ」

「そうさ。で、おれは親父の冷蔵庫からビールをくすねてる。な、わかるだろ？」ジャックは地面に唾を吐いた。嫌悪感を示すふたりの共通の仕種《しぐさ》だ。「行こうぜ。なにかやろう。

そうすれば気が晴れる。おまえだってわかってんだろ。だいいち、こんなところに一日じゅうすわってるのはごめんだ」

「ぼくは行かない」

「好きにしろ」ジャックは地図をスポークの隙間に押しこんだ。そのとき、自転車に羽根が結んであるのに気がついた。シートポストにくくりつけたひもからぶら下がっている。彼はそれを手に取った。「おい、こいつはなんだ？」

ジョニーは親友をにらんだ。「なんでもない」

ジャックは羽根を指のあいだに滑らせた。陽射しが当たってへりが光って見える。彼は光にかざした。「イカしてるじゃないか」

「さわるな」

ジャックは親友の肩が角張ったのに気づき、羽根から手を離した。羽根は一度揺れてひもからぶら下がった。「なんだよ。ちょっと訊いただけだろ」

ジョニーは手から力を抜いた。ジャックはああいうやつだ。べつに悪気がないのはわかっている。「兄さんはクレムソン大に決めたんだって？」

「知ってたのか？」

「すごい噂になってるからね」

ジャックは石を一個拾い、いいほうの手から短いほうの手へと転がした。「プロからも誘いが来てるんだ。先週、記録を破ったんだぜ」

「なんの記録?」

「通算ホームラン数」

「学校の?」

ジャックは首を振った。「州のさ」

「親父さんも鼻が高いだろうね」

「自分の息子が有名になるんだぜ」ジャックの笑顔は本物のように見えたが、短いほうの腕をわき腹にぴったりと引き寄せたのをジョニーは見逃さなかった。「鼻が高いに決まってるだろ」

ふたりはふたたびビールに口をつけた。太陽は高くなっていたが、陽射しのほうは弱まってきているようだ。川そのものが冷えたのか、空気がひんやりしてきた。ジョニーは三缶めのビールを半分ほど飲んで、下に置いた。

ジャックは酔っぱらっていた。

ふたりはそれきり、ジャックの兄の話題には触れなかった。

午すぎ、道路のほうから車がシフトダウンする音が聞こえた。車は橋の手前で停まり、上の土手に通じる材木運搬用通路に折れた。「くそ」ジャックはビールの缶を隠した。ジョニーはシャツを着て痣を隠し、ジャックはそうするのが当然という顔をよそおった。誰かに相談すべきかどうか、ふたりは何度となく言い争った。

高さのある金属のフロントグリルが轍《わだち》のあいだに生えた雑草を押しのけた。ワックスのきいたピックアップ・トラックだった。クロームめっきが陽射しを受けてまぶしく光り、フロントガラスはまるで鏡のようだ。車が停まると、エンジンの回転がいったん上がり、すぐにぴたりとやんだ。四つのドアのうち三つがあいた。ジャックがしゃちほこばった。ブルージーンズ。ブーツ。太い腕。年上の若者たちがピックアップの前にまわりこんでくる間に、ジョニーはその三点を見てとった。よく見かける顔だった。高校に通っている連中だ。十七歳か十八歳。大人か、その一歩手前。ひとりがパイント瓶入りのバーボンを手にしている。三人とも煙草をくわえていた。彼らは川に向かって傾斜している土手のへりに立った。三人はジョニーを見おろし、そのうちのひとり、首にラズベリー色の痣がある長身のブロンドが運転役をつついた。「見ろよ、あれ。中学のホモのカップルだぜ」

運転役は無表情だった。バーボンを手にした少年が瓶からラッパ飲みした。ジャックが言った。「失せろ、ウェイン」

痣がある若者の笑いが止まった。

「そうだよ」とジャック。「おまえが誰かちゃんとわかってんだからな」

運転役が痣のある若者の胸を手の甲ではたいた。長身で体格がよく、絵葉書のモデルによくいるタイプの美男子だ。彼は冷ややかな目でウェインを見つめると、ジャックを指差した。「あれはジェラルド・クロスの弟だ。少しは敬意ってものを見せろ」

ウェインは顔をしかめた。「あのチビが？　信じらんねえ」彼は一歩進み出ると、土手の下をのぞきこんで、声を張り上げた。「兄貴はなんでカロライナ大を選ばなかった。クレムソンなんか女の腐ったやつが行くもんだぜ」

「あんたもそこに行くんだろ？」ジョニーが言い返した。

運転役が笑った。バーボンを持った若者も笑った。ウェインの顔色が変わったが、運転役が前に進み出て彼を押しとどめた。「おれもおまえを知ってるぞ」彼はジョニーに向かってそう言うと、しばし口をつぐんで煙草を吸った。「妹のことは気の毒だったな」

「ちょっと待てよ」ウェインは指差した。「あのガキが例の？」

「そうだ」

気持ちのこもらない淡々とした言い方をされ、ジョニーの顔からさっと血の気が引いた。

「ぼくはあんたなんか知らないよ」

ジャックがジョニーの腕に触れた。「ハントの息子だぜ。例の刑事の息子で、名前はアレン。最上級生だ」

ジョニーは顔を上げた。たしかに似ている。髪の色は違うが、似たような体格をしている。柔和な目もそっくりだ。「ここはぼくたちの場所だ」ジョニーは言った。「ぼくたちが先に来てた」

ハントの息子は土手から下を見おろしたが、喧嘩腰の物言いに気分を害した様子はなかった。彼はジャックに声をかけた。「最近、顔を見せないじゃないか」

「見せる義理があるのかよ」ジャックが言い返す。「話すことなんかなんにもないんだ。ついでに言っとくけど、ジェラルドだって同じだよ」

ジョニーはジャックに目を向けた。「あいつ、きみの兄さんを知ってるの？」

「昔のことさ」

アレンは体を起こした。「ああ、昔のことだ」その言葉には感情というものが微塵もなかった。「おれたちはよそに行く」彼はいったん背を向けたものの、足を止め、ジャックに言った。「兄貴によろしく伝えてくれ」

「自分で言えよ」

アレンは黙りこみ、うつろな笑みを浮かべた。仲間に合図してピックアップに乗りこみ、エンジンをかけた。車が未舗装の道をバックして見えなくなると、あとには川と風だけが残った。

「いまのがハントの息子なの？」ジョニーは訊いた。

「そうさ」ジャックは地面に唾を吐いた。

「あいつときみの兄さんのあいだになにかあったの？」

「女のことでね」ジャックは言い、川のほうを見やった。「もう昔のことだよ」

そのあとは気まずい雰囲気が流れた。ガーターヘビを捕まえて放したり、ナイフで流木を削ったりして遊んだが、状況はよくならなかった。ジョニーは話し疲れた。それを察したジャックは、遠くの汽笛《きてき》が南行き列車の接近を告げたとたん、靴を履いて荷物をまとめた。「おれ、帰るわ」

「もう？」

「おまえが町まで自転車に乗っけてってくれるんじゃなきゃな」ジョニーはジャックのあとを追って土手に上がった。「あとでまた遊ぶか？」ジャックが訊いた。「映画でも見るか？　テレビゲームでもするか？」

汽笛がふたたび鳴った。さっきよりも近い。「もう行ったほうがいいよ」ジョニーは言った。

「あとで電話くれよな」

ジョニーはジャックが見えなくなるまで待ち、シャツに隠した筆毛を出して首にかけた。手を川に浸けて顔に水をはたきつけ、自転車につけた羽根を撫でつける。濡れて輝きを帯びた羽根を指にはさんで滑らせると、固くひんやりとした、えもいわれぬ感触が伝わった。

ジョニーはまた何度か水切り遊びをしてから、さっきの岩に戻って横になった。陽射しが暖かく、空気はまるで毛布だった。いつの間にか寝入っていた。目を覚まして驚いた。

午後もずいぶん遅くなっていた。五時か、もしかしたら五時半か。かなたに見える地平線に黒い雲が重なり、風に遠くの雨のにおいが混じっていた。

岩場をおりて靴を探した。それを拾い上げた瞬間、小型エンジンの音が耳に届いた。北から猛スピードで近づいてくる。音はしだいにボリュームを増し、耳をつんざくほどになった。一台のオートバイがぐんぐん迫ってくる。それが橋に差しかかったとき、べつのエンジン音が聞こえた。今度のは大型で、猛スピードを出している。首をのばすと、コンクリートの橋台が見え、その向こうに緑の葉と灰の色に変わった空がうっすらと見えた。橋が震動を始めた。あの橋をこれほどのスピードで渡る音を聞いたのは初めてだった。

橋のなかほどのところで、金属と金属がぶつかり合った。降りそそぐ火花、車の上部、オートバイが横転して人が欄干から投げ出される光景が目に飛びこんだ。片脚がありえない方向に折れ曲がり、両腕が必死に振りまわされるのを見て、ジョニーはこれはなにかの間違いだ、人の悲鳴をあげる風車だと思った。

グシャ、という湿った音と骨が折れる音を二度させて、それがジョニーの足もとに落ちた。泥だらけのシャツと茶色いズボン姿の男だった。ねじれた片腕が背中の下敷きになり、胸が陥没しているように見えた。大きくひらいた目は吸いこまれそうなほど青かった。

道路のほうでブレーキの甲高い音がした。ジョニーは負傷した男に歩み寄った。顔の片側の皮膚がめくれ、右目が血にまみれている。見えるほうの目が助けを求めるようにジョニーを凝視した。

上の道路から大型エンジンを吹かす音がした。タイヤが轟音をあげてバックを始めた。車が橋を後退する震動が伝わってくる。

負傷した男の顎が動いた。「やつが戻ってくる」

「心配しないで」ジョニーは声をかけた。「車の人とふたりで助けてあげるから」彼は地面に膝をついた。男が手をのばし、ジョニーはそれを握った。「安心して」

しかし男はジョニーの言葉など耳に入っていないようだった。驚くほどの力で彼を引き寄せた。「あの子を見つけた」

ジョニーは男の唇に神経を集中させた。「あの子？」

「連れ去られた少女」

ジョニーは衝撃で寒気立った。男の体がひくつき、吐いた血がジョニーのシャツに飛び散った。ジョニーは気にもとめなかった。「誰のこと？」もう一度、今度はもっと声を大きくして尋ねた。「誰のこと？」

「彼女を見つけた……」

頭上で大型エンジンがアイドリング状態になった。負傷した男は目を上に向け、恐怖をあらわにした。彼はジョニーをぐっと引き寄せた。血とつぶれた臓器のにおいがした。男の目のふちに皺が現われ、ジョニーの耳はひとつの単語を聞き取った。蚊の鳴くような声だった。

「逃げろ……」

「え？」

男は握った手に力をこめた。そのとき、大型エンジンが轟音をあげて発進し、コンクリートに金属のようなものがぶつかる音が聞こえた。男があまりに強く握ってきたせいで、爪がジョニーの皮膚に食いこんだ。

「頼む――」

男の体がふたたび発作に見舞われ、背骨がしゃちほこばり、折れた腕がねじれた。

「逃げろ……」

ジョニーは下に目を向け、ブーツのかかとが泥を押しやるのを見てはっとなった。

これは事故なんかじゃない。

橋を見上げると、人がせかせかと動いていた。男性とおぼしき頭と肩が、車の前にまわりこんだ。黒い人影はまるで切り抜き細工のようだった。ジョニーは両手についた血がねばつき、冷たくなっていくのを感じた。

事故なんかじゃない。

男の体が痙攣した。頭が地面を叩き、ブーツのかかとが連打する。ジョニーは手を振りほどこうと、あらんかぎりの力で引っ張った。橋の上から聞こえたエンジン音。人の動く気配。恐怖がナイフとなって深々と刺さり、彼の体の奥深くまで達した。これほどの恐怖を感じたのは生まれて初めてだ。目を覚ましたら父がいなかったときとも、生きる甲斐を失った母を見てケンの目がぎらついたときとも違う。

ジョニーは怯えきっていた。

凍ったように動けなかった。

やがて彼は向きを百八十度変えて走りだした。川沿いの踏み分け道を。喉がつまり、心臓が胸部から自由になろうともがくまで走った。猛スピードで、恐怖に怯えながら走った。

そこへ黒い大きな化け物が森から姿を現わし、ジョニーをつかみ上げた。

ジョニーは悲鳴をあげた。

5

リーヴァイ・フリーマントルは大切なものをかついでいた。黒いビニールで二重に包み、銀色のテープを巻きつけた重たい箱。これをかついでリーヴァイが歩いた距離を歩ける者はわずかながらいるだろうが、リーヴァイは並みの人間とは違う。荷物がもたらす痛みも、その重みもまったく苦にしていなかった。道を歩きながら頭に浮かんだ言葉をつぶやいた。神のお告げに耳を傾け、幼い頃に母から言われたとおり、川に沿って歩いていた。川は昔となにひとつ変わっていなかった。この川沿いの道をリーヴァイはおそらく百回は歩いた。もっとも、数の勘定は彼が得意とするところではなかったが。

しかし、百回はずいぶんな数だ。

彼はここをずいぶんと歩いた。

音が聞こえるより早く、白人少年の姿が目に飛びこんだ。飢えた悪魔がすぐうしろに迫っているかのようないきおいで、まっすぐリーヴァイに向かってくる。痩せっぽちの肩にちょこんとのった顔を赤紫色にし、何度も小枝で顔をはたかれそうになりながら石ころや

穴ぼこを飛び越えている。少年はただの一度も振り返らなかった。その様子は、追われた

獣が逃げる姿に似ていた。

リーヴァイは通してやりたかったが、隠れる場所がどこにもなかった。川があり、雑木

林もあるが、リーヴァイは身の丈六フィート五インチ、体重は三百ポンドだ。銃を持った

連中が彼を追っていた。まぶしく輝く金属をベルトにぶら下げた警官が。棍棒と陰湿な笑

みの看守が。そこで神にどうすべきか問うたところ、神は少年をつかみ上げよと告げた。

傷つけてはならぬ。ただ抱え上げよと。

「本当にいいのですか？」リーヴァイはつぶやいたが、神は答えなかった。リーヴァイは

肩をすくめ、木の陰から踏み出て太い腕一本で少年をすくい上げた。少年は悲鳴をあげた

が、リーヴァイはできるかぎりそっと抱えた。少年にかけるべき言葉を神から指示され、

リーヴァイは驚いた。

「神様が言われた――」

しかし舌がうまくまわらなかった。少年がリーヴァイの指を一本くわえ、皮膚がブドウ

のようにはじけるまで噛んだ。歯は骨にまで達し、血がいきおいよく噴き上がった。あま

りの痛さに、リーヴァイは少年を地面に投げ飛ばした。すぐに激しく後悔した。神を失望

させてしまった気がした。

それでも、痛いことに変わりはない。

少年はくるりとまわって立ち上がると、ウサギのように駆けだした。リーヴァイはあとを追おうとは一瞬たりとも思わなかった。重い箱をかついでいては走れないし、箱をここに置いていくわけにはいかない。たとえ、ほんの一分でも。彼は血まみれの指を握り、この痛みがはやく引くようにと願った。痛みはいやでも妻を思い出させた。あれはこれよりもっとひどい痛みだった。だから彼は片手で血だらけの指を押さえ、神の声に耳をすました。ようやく語りかけてきた神は、いまの少年がなにから逃げていたのか突きとめよと告げた。

リーヴァイは巨大な肩をすくめた。

「神が語り《トーク》、リーヴァイは歩く《ウォーク》」

うまく韻を踏めた。

二十分後、ようやく橋の下に出た。岩についた血はどす黒く不吉な感じで、リーヴァイは周囲の音によく耳をすましてから、荷物を地面におろし、ヤナギの木の下から足を踏み出した。どうすべきか指示してほしかったが、神はだんまりを決めこんでいる。熱風が頬を撫で、西のほうで稲妻が光った。あたりは橋の下から舞い上がった埃の乾燥してざらついたにおいでむっとし、静電気が充満しているような感じがした。

川のなかから声が聞こえた気がした。リーヴァイは首を傾け、たっぷり一分間耳をすましたが、水が流れる音だろうと判断した。でなければ、草むらを這うヘビか。あるいは川岸近くの葦《あし》の茂みにひそむコイか。

とにかく神の声ではない。

神が語りかけてくるときは、頭上にひんやりした空気が層を作る感じがある。過去に成した悪行を思い出すときですら、心穏やかな気持になれる。

だから、いまのは神の声ではない。

彼は死体を見おろした。頭がうまく働かない。怖いからではなく――うなじに小さくも鋭い爪が刺さったような感じがしているのはたしかだが――四肢の折れ曲がった男が哀れだったからだ。大怪我を負い、赤いものを流しているさまはあまりに痛ましかった。それにこの静寂も、魂の抜けた瞳も。

リーヴァイは足を踏み替えた。顔の傷に、皮膚が溶けたように見える顔の右側に手をやった。どうすればいいかわからず、腰をおろして神の指示を待つことにした。

神様ならご存知のはずだ。

神様はさほどにすばらしい存在なのだ。

6

ジョニーが自宅がある通りまで戻ったときには、太陽はすでに沈み、あたりは紫に染まっていた。森のほうから夜の音があがった。足が痛くて引きずっていたが、希望で胸が騒いでいた。燃えていた。

「あの子を見つけた」

「あの子って?」

「連れ去られた少女」

その会話を頭のなかで何度も何度も再生し、足から這い上がってくる痛みを忘れるほど自分を駆り立てるこの思いを否定する理由はないか確認した。八マイルの大半は走り、全行程ずっと裸足だった。両足とも切り傷と擦り傷だらけだったが、右のほうがひどかった。黒い箱をかついだ大男に捕まった地点から二マイル行ったところで、割れたガラス瓶で深く切ったのだ。いまも男の血と垢の味が口に残っている。ジョニーはそのことはなるべく考えまいとした。それより妹と母のことを考えた。

最後から二番めの坂をのぼりきると、湿った風が強く吹きつけた。道路わきに街灯が並んでいる。窓。家。紫色の空の下、どの家も小さく、暗い森に細くて黒い道路へと押しやられてひしめくように並んでいる。あと一マイル、とジョニーは自分に言い聞かせた。あと坂をひとつ越えるだけだ。

母にこの話をはやく知らせなくては。

坂を下りはじめたジョニーは、うしろからのぼってきた車の音には気づかなかった。この知らせを聞かせたら母はどんな反応をするだろうかと想像する。ベッドから飛び起きる。薬をやめる。これで再出発できる。母子ふたりと、それにアリッサをくわえて。

父も戻ってくるだろう。

前に住んでいた家を取り戻せるかもしれない。

ヘッドライトがジョニーをとらえ、彼ははじに寄った。左に流れた彼の影は、車が横に並んで停まると同時に消えた。鋭い恐怖が体をつらぬいたが、すぐに車はケンのものだとわかった。直線的なデザインの大型の白いキャデラックで、〝エスカレード〟の金文字が躍っている。ケンの側のウィンドウがおりた。肌が真っ黒に焼けているせいか、目の下のたるみは目立たない。「いったいどこをうろうろしてた？」ジョニーは首を横に振った。

「乗れ、ジョニー。さっさとしろ」

ジョニーは腰を折った。「どういうことか――」彼はわき腹にこぶしを押しつけた。

ケンは乱暴にギヤをパーキングに入れ、運転席側のドアをいきおいよくあけた。「わたしに口答えするな、ガキのくせして。いいから車に乗れ。おまえのおかげでおふくろさんがすっかり取り乱している。町じゅうが大騒ぎなんだぞ」ケンは車を降りた。彼は縦にも横にも大きく、いかにも中年男らしいメリハリのない体つきをしている。ゴールドの時計にさびしい髪の毛、どうしてできるのかジョニーには不思議でならない笑い皺。

ジョニーはどうにかこうにか言葉を絞り出した。「取り乱してるってどういうこと?」

ケンは分厚い手で手招きした。「乗れ。早く」

ジョニーは車に乗り、つるつるしたレザーシートの上を横に移動した。ケンはギヤを入れ、ジョニーは死んだ男のことを思い浮かべた。

あの子を見つけた。

自宅はクリスマスのようにライトアップされていた。屋内の照明、屋外の照明、私道に斜めに駐車して一閃《いっせん》の青い光で庭を染める警察車両。暗さを増した空のもと、制服警官が立っていた。金属のリングから銃、無線、つやつやした黒い警棒をぶら下げて。

「なにがあったの?」

ケンは運転席側のドアをあけ、ジョニーの首に手を置いた。薄い帯状の筋肉に指が食いこみ、ジョニーは肩をまわした。

「痛いよ」

「本気を出したらこんなもんじゃない」ケンはジョニーを車から引きずり降ろした。手をどけ、警官たちに向かって完璧な笑顔を向けた。「見つかったよ」と誇らしげに告げた。

ジョニーの母がポーチに現われたのを見て、ふたりは私道の途中で足を止めた。母はブルージーンズにチョコレートミルク色にまで褪せた茶色いシャツを着ていた。スティーヴおじさんも出てきてその隣に立った。ジョニーが一歩進みでると、母は飛ぶようにステップを駆けおりた。髪が乱れ、目がぐっしょり濡れている。彼女は息子の体に腕をまわし、聞き取りにくい声で言った。「心配したのよ。どこに行ってたの？」

さっぱりわけがわからなかった。暗くなってから帰宅したことなど、これまで何度もある。ふだんの母は、彼がベッドにいるかどうかもわかっていない。母の肩の向こうで、警官のひとりが無線機を手に取るのが見えた。「本部応答せよ、こちら二十七号車。ハント刑事に伝えてほしい。ジョニー・メリモンを発見。自宅にいる」

雑音のひどい声が了解したと伝えた。数秒後、無線がふたたびヒスノイズを発した。

「二十七号車に連絡事項です。ハント刑事は現在そちらに向かっています」

「了解《テン・フォー》」

ジョニーは母の腕から力が抜けるのを感じた。母は彼を押しやったかと思うと、次の瞬間、彼を揺さぶって金切り声でわめいた。「もう二度とこんなまねしないで！　絶対に！」

わかった？　どうなの？　わかったと言いなさい！　言いなさいってば！」そしてふたたびジョニーをつかんだ。「まったくもう、ジョニー。死ぬほど心配したのよ」

揺さぶられ、抱きしめられたジョニーは動揺のあまり言葉が出なかった。警官がステップをおりてきた。スティーヴおじさんが懇願するような目を向けている。ようやくジョニーは理解した。「学校から電話があったんだね」

母は彼の首に頭をつけたままうなずいた。「お昼休みが終わってすぐ、休校になったの。うちに電話があっておまえが見あたらないって言うから、スティーヴおじさんに電話したのよ。でも、おじさんは学校で降ろしたって。間違いないって。でもおまえは帰ってこないし、それでひょっとして……」

ジョニーは母の抱擁を逃れた。「どうして休校になったの？」

母はジョニーの顔の片側をそっと撫でた。「ああ、ジョニー」震える母の指からぬくもりが伝わった。「またあったのよ」

「あったってなにが？」

母は涙声になった。「また女の子が連れ去られたの。校庭を出てすぐのあたり、だそうよ。七年生の子。ティファニー・ショア」

ジョニーは目をしばたたいた。言葉が無意識に口をついた。「ティファニーなら知ってる」

「あたしもよ」

母の声はしぼむように途切れたが、彼女の言いたいことはよくわかった。ティファニー・ショアは七年生。行方不明になったときのアリッサと同学年だ。ジョニーは首を横に振った。死んだ男の言葉を振り返った。〝あの子を見つけた〟と言われたとき、ジョニーは妹のアリッサのことと思いこんだ。ティファニーではなく。ほかの女の子でもなく。「そんなはずない」ジョニーは言った。しかし、泣きながら首を縦に振る母を見て、彼は希望が冷めていくのを感じた。ぼろぼろに砕け散るのを感じた。「そんなはずない」と繰り返した。

母は背中をそらしてうまい言葉を探したが、見つけるより先に警官のひとりが進み出た。

「ちょっと、きみ」警官の声にジョニーは顔を上げた。「シャツについてるそれは、血じゃないのか?」

7

太陽が沈むなか、リーヴァイは傷だらけの死体に付き添っていた。蠅がうるさく飛び交い、指がひどく痛み、神様がおれをおためしになっているのかと言いたくなる。教会に通っていたから神様がそういうことをなさるのは知っているが、リーヴァイはべつに特別な存在ではない。床掃除で生計を立てているだけの男だ。世の中に心を乱された男。しかしこの七日間、神様はいつも声をかけてくださった。ささやくようなその声は、世の中が闇に包まれ左に傾きかけたいま、ひとつの救いだった。一週間にわたって聞こえたささやき声がぱったりとやみ、彼の心にはいま、ぽっかりと大きな穴があいていた。なぜ神は沈黙されたのか、リーヴァイとしても首をひねらざるをえなかった。彼は脱走した服役囚で、いまは死んだ男から十フィートの地面にすわっている。彼はこの七日間、逃亡生活を送ってきた。

わたしは七日で世界を創った。

声が洪水のようにリーヴァイに押し寄せたが、聞こえ方が違った。いつの間にか聞こえてきたかと思うとしだいに小さくなり、お告げになっていない。リーヴァイは息を殺して首をめぐらしたが、声はそれきり聞こえなかった。自分が賢くないのはわかっている——妻にもそう言われた——が、愚かなわけではない。服役囚と死体の組み合わせは致命的だ。頭のすぐ上を道路が走っている。リーヴァイは、神のことはひとまずおいておこうと決めた。

いまだけは。

死んだ男のわきにひざまずき、ポケットをあらためた。空腹だったので財布から現金を抜き取った。神に赦しを乞い、財布を地面に捨てて男をまっすぐに寝かせた。折れた腕を背中の下から引っ張り出し、胸の上で手を組ませた。べっとりした血に指をつけ、血の気のないつるつるの額に十字を描くと、あいた目を閉じてやった。そして神に祈った。この男の魂を迎え入れたまえと。

迎え入れたまえ。

慈しみたまえ。

立ち上がったとき、白いものがちらりと見えた。

それは死んだ男の手のなかにあった。二本の指のあいだに布切れがはさまっていた。引っ張ると簡単に抜けた。白っぽくぼろぼろのそれは、切ったか破れたかしたシャツの切れ端のようだった。長さは赤ん坊の靴ほどで、色褪せて汚れ、名札が縫いこんである。リーヴァイは字が読めず、書いてあることはちんぷんかんぷんだったが、白に近いその布切れはちょうどいい大きさだった。彼はそれを出血している指に巻きつけ、歯を使って縛り、きつく結わえた。

ヤナギの木陰まで戻り、ビニールにくるんだ重い荷物のわきで足を止めた。分厚い手で表面をさすり、肩にかつぎ上げた。ほかの男なら重いと思うだろうし、それをかつぐと考えるだけでうんざりするだろう。しかしリーヴァイは違う。彼には腕力と使命がある。ビニールが耳にあたってかさかさと音を立てたとき、神様の声が聞こえた。声はよくやったとリーヴァイを褒め、このまま歩けと告げた。

彼が現場を離れて五十分後、警察が到着した。

ハント刑事の車は橋の上で停まった。これほどの奥地まで来ると街灯はなく、家の一軒もない。上空は真っ暗で、西の地平線に濃い紫のラインがあるだけだ。見上げると嵐雲が低く垂れこめ、冷たく無機質な稲妻が二度ひらめいて雷鳴が轟いた。回転灯を点滅させたパトロールカーが、列をなしてうしろに停まった。スポットライトが一斉に点灯し、橋を明るく照らした。ハントは後部座席に母とすわるジョニーを振り返った。母子の顔は闇に包まれ、髪の毛だけが後続車のまぶしい光を受けてくっきりと浮かび上がっている。「大丈夫か？」刑事は声をかけた。返事がない。母が息子を抱き寄せた。

「ここなの、ジョニ

ー？」

ジョニーは唾をのみこんだ。「ここだよ」と指を差す。「橋のこっち側の真下」

「もう一度、その男の人の言葉を言ってくれ。一語一語正確に」

ジョニーの声はひどく弱々しかった。「あの子を見つけた。連れ去られた少女」

「ほかには？」

「ぼくに逃げろと言った。車の男のこともなにか言ってた」

ハントはうなずいた。このやりとりはもう六回か七回めだ。「それ以外に、男がきみの妹のことを言ってると思った根拠はないのか？　名前とか外見とか、そういうことをなにか言ってなかったか？」

「あの人はアリッサのことを言ってたんだ」

「ジョニー――」

「そうに決まってる！」

目を刺すような光にジョニーは思わず顔をそむけた。ハントは少年の肩に手を置いて、むきになるなと言ってやりたかった。しかし心からそうしたいと望んでも、自分は傷ついたものをなんとかする立場にないのだ。彼はキャサリン・メリモンに目を向けた。ちんまりと身じろぎもせずにすわるその姿を見て、彼女にも触れたいと思ったが、それもいろいろとむずかしい。彼女は美しく、か弱く、傷ついているが被害者のひとりでもあり、そこには越えてはならない一線というものがある。だからハントは事件だけに集中し、ぶっきらぼうともいえる口調でこう言うにとどめた。「その可能性は低いんだよ、ジョニー。覚悟しておいてほしい。もう一年たってる。その男はきっと、ティファニー・ショアのことを言ったんだろう」

ジョニーは首を振ったものの黙っていた。母親が口をひらいたが、その声はまるで子どもだった。「ティファニーなら知ってるわ」

彼女はすでに二度、同じことを言っていたが、誰も指摘しなかった。ジョニーは目をしばたたき、行方不明になった少女の姿を思い浮かべた。ティファニーは小柄でブロンド、目は緑色で左手に傷がある。誰彼《だれかれ》かまわずくだらないジョークを言う子だ。三匹のサルとゾウとコルク栓のジョークを。気立てのいい子だった。以前から。

「橋の上にいた男だが、なにか覚えてないか？　もう一度見たらわかるかい？」

「シルエットしか見えなかった。それに動いてる気配と。顔はわからないよ」

「車はどうだ？」

「覚えてない。さっきも言ったでしょ」

ウィンドウごしに外をのぞくと、ほかの警官たちが車を降りはじめ、橋の頑丈なコンクリート壁に続々と影を落としていった。彼はむっとした。「ここで待ってろ。車から出るんじゃないぞ」

車を降りてうしろ手にドアを閉め、現場の状況を頭に叩きこんだ。湿ってよどんだ空気にのって川のにおいが漂ってくる。橋の下から暗闇が迫り上がり、ハントはレイヴン郡を圧する広大な荒れ地が見えるかと、北に目をやった。岩だらけの森が見え、小高い丘のふもとには二十マイルにおよぶ湿地が広がり、それが眼下の川の起点となっている。ひとしずくの冷たい雨が頬にあたり、ハントは近くにいた警官を手招きした。「わきから照明をあてろ。この下からだ」ハントは橋台に移動し、警官はパトロールカーから照明を出して夜の闇を光の槍で突いた。橋のたもとに向かって移動する警官の動きに合わせて光はジグザグ模様を描き、彼が照明を川岸に置くと地面に横たわる死体が照らし出された。

そこから五フィート離れた場所にジョニー・メリモンの自転車が転がっていた。

なんてことだ。

あの子の話は本当だった。

部下が集まってくるのが気配でわかった。制服警官四人と鑑識職員が待機しているのだ。フロントガラスに機関銃のような音が炸裂し、頭に落ちるしずくの数が増した。雨が激しく降りだした。ハントは腕を大きく振った。「死体にビニールシートをかけろ。早く。橋の欄干にもかけろ。このへんだ」塗料片と、アスファルトできらりとまたたくガラスの破片を念頭においての指示だった。「この近くにオートバイがあるはずだ。探せ。それから、誰かテントを要請してくれ」雷鳴が轟き、ハントは空を見上げた。「こいつは難儀しそうだな」

車に残されたジョニーは、母の体が震えだしたのを感じた。腕から始まった震えは、肩へと移動した。

「母さん?」

母は呼びかけを無視して、ハンドバッグに手を入れた。車内の半分から下が暗いので、ヘッドライトがあたる位置までバッグを持ち上げた。母が頭を傾けた拍子に片目が見え、プラスチックの瓶に入った錠剤が立てる乾いた音が聞こえた。母は錠剤をてのひらに振り出し、顔を仰向けて水なしで飲み下した。ハンドバッグが闇に消え、頭がヘッドレストにいきおいよくぶつかって、一度バウンドした。母はつっけんどんに言った。「二度とあんなことしないでちょうだい」

「学校をサボること?」

「違う」

気まずい間があいた。ジョニーの胸を冷たいものが走った。

「希望を持たせるようなまねはやめて」母は顔をそむけた。「二度としないで」

空模様が一変する前に、どうにかテントを設営できた。ばさばさと揺れるテントのなかで、ハントは死体のわきに膝をついた。テント地の立てる音がやかましく、大声でしゃべらないと聞こえなかった。制服警官ふたりが照明をかざし、死体をはさんだ反対側では科学捜査チームの職員ひとりと監察医が膝をついていた。ハントの背後で制服警官のひとりが言った。「このままいくと、周辺が水びたしになりそうですね」ハントも同感だった。晩春の嵐は大型で、あっという間に去っていくが、降雨量が多くなりがちだ。まったくツイてない。

ハントは血でまだらになった顔を調べ、次に直角に曲がった腕の骨の損傷具合を調べた。着ているものは汚れがひどく、かぎりなく緑色に近い黒い物質が布にも靴ひもにも入りこんでいた。生物由来とおぼしきにおいが、川の水や発生したばかりの死を凌駕するほど強くただよっていた。「これまでにわかったことは？」ハントは監察医に訊いた。

「健康体。ほどよく筋肉がついてます。三十代半ばというところかな。財布は、あそこにいる部下の人が持ってます」

クロス刑事に目をやると、財布を入れた透明なビニールの証拠品袋を手にしていた。まぶしい照明のうしろにいるクロスは大男で、皺深く、いかつい顔をしている。三十八歳で、警官として十年以上のキャリアを持つ。撃ち合いで恐るべき勇気を発揮する、したたかなパトロール警官として名を馳せた。刑事に昇格してまだ半年にもならない。クロスが財布を差し出した。「運転免許証によれば、名前はデイヴィッド・ウィルソン。臓器提供の意思を示してます。視力矯正はしてません。住まいはセレブな界隈で、図書館カード一枚とレストランの領収書が山ほど入ってました。ローリーの店だったりウィルミントンの店だったりいろいろです。結婚指輪をしてた形跡はありません。現金なし。クレジットカードが二枚、財布に残ってました」

ハントは財布に目をやった。「こいつにさわったのか？」

「ええ」

「この事件の担当はおれだぞ、クロス。わかってるのか？」彼は押し殺した声で言った。

クロスは首をすくめた。「わかってます」

「おまえはまだ経験が浅い。それはわかる。だがな、事件を担当するというのは、おれが全責任を負うということだ。犯人を捕まえるか捕まえないか。少女が見つかるか見つからないか」彼の目はまだ険しいままだった。指を一本立てた。「結果がどうあれ、おれが背負いこむんだ。毎晩のようにおれにのしかかってくるんだ。わかるか？」

「わかります」

「今後二度とおれの犯行現場で許可なく証拠品にさわるな。またやったら、ただじゃおかないぞ」

「おれはただ、手伝おうとしただけです」

「テントから出てけ」ハントは怒りで身を震わせた。今度の少女も見つけられなかったら……。

クロスはばつが悪そうな足取りで出ていった。ハントはひとつ深呼吸をすると、死体に目を戻した。シャツはごく普通のTシャツで色は灰色、汗と血と緑黒色の汚物のにおいを放っていた。ズボンはベーシックな茶色のシンプルなもので、真鍮のバックルは瑕だらけだった。ベルトは丈夫で穿き古したコットン素材。片目だけうっすらとあいており、まぶしい光を受けてもどんよりとくもっていた。

「テントのなかは地獄のように暑い」監察医の名前はトレントン・ムーア。小柄で痩せぎす、ボリュームたっぷりの髪、きめの粗い肌、大声を出さなくてはならないときほど舌足らずのしゃべり方が目立つ。「被害者はロック・クライミングをやるみたいですね」

「なんだって？」

ドクター・ムーアは顎をしゃくった。「手を見てください」

ハントはデイヴィッド・ウィルソンの両手を調べた。たこ、ひっかき傷、擦り傷がついている。爪はきちんと切りそろえてあるが、汚れている。過去に出会った建築現場作業員はみんなこんな手をしていた。「これがどうした？」

監察医は死体の指を一本のばした。「ここにたこができてますよね」ハントは指先の、肥厚した部分に目をこらした。ドクター・ムーアはほかの指もひらかせた。どの指にも同じたこができている。「大学時代のルームメイトが山登りをやってましてね。しょっちゅ

う ドアの側柱で指先懸垂《けんすい》をしてたんです。ぶら下がったままだべることもありましたよ。ほとんど病気ですね。ほら、ここをさわってみてください」

ムーアに言われ、ハントはたこに触れた。靴の革のような手触りだった。「ルームメイトの指先もこれと同じでした。上半身の筋肉のつき方も似てます。肘から手首までが異様に発達してるでしょう？ 手の傷も特徴的だし。もちろん、いまのはあくまで推測にすぎません。解剖台にのっけるまで公式な見解は出せませんよ」

ハントは胸の上で組んだ両手に見入った。両脚はきちんとそろってのびている。「死んだあと動かされたんだな」

「おそらく。解剖するまでたしかなことは言えませんけど」

ハントの額に皺が寄った。彼は死体を示した。「まさか、この恰好のまま落ちたと思ってるわけじゃあるまい」

監察医はにやりと笑った。とたんにいかにも二十五歳らしい表情になった。「冗談ですって、刑事。場を和らげようと思ったんですよ」

「感心しないな」ハントは折れた腕や曲がった脚を示した。「ああなったのは車にはねられたせいか、それとも橋から落ちたせいかわかるか？」

「被害者が橋の上ではねられたのはたしかですか？」

「この男のオートバイは間違いなく事故後に動かされている。土手から突き落としたんだろう。木の枝が数本折れて、てっぺんにのっかってた。やっと見つけたよ。橋の上で見つかった塗料片がガソリンタンクの色と一致した。成分も一致するだろう。それに子どもが目撃してたしな」

「現場に来てるんですか?」ムーアは訊いた。

ハントは首を横に振った。「制服警官をつけて帰宅させた。子どもと、その母親も。もう残ってもらう必要はないからな」

「いくつなんです?」

「十三歳」

「信頼できますかね」

ハントは考えこんだ。「どうかな。できると思う。利口な子だ。ちょっとおかしなところもあるが、利口だ」

「その子は何時頃のことだと言ってますか?」

「男が欄干から落ちたのは二時間半ほど前だそうだ」

監察医は肩をまわした。「時間的には合いますね。まだ色素沈着が起こってませんから」彼は死体に目を戻し、死んだ男の顔にぐっと顔を近づけた。額に血で描かれた十字架を指差した。「こういうのはめずらしい」

「それをどう思う?」

「ぼくが調べるのは動機じゃなくて死体ですよ。まぶたにも血がついてますね。指紋が採れるかもしれないな」

「どうしてそう思う?」

「勘です。大きさが同じ、形も同じ」ムーアは最後にもう一度肩をすくめた。「この男を殺したのが誰であれ、とても頭がいいとは言えませんね」


テントを出ると、服も髪の毛も雨でびしょ濡れになった。ハントは橋に目をやり、金属がぶつかり合う音を、体が描く放物線を、目撃者となる運命を背負わされた少年の気持ちを想像しようとした。ジョニーの自転車を起こそうと身をかがめた。テントを設営したときに、わきにのけられていたのだ。泥のなかから引っ張り上げると吸いつくような音を立てた。錆だらけのフレームから茶色い水が流れ落ち、ハントはそれを橋の下の雨に濡れない場所まで押していった。警官が何人かそこで雨宿りしていた。数人が煙草で一服しているなか、ひとりだけ本当に忙しそうにしているのがいた。クロスだ。彼はほかの連中から離れた場所に立って片手に明かりを持ち、もう片方の手にジョニー・メリモンの地図を持っていた。

ハントは彼に歩み寄った。財布の件をまだ根に持っていたが、クロスが先に謝った。

「すみませんでした」本心から申し訳なく思っている顔だった。

ハントはアリッサ発見に失敗してからのこの一年を振り返った。悪夢を、虚脱感を。そのことでクロスに当たり散らすのはフェアじゃない。彼はまだ経験が浅い。いずれ彼も、暗黒の夜を迎えるときが来る。ハントは無理に笑みを浮かべた。会心の笑顔とはとても言えないが、いまはこれが精一杯だ。「そいつはどこにあった？」彼は地図を指差した。

角張った顎に頭をブラッシュ・カットにしたクロスは地図をおろし、懐中電灯を下流に向けた。「あのガキの自転車で見つけました」クロスは顔を引きつらせた。「こいつは証拠じゃないですよね」

証拠だったが、ハントはむきになるなと自分を戒めた。「あとでおれに寄越せよ」

「ええ」ハントが立ち去ろうと背を向けると、クロスが呼びとめた。「ハント刑事……」

ハントは足を止めて振り返った。暗闇に立つクロスは背が高く、肌は褐色がかった緑色に見え、目から真剣さが伝わってきた。

「話があるんです。なんの関係もないとは思いますが、いちおう話しておいたほうがいいと思って。おれの息子を知ってますか？」

「ジェラルドか？　野球の選手だろ？　ああ、知ってる」

クロスの口の両端が下がった。「いえ、ジェラルドじゃなくて、もうひとりのほう。ジャックです。下の子の」

「いや、ジャックは知らないな」

「とにかく、あいつもきょうここでメリモンの息子と一緒だったんです。学校をサボって。ですが、あいつは先に帰ったんです。こんなことが起こるずっと前に。休校になったあと、学校からおれに連絡がありました。息子は家でアニメを見てたそうです」

ハントはしばらく考えをめぐらした。「おれからジャックに話を聞こうか？」

「あいつはなにも知りませんが、話を聞くのはかまいません」

「関係があるとは思えんが」

「それを聞いて安心しました。というのも、息子が言うには、刑事の息子さんもここにいたそうなので」

ハントは首を振った。「まさか」

「昼どきだったそうです。息子さんと友だちふたりが一緒だったと」クロスの表情はあいかわらず読めない。「お知らせしておいたほうがいいと思って」

「ジャックの見間違いなんじゃ――」

「あいつはトロいが、ばかじゃありません」

「わかった、クロス。ありがとう」ハントが背を向けかけると、クロスはふたたび呼びとめた。

「あの、関係があるという言葉で思い出しました。メリモン少年を襲ったとかいう、顔に傷がある黒人のことで」

「そいつがどうかしたのか？」

「そいつも、この事件とは無関係とお考えですか？　あの被害者と？　そうお考えということでいいですか？」

「殺人事件と無関係かと訊いてるんだな？」

「そうです」

「無関係だろうな。やつにやれたとは思えない。発生当時、一マイル以上も下流にいたんだ」

「本当にそう思いますか？」

「なにが言いたい？」

「われわれは、三人の男がジョニー・メリモンに接触したと想定してます。死んだ男ウィルソン、ウィルソンを橋から突き落とした車を運転していた人物、顔に傷がある黒人の男。これで合ってますか？」

「その前提で考えているのはたしかだ」

「しかしメリモン少年は車に乗った人物の顔を見てません。彼が見たのは輪郭というかシルエットであり、見分けることもできません。黒人だったかどうかすらわからないんです」クロスは地図を掲げた。「こいつは町のこっち側の課税用地図で詳細が全部のってます。この町の詳細が。通りも住民の名も。ですがここを見てください。右上の隅を。これがそこの川で、ここが——」彼は指差した。「——われわれの現在地です。橋が見えますか?」

「見える」

「では川をたどってください」

ハントはすぐにわかった。川は橋のすぐ南で急激に湾曲していた。長さは一マイル以上あるが幅は四分の一マイルもない細く突き出た陸地をまわりこんでいる。ハントは急に怒りをおぼえた。クロスにではなく、自分自身に。「道は川沿いに通ってるんだな」

「メリモン少年が道伝いに逃げたのなら、男に捕まった場所まではかなりの距離がありますす。必死で走っても十分か十五分はかかるでしょう」クロスは地図を指で叩いた。「道をはずれてここでショートカットすれば、同じ場所まで五分で行ける」

「森を抜けるルートなら近いわけだ」

「かなり近いです」

ハントは叩きつける雨にかすむテントを見やった。あの男は道路から突き落とされて殺された。デイヴィッド・ウィルソンがなにかを知って殺されたのだとしたら——」

「行方不明の少女のことでなにかを知ってしまったのだとしたら……」

ハントは唇を噛んだ。「彼を殺した犯人はジョニーも殺そうとするだろう。そして川があそこで蛇行してることをそいつが知っていれば——」

「ここの森を突っ切ってメリモン少年を待ち伏せしてもおかしくありません。ジョニーは十二分か十五分走る。犯人は五分歩く。そこへジョニーがカーブを曲がってくる」

「なんてことだ」ハントは背筋をのばした。「無線で伝えろ。緊急配備を敷け。大柄の黒人、歳は四十から六十、顔の右側に大きな傷がある。車がかなりへこんでいるはずだ。おそらく左のフロントフェンダーだろう。容疑はデイヴィッド・ウィルソン殺害だが、ティファニー・ショアの拉致にも関与してる疑いがあると指令係に伝えろ。身柄の確保に際しては細心の注意を払うように。取り調べる必要があるからだ。以上をいますぐ指示しろ」

クロスは無線機を出し、言われたことを伝えはじめた。

待っているあいだ、あらたな怒りの波がハントを襲った。この一年で彼はすっかりやつれ、頭が冴えなくなっている。川のことくらい——あそこで湾曲していることくらい気がついてしかるべきだった。新米刑事から指摘されるまでもなく。しかし、もう終わったことだ。優先すべきは行方不明の少女で、それが急務だ。後悔は後回しにし、いまやるべきことに集中した。ティファニーの行方がわからなくなってまだ一日に満たず、八時間か、せいぜい九時間だ。今度こそ家族のもとに返してやらなくては。彼はこぶしを強く握り、心に誓った。

もう同じ轍《てつ》は踏まない。

ジョニーの自転車に目を向けると、頭のなかで彼の声がした。

約束する？

自転車のサドルにぶら下がった大きな茶色の羽根に手をのばした。ぐしょぐしょに濡れてみすぼらしく、指でさわるとざらざらした。彼は表面を手で撫でつけた。

約束だ。

背後でクロスが無線機をおろした。「伝えました」

ハントはうなずいた。

「手に持ってるのはなんですか？」

ハントは羽根をもとのように、結びつけているひもから垂らした。羽根は一度揺れると、濡れた金属にぺたりと貼りついた。「なんでもない。ただの羽根だ」

クロスが歩み寄って羽根を手に取った。

「ワシの羽根だ」

「なぜわかる？」

クロスは肩をすくめ、決まり悪そうな顔をした。「おれは山のなかの生まれなんです。ばあさんはチェロキー・インディアンの血が半分入ってましてね。トーテム教に入れこんでたんですよ」

「トーテム教？」

「儀式だの、聖なる植物だのってやつです」彼は川のほうを手で示した。

「川は純潔をつかさどり、ヘビは知識をつかさどるとか言うでしょう」彼は肩をすくめた。

「おれはいつもくだらねえと思ってましたけどね」

「トーテム教？」ハントは繰り返した。

「ええ」クロスは羽根を示した。「そいつはすぐれた力を持ってるんです」

「どんな力だ？」

「力ですよ。権力です」雷鳴が轟き、クロスは羽根から手を離した。「酋長だけがワシの羽根を持てるんです」

8

パトロールカーの後部座席で母は息子の肩にぐったりともたれていた。彼女の頭は車がカーブに突っこむたびに振られ、タイヤが路面のでこぼこを拾うたびにバウンドした。川も死んだ男も彼方に消えた。ジョニーのなかにわずかばかり残っていた警官の叡智《えいち》への信頼感も。ハント刑事は頑《がん》としてアリッサの事件と関連づけようとせず、そのせいでジョニーは頭にきていた。

可能性はあるよ！

彼はそう怒鳴り、ハントの憐れむような目を見て繰り返した。

可能性はある！

しかしハントは多忙で、彼なりの考えがあった。彼はジョニーの執拗さにしだいに嫌気が差し、最後には話し合うのを放棄して、家に帰れと母子に命じた。

首を突っこむな。彼はそう言った。**きみの問題じゃない。**

しかし刑事は間違っている。ジョニーは心のなかでそう確信していた。これはぼくの問題だ。

パトロールカーが私道で停まった。雨が金属の屋根を叩く音を聞きながら、ジョニーは自宅を、ぬかるんだ狭い庭に揺らめく光を見つめた。家のなかで影が動いていた。私道にケンの車がある。スティーヴおじさんのも。母は薬で朦朧《もうろう》としていた。目を閉じて、唇から小さな音を漏らしている。ジョニーが躊躇《ちゅうちょ》していると、パトロール警官がすわったまま振り返り、指紋と干からびた唾の跡がびっしりついた仕切り窓の向こうで顔をゆがめた。

「お母さんは大丈夫なのか？」

ジョニーはうなずいた。

「家に着いたぞ、坊主」警官はジョニーの母を見つめたまま言った。「手を貸したほうがいいか？」

ジョニーの防衛機制本能のスイッチが入った。「大丈夫」

「じゃあ、降りてくれ」

ジョニーは母の肩を揺すった。頭がだらりと垂れたので、もっと強く揺すった。母が目をあけ、彼はその腕を強くつかんだ。「降りるよ。うちに着いた」

「うち」母はおうむ返しに言った。

「そうだよ。うちに着いたんだ。さあ、降りよう」ドアをあけると、雨音が金属を叩く音がくぐもった爆音に変わった。弾幕のような雨が濡れた地面に降りそそぎ、木の葉を落としている。生温かい空気が車内に押し寄せた。「バッグを忘れないで」

ジョニーが母を車から降ろして屋根つきポーチに向かうと、パトロールカーはぬかるんだ庭からバックで出ていき、滑りやすくなったアスファルトでタイヤを空回りさせた。ポーチにたどり着くと、母がついてきていないことに気がついた。母は顔を天空に向け、両のてのひらを上向けて雨のなかに立っていた。バッグが泥のなかに転がっている。母の姿が見えなくなるほど雨が降りしきっていた。

ジョニーは水をはねあげながら母のもとに駆け寄った。高みから落ちる雨が刺すように叩きつけてくる。「母さん？」彼はもう一度、母の腕を取った。「さあ。なかに入ろう」母はあいかわらず目を閉じたままで、ほとんど聞こえない声でなにか言った。「え？」ジョニーは訊き返した。

「消えてなくなりたい」

「母さん……」

「地面に吸いこまれて、ここから消えちゃいたい」

ジョニーはハンドバッグを拾い上げ、母の腕にかけた手に力をこめた。「なかに入ろう。早く」まるでケンみたいな口ぶりだと自分でも思ったが、母はおとなしくついてきた。

家のなかは明かりが煌々とついていた。スティーヴおじさんはキッチンのテーブルにビール缶をずらりと並べてすわっていた。ケンはバーボンが入ったグラスを肉づきのいい手で持ち、行ったり来たりしていた。ジョニーが母を連れて入っていくと、ふたりは顔を上げた。「そろそろ帰ってくると思ってた」ケンが言った。「高慢ちきなおまわりめ、あんたは来なくていいとか言いやがって。家に帰るか、ここでこいつと待ってろだとよ」彼は軽蔑の色を隠そうともせずにスティーヴを示した。スティーヴは顔を伏せた。「苦情を申し立ててやる。わたしが何者かわからせてやる」

「あの刑事さんだってあんたが何者かくらいわかってるよ。そういうことを気にしないだけなんだ」ジョニーは思わず口走った。ケンが足を止めてにらんだ。それが意味することはふたつ。しかしそのとき、母がジョニーのうしろに立った。目はうつろで、全身がずぶ濡れだった。服が体に張りついていた。ジョニーはケンににらみつけられながら、母の腕を取った。「さあ」と声をかける。「部屋に連れてってあげるよ」

「わたしが連れていく」ケンが進み出た。ジョニーのなかでなにかが弾けた。「いやだ。かまわないでよ、ケン。いま母さんが必要としてるのはあんたじゃない。ベッドに横になる時間だ。睡眠と静けさ、それにちょっかいを出されないことなんだ」

ケンの顔が赤く染まった。「ちょっかいだと……」

一瞬、ポケットにしのばせた折りたたみナイフがジョニーの頭をよぎった。彼はケンと母のあいだに割って入った。長いにらみ合いの末、ケンは整った歯並びの真っ白な歯を見せて笑う作戦に出た。「キャサリン？」ジョニーの母に目を向ける。「息子に手伝いはいらないと言ってやれ」

「手伝いはいらないわ、ジョニー」その言葉ははるか遠くからのように聞こえた。母の体が一瞬ふらついた。「大丈夫だから」彼女は顔をそむけ、よろめく足取りで明かりの灯《とも》っていない短い廊下を歩きだした。「もう休むわ」壁に片手をついて、まるまる三秒間立ちつくす。その顔に水のようなものが伝い落ちるのをジョニーは見逃さなかった。母は振り返ると、精も根もつき果てた声で言った。「帰ってちょうだい、スティーヴ」

ケンは母を追って廊下の奥まで行き、一度だけ振り返ってドアを閉めた。錠がおりる音は聞こえなかったが、おりたに決まっている。ジョニーは壁を殴りたくなった。しかしその衝動をこらえ、黙々とビールの空き缶を集めているスティーヴおじさんに目を向けた。おじさんは缶をゴミ箱に投げ入れ、鍵束を手に取った。大きなキー・リングには、ショッピングモールのどのドアでもあけられる鍵がぶら下がっている。モールはほかの子どもにとっては天国のような場所だが、ジョニーには単なる金属の塊でしかない。スティーヴおじさんは玄関のところで足を止めた。その目は不安そうで、ジョニーを見るまなざしもいつもと違う。彼は側柱に手をついた。「いつもああなのか?」片方のてのひらを広げ、ジョニーと錠がおりた部屋へつづく短い廊下全体を示した。

「ほとんどいつもね」

「そうか」スティーヴおじさんはうなずいた。彼にできるのはそれくらいだった。「けさのことだが……」

「けさのことって？」

「おふくろさんは本当に美人だ」ジョニーは顔をそむけた。「言わないでくれて助かったよ」

しかしジョニーも精も根もつき果てていた。自室に引っこみ、ベッドのへりに腰をおろした。テーブルの上の時計に目をやり、短い針が次の目盛りに移動する様子をじっと見つめた。廊下の奥でベッドの頭板がみだらな音を立てはじめるまでの秒数を数え、それから母の鍵束を探しに出た。
九十四、と心のなかでつぶやき、外に出て玄関に鍵をかけた。
九十四秒。

泥をはね上げながら歩いていき、母の車のエンジンをかけた。私道から出る手前でドアをあけて身を乗り出し、テニスボール大の石を拾った。

家をあとにしたジョニーは慎重に運転した。フロントガラスがくもり、ヘッドライトは片方しかつかない。濡れた道路はまるで水路のようだ。ジョニーは手でフロントガラスをぬぐい、裕福な界隈に通じる曲がり角を探した。

ケンが住む通りまで来るとスピードを落とした。広大な芝生の奥に家々がぼうっと浮かび上がっている。ベルベットのような芝生に歩道が弧を描き、どの家の私道も門に守られている。黒光りする金属の門は見るからに冷たそうだ。ジョニーはタイヤが縁石にぶつかるまで車を寄せ、ヘッドライトを消した。エンジンはかけたままにした。ほんの数秒のことだ。

手のなかの石は申し分なかった。

9

濡れた狭い道路をハント刑事は猛スピードで下った。犯行現場は三マイル後方となり、監察医は死体の搬出準備に追われ、部下はまだ現場に残っている。クロスから地図を見せられたとたん、状況は一変した。頭のなかでパズルのピースが位置を変えた。可能性、変数。ハントは確信していた。デイヴィッド・ウィルソンはなにかの拍子でティファニー・ショアを発見したために殺されたのだと。

あの子を見つけた。ウィルソンはそう少年に告げ、その後息を引き取った。

しかしどこで見つけたのか。どういう経緯でか。どんな状況でか。なによりも、彼は誰に殺されたのか。はじめのうちは被害者を道路から突き落とした車に、その車を運転していた人物に狙いをさだめていた。筋の通った考え方だが、川の湾曲がその理屈を打破した。最初は犯行がおこなわれたときに橋およびその周辺には三人がいたと考えた。死んだウィルソン。車で彼を殺した人物。たまたま二マイル下流にいた黒人の男。いまはその仮説に疑問を持たざるをえない。もしかしたら、ジョニーが見た大男は、悪いときに悪い場所に居合わせただけではないのかもしれない。もしかしたらその男が車でデイヴィッド・ウィルソンを殺したのかもしれない。そうじゃないかもしれない。

ふたりだったのか、それとも三人だったのか？

くそ！

ジョニーから話を聞かなくては。あとではなく、いま。それもすぐに。あらたに質問したいことが出てきた。無線で通信係を呼び出し、ジョニーとキャサリンを送り届けるよう指示したパトロール警官につないでくれと言った。腕時計に目をやり、つなぐからしばらく待つようにと言われて悪態をついた。まもなく十時間になる。ティファニーの行方がわからなくなって、それだけの時間が経過し、統計はこれ以上ないほど冷酷で厳密だ。誘拐されて最初の一日を過ぎて助かるケースはほとんどない。それが現実だ。

迅速さ。

なによりも迅速さが求められる。

あの子を見つけた。

顔に傷がある男のことを、橋の上にいた男のことをジョニーにくわしく訊かなくては。ふたりが同一人物かどうか確認する必要がある。推測も意見もいらない。事実だけが聞きたい。

「つなぎました」通信係の声が告げた。

雑音混じりのべつの声が無線に出た。ハントは名乗り、ジョニーの現在地《トゥエンティ》を尋ねた。

「たったいま、彼の家を出たところです。最後に見たときは、自宅の私道に立ってました」

「どのくらい前だ？」

間があく。「二十分です」

「二十分か。わかった」ハントは無線を切った。あと五分で着く。急げ、急げ。車がふわりと浮くまでスピードを上げ、滑りやすい黒い道路を無謀とも言えるスピードで走った。

バイクが追突されてから三時間以上が経過している。デイヴィッド・ウィルソンを襲った犯人はいまどこにいてもおかしくない。郡の外に出たかもしれないし、州の外に出たかもしれないが、ハントはそうは考えなかった。誘拐した子どもを連れて遠くまで行くのは危険をともなう。アンバー・アラート（未成年者が行方不明になった場合に道路の電光掲示板や交通情報番組などを通じて流される緊急警報）が発令されれば一般人が目を光らせるようになる。この手の変質者の大半は、子どもをさらったあとは人目を避けたがるものだ。ジョニー・メリモンはその点で正しい。また、誘拐のなかには慎重に計画を練ったものもあるが、ほとんどは偶然の産物だ。車に置き去りにされたり、混んだ店内にほったらかしにされている子ども。ひとりで歩いている子ども。

アリッサ・メリモンもそうだった。

彼女は夕方、ひとけのない道路をひとり家に向かって歩いていた。彼女がそこにいることは誰にも事前に知りえなかった。あらかじめ計画するのは不可能だった。ティファニー・ショアも同じだ。彼女は放課後に駐車場付近をぶらぶら歩いていた。チャンスがあったがゆえの犯行だった。それに欲望と。

赤信号でブレーキを踏み、停止せずに左折した。後部が振られたのがわかった。横滑りしそうになるのをコントロールし、体勢を立て直した。彼は人間の邪悪さに思いをはせ、腋の下のホルスターにおさめられた固い塊に思いをはせた。

ティファニー拉致の一報が飛びこんだとき、ハントは大量動員を命じた。パトロールカーを派遣し、現時点でつかんでいる性犯罪者の所在を確認させた。大半はのぞきや露出症で、事件との関わりは薄い。しかし強姦、児童虐待などの凶悪犯罪で有罪になった連中も多い。ハントは要注意人物、すなわち、なにをやらかすかわからない異常でサディスティックな人物のリストを携行している。連中がみずからを駆り立てる悪魔に打ち勝つことはない。矯正も治療も不可能なのだ。こういう下司《げす》野郎はいずれなにかやらかす。だからハントは彼らをリストの最上位に置きつづけている。

連中の住まいも乗っている車も把握している。好みも性癖も把握している。現場の写真も見たし、被害者から話を聞いたし、傷も間近で見た。あんな連中は釈放させるべきじゃない。

現在も。

これからも。

大半の所在は知れた。居場所を突きとめ、事情を聞いた。ほぼ全員が自宅の捜索に同意し、いずれの場合もなにも発見できなかった。拒否した者は常時監視中で、ハントのもとに定期的に報告があがってくる。彼は連中がなにをいつ食べたかつかんでいる。ひとりなのか否か、ひとりでないなら誰が一緒かも。彼らの居所も行動もつかんでいる。起きているのか寝ているのか。動きがあるのかないのか。ハントは連絡の電話をさばき、リストをしらみつぶしに当たる部下に発破《はっぱ》をかけた。

頭のなかでリストをさらった。身長が六フィート半もある者はひとりもいない。メリモン少年が説明したような傷がある者もいない。クロスの意見が正しいなら、新顔が、監視対象になかった者が登場したことになる。クロスが間違っているとしたら……。

可能性は無限大だ。

ジャケットのポケットからティファニー・ショアの写真を出してながめた。ほんの数時間前に取り乱した母親が提供してくれたものだ。学校写真のなかのティファニーは気取った顔でほほえんでいる。アリッサとの共通点を探ったが、ほんのわずかしかなかった。アリッサは黒髪で、線の細い顔立ちだ。幼くて小柄で穢れを知らない感じで、兄と同じ黒い目をしている。ティファニーのほうはふっくらした唇に完璧な形の鼻をして、髪は黄色いシルクのようだ。女らしい首、ふくらみはじめた胸、大人になった彼女をうかがわせる意味ありげな笑顔が写真にしっかりと写っている。ふたりの少女には共通点などないように見えるが、共通点はちゃんとある。

ふたりとも無垢《むく》であり、ふたりとも彼の担当だ。

彼の担当。

ほかの誰でもなく。

そんな思いを頭のなかで煮えたぎらせていると携帯電話が鳴った。発信者番号に目をやる。署長だ。彼の上司。呼び出し音が四回鳴ったところで、不本意ながら電話に出た。

「いまどこにいる?」署長は単刀直入に訊いた。アリッサが忽然《こつぜん》と消えてからわずか十二カ月で、また少女が行方不明になったのだ。署長もプレッシャーを受けているのだろう。ティファニーの家族、市当局、それにマスコミから。

「キャサリン・メリモンの家に向かう途中です。あと数分で着きます」

「きみは担当刑事だろう。デイヴィッド・ウィルソンの家か犯行現場にいるはずじゃないのか。わざわざ説明しなくてはわからんのか」

「いえ」

しかし署長は説明する。「ウィルソンがティファニー・ショアを見つけたのなら――現時点でわれわれはそう仮定しているわけだが――彼の足取りをたどるべきだ。立ち寄り先。話をした人物。きょうの行動をすべて洗い、ティファニー・ショアとの接点になりそうなものを――」

「そんなことはわかっています」ハントは語気鋭くさえぎった。「ウィルソンの自宅にはヨーカムを向かわせました。すぐに彼と合流しますが、まずこっちを片づけてからです」

「キャサリン・メリモンの家を訪ねる理由を言いたまえ」ハントはその声に疑念を、にわかな不信感を感じ取った。

「彼女の息子が手がかりを知ってるかもしれないからです」

ハントは署長の姿を思い浮かべた。オフィスにいるごますり連中、太った男の汗で染みになったシャツ。政治家のような物言い。

「きみがちゃんと捜査しているのか確認しておきたい。ちゃんと捜査しているのだろうな？」

「くだらない質問をしないでください」署長の疑念がなにに由来するかはわかっているが、それでもこみ上げる怒りを隠すことはできなかった。たしかに自分はメリモン事件に時間をつぎこんでいる。だからなんだ？　自分はほかの警官にくらべ感情移入しすぎているかもしれない。が、これは深刻な事件なのだ。しかし署長はそう考えていない。絶対に。彼はハントに関する噂を聞いている。毎晩、夜中の三時に目が覚めること。ある日曜日、夜明けに出勤して、もう百回は目を通した証拠とにらめっこをしていたこと。出してもらえるはずのない令状に署名をしろと判事にしつこくつきまとったこと。ほかの事件に振り向けるべき人員を勝手に徴用したこと。署長はハントが身を粉《こ》にして働く姿を見ている。血の気のない顔、やつれた体、寝不足の目、オフィスの床に山と積み上げられた書類。問題はそれだけではない。

噂が飛び交っている。

「質問ではない、ハント。これは要求であり、命令だ」

ハントは歯ぎしりした。こみ上げる思いを抑えるのに必死で、しゃべることさえままならない。これまで数々の大事件をまかされてきた。主任刑事として。この仕事は彼の人生そのものなのだ。「ちゃんと捜査していると言ったはずです」

電話線の向こうでため息が漏れ、つづいて背景でくぐもった声がした。署長はきっぱりとした口調で告げた。「個人的感情で動かれては困るんだ、ハント。この事件に関しては」

ハントはまっすぐ前をにらみつけた。「わかってます。個人的感情抜きでやります」

「優先すべきはティファニー・ショアであり、彼女の家族だ。アリッサ・メリモンではない。彼女の兄でもない。彼女の母でもない。わかったかね？」

「きわめて明白に」

長い間ののち、心苦しそうな声が言った。「個人的感情を交えたらきみはくびだ、クライド。この署から叩き出す。わたしにそんなことはさせないでもらいたい」

「講釈してもらう必要はありません」そのつづきは言わずにおいた——でぶの政治屋警官なんかには。

「きみはすでに奥さんを失っている。仕事まで失うな」

バックミラーをのぞきこむと、自分の目が怒りでぎらついていた。ハントは肺いっぱいに空気を吸いこんだ。「いちいち口出ししないでもらいたいですね」道理をわきまえた男が言うような口ぶりで言った。「少しは信頼してくれないと」

「きみはこの一年、信頼というろうそくを燃やしつづけている。ろうそくはもうほとんど残っていない。明日の夜に新聞が届いたときには、母親の膝に乗ったティファニー・ショアの写真が見たい。それがわれわれの責任の果たし方だ」間があく。ハントは意見を言う気になれず黙っていた。「ハッピーエンドをプレゼントしてくれ、クライド。そうしてくれたら、刑事としてのきみが一年前と変わっていないことにしてやる」

署長は電話を切った。

ハントは車の天井を叩き、ジョニーの家の私道に乗り入れた。すぐにステーションワゴンがないのを見て取った。玄関のドアをノックすると、家のなかががらんどうかと思うほどドアが揺れた。小さな窓からのぞくと、暗い廊下からケン・ホロウェイが姿を現わした。少し皺になったズボンからぴかぴかの靴がのぞき、必死にシャツをたくしこんでいる。ワニ皮のベルトを締めると、鏡の前で足を止めて髪を撫でつけ、歯をあらためた。右手にリボルバーをぶら下げていた。

「警察です、ホロウェイさん。銃を置いてドアをあけてください」

ホロウェイは窓からのぞかれていたことに気づいて、びくっとした。媚《こ》びるような笑みが顔に浮かんだ。「警察のどなたかな？」

「クライド・ハント刑事です。ジョニーに話があってうかがいました」

笑みが消えた。「バッジを拝見してもよろしいか？」

ハントは警察バッジをガラス窓に押しつけると、ドアから一歩下がって片手を制式拳銃の台尻にのせた。ホロウェイは慈善事業に金を寄付している。各種の理事会に名を連ね、有力者とゴルフに興じる。

しかしハントはこの男の本当の姿を知っている。

一年間、キャサリンとジョニーに目を光らせていてわかった。けさのスーパーでの一件のようなちぐはぐなやりとり。話したことと話さなかったこと。足を引きずる歩き方や痣。自分はタフだと思っているときの無防備な目。ハントが追及しても、キャサリンはたいてい朦朧状態だし、ジョニーは怯えている。だから確固とした証拠はなにもない。

それでもハントはわかっていた。

ハントはさらに一歩下がって、自分とドアのあいだを三フィートあけた。あいた窓からホロウェイの盛り上がった胸筋がぼんやり見えた。肉づきがよく、日焼けしている。厚い胸板の下には大きな腹。彼の顔がガラス窓の向こうに現われた。「もう夜も遅いじゃないか、刑事さん」

「まだ九時にもなってませんよ、ホロウェイさん。子どもが拉致されたんです。ドアをあけてください」

鍵がはずされ、ドアが一フィートだけあいた。ホロウェイの顔には何本もの皺が刻まれているが、生え際にかいた汗をぬぐったのか、ところどころ濡れている。手にはなにも持っていなかった。「ティファニー・ショアの失踪になぜジョニーが関係あるんだ？」

「ドアから離れてもらえませんか」ハントは事務的な声を心がけたが、簡単なことではなかった。顔を見たとたん撃ち殺してやりたくなった。

「よかろう」ホロウェイはドアを大きくあけて背を向けた。両手で脚の側面をぺたぺたと叩いた。

ハントはなかに入ると目をすばやく左右に走らせ、銃のありかを確認した。三八口径のリボルバー。ステンレス製。テレビの上に、銃口を壁に向けて置いてあった。

「登録はしてある」ホロウェイは言った。

「わかってます。ジョニーと話をさせてください」

「きょうの事件に関係あるのか？」

アルコールのにおいが鼻をついた。「そんなに気になりますか？」

ホロウェイはおもしろくなさそうに笑った。「待ってろ」そして大声で呼んだ。「ジョニー」返事はなかった。彼はもう一度呼び、小さく毒づいた。廊下が彼をのみこみ、ドアをあける音が聞こえ、荒々しく閉める音がつづいた。ホロウェイはひとりで戻ってきた。

「いない」

「どこにいるんです？」

「知らん」

ハントの声に怒りがにじんだ。「彼はまだ十三歳なんですよ。外は暗いし、雨も降ってる。車がなくなっているのに、彼がどこにいるかもわからないんですか？　おれに言わせれば、それはりっぱな育児放棄だ」

「法律によれば、そいつは母親の問題だろう。わたしはこの家の客にすぎん」

ふたりの視線が絡み合い、ハントは距離をつめた。ホロウェイは必要に応じて狡賢《ずるがしこ》くなったり世話好きになったり、ふたつの顔を使い分ける男だ。大学にはこの男の名がついた建物があるらしいが、ハントは嫌悪感が顔に出てしまうのをどうしようもなかった。「口のきき方に気をつけたほうが身のためですよ」

「それは脅しか？」

ハントは黙っていた。

「わたしのことがよくわかってないようだな」

「ジョニーの身になにかあったら……」

ホロウェイは冷笑した。「あんたの名前はなんだったかな？　明日、市長と市政担当官に会うことになってるんでね。正確なスペルを知っておきたい」

ハントはスペルを教えた。「ジョニーの話に戻りましょう」

「あいつは不良だ。わたしにどうしろと言うんだ。わたしの息子じゃないし、わたしが育ててるわけでもない。さてと、母親を連れてこようか？　必要なら起こしてくるぞ。彼女も息子の居所は知らないだろうが、あんたの気がすむなら引きずり出してきてやろう」

ハントは初めて会ったときからジョニーの母に好感を持っていた。小柄だが生き生きしていて、つらい状況のなかでも勇気と信念を捨てることはなかった。しかし気丈に振る舞っていた彼女も、ある日を境に精神のバランスを崩した。それも一気に。悲しみのせいかもしれないし罪悪感のせいかもしれないが、絶望し抜け殻となった彼女は、たいていの親には想像もつかない恐怖のなかをさまよいはじめた。彼女がケン・ホロウェイのようなドラッグの常用者と一緒にいると考えるだけでもつらい。この男にベッドから引きずり出される彼女を見るのはもっと耐えがたく、どうかなってしまいそうだ。

「おれが探してきます」ハントはドアのほうに歩きかけた。

「これで終わりと思うなよ、刑事さん」

「ええ、思いません」

ハントがドアに手をかけると同時に、ホロウェイの携帯電話が鳴った。ハントはホロウェイが出るまでぐずぐずと待っていた。「もしもし」ホロウェイはハントに背を向けた。「本当か？　わかった。ああ、警察に通報してくれ。わたしも十分で行く」彼は電話をたたみ、ハントに向き直った。「警備会社からだ。ジョニーの居所を知りたいなら、わたしの家から調べるといい」

「なんでまた？」

「あのくそガキがたったいま、うちの正面窓に石を投げつけたんだよ」

「なぜジョニーの仕業《しわざ》だと思うんです」

ホロウェイは鍵を手に取った。「いつもジョニーだからさ」

「いつも？」

「これでもう五回めだ」

ジョニーは暗い通りを車で流していた。フロントガラスには水銀のような雨筋がいくつもついている。ティファニー・ショアの両親は裕福で、ケン・ホロウェイの自宅からほんの三ブロックのところに住んでいた。一度、パーティに招かれたことがある。ティファニーの家のそばまで来るとジョニーはスピードを落とし、車を路上に停めた。何台もの警察車両が駐まっており、カーテンがかかった窓の向こうに人影が見えた。彼はしばらく家の様子をうかがい、それから両わきの家に目を向けた。どちらの家からも暖かな光が漏れてくるのを見て、ジョニーは暗い通りで強い孤独を感じた。なぜならほかにわかってくれる人がいないからだ。誰にも理解できっこない。ティファニーの家の壁の向こうでなにが起こっているのか、家族がどれほど苦しんでいるのかを。恐怖と怒り、少しずつ失われていく希望、そしてすべての終わりを。

ジョニーにはわかるが、ほかの人にはわからない。

彼女の両親以外は。

彼女の両親ならわかる。

ホロウェイが出てくるのをハントは車から見ていた。向こうは冷酷な目つきでにらみつけ──ハントもこれ幸いとにらみ返した──そそくさと車に乗りこんだ。大型エンジンが始動し、エスカレードは車体を揺らしながら道路に出ていった。ハントは車を叩く雨音を聞きながら、ジョニーの家から漏れる明かりを見つめていた。あのなかでキャサリンが眠っている。上掛けにもぐりこみ、丸めた背を夜に向けて眠る彼女の姿を思い浮かべた。

ノートPCの電源を入れ、ジョニー・メリモンの名を打ちこんだ。たしかにホロウェイは苦情を申し立てているが、逮捕の記録はひとつもなかった。令状も出ていなかった。ホロウェイは自宅を狙った破壊行為にジョニーが関与していると疑っているが、証拠はなにもないのだ。

なぜジョニーはあの男の家の窓に石を投げるのか。納得いく理由はひとつだ。ジョニーはあの男を家から、母から遠ざけたいのだ。そのためにこんなことを思いついたのだろう。ホロウェイのような男が警報装置を作動させずに自宅を留守にするはずがない。外泊する場合はなおさら。

五回やって一度も捕まっていない。ハントはかぶりを振り、笑いを嚙み殺した。

まったく憎めない少年だ。


その後二分間、ハントは車のなかでティファニー・ショアのファイルにじっくり目を通した。ファイルは薄かった。最後に目撃されたときに彼女が着ていたものを記憶した。身体的特徴も頭に叩きこんだ。右の肩甲骨にある十セント硬貨大の痣、左腿にいまも生生しく残る釣り針の傷跡。十二歳で髪はブロンド、特徴的な歯の治療痕はなく、手術による傷もない。身長、体重、生年月日を記憶した。携帯電話を持っているが、記録によればきのう以降、発信は一件もない。手がかりがあまりに少ない。わかっていることと言えば、ふたりの子どもが彼女の悲鳴を聞いたことだけで、引っ張りこまれた車の色についてふたりの記憶は一致していない。ハントは親しい友人からも話を聞いた。彼女たちが言うには、ティファニーには内緒のボーイフレンドはいないし、家族に関する悩みもなかった。成績がよく、馬が好きで、キスの経験は一度くらいあるかもしれないとのことだった。どこにでもいる普通の女の子だ。

ハントはファイルに走り書きした。〝ティファニーとアリッサは友だちだったか？〟ふたりがたちの悪い男と知り合いだった可能性はある。

ハントは得られていないことを頭のなかで並べた。犯人の人相、不審者情報、車種。要するになにもつかんでいないのだ。手がかりらしきものと言えばジョニー・メリモンと、デイヴィッド・ウィルソンが死ぬ前にジョニーに語ったことだけ。ウィルソンは拉致された少女を見つけたと告げたという。どこで見つけたのか。どういういきさつで見つけたのか。生死はどうなのか。デイヴィッド・ウィルソンを橋から突き落とした人物には殺意があった。しかしその人物はクロスが疑っているように、ジョニー・メリモンが遭遇した大男なのだろうか。それともべつの人物なのか。

ジョニーを見つけなくては。

ハントは署に連絡を入れ、部下を呼び出した。「ハントだ。そっちはなにかわかったか？」

「これといったことはなにも。マイヤーズとホリデイはまだティファニーの両親のところで――」

「夫妻の様子はどうだ？」ハントは相手の話をさえぎった。

「かかりつけの医師が付き添ってます。母親のほうが、あんな具合ですから。鎮静剤を投与したそうです」

「ティファニーの携帯電話からなにかわかったか？」

「なにも。GPSのほうも当たりはなしです」

「ヨーカムはまだデイヴィッド・ウィルソンの足取りを調べてるのか？」

「いまはウィルソンの自宅です」

「これまでになにかわかったか？」

「ウィルソンが大学教授だってことくらいですね。なんとか生物学が専門だとか」

「指紋のほうはどうなってる」

「被害者のまぶたから親指の指紋が採れました。いま検索にかけてるところです。まもなく結果がわかるでしょう」

「ボランティアは？」

「いまのところ百人ちょっと集まってます。早朝から始められるよう班分けしてるところです。六時には山間部の捜索が始められる予定です」ふたりのあいだに沈黙がおりた。ふたりとも同じことを考えていた——この人数ではとても足りない。

「もっと人員が必要だな」ハントは言った。「教会やボランティア団体にも協力を仰げ。アリッサ・メリモンが行方不明になったときは大学生が百人集まってくれた。学長に連絡してみろ」ハントは記憶していた番号をすらすらと口にした。「あの男は理解がある。なにか手を打ってくれるかもしれない。それからもうひとつ、明日もう一度、ティファニーの学校の生徒から話を聞け。できるだけ優しそうな警官を選べよ。若いやつか女性がいい。言ってる意味はわかるな。怖くて話せなかった子どもがいるせいで手がかりを見落とすような事態はごめんだ」

「了解しました。ほかにはなにか？」

「ちょっと待ってくれ」ハントはノートPCでキャサリン・メリモンの登録を検索した。「いまから言うことを書き留めて、無線連絡してもらいたい」彼は車種、型式、ナンバーを告げた。「息子が母親の車に乗ってるんだ。かなりのポンコツだ。すぐに見つかるだろう。手始めにテイト通りのケン・ホロウェイの自宅から調べろ。いるとは思わんが、いちおう確認したほうがいい。該当車を発見したら、すぐ知らせてほしい。車を停めさせて引き留めておけ。そのあとおれに連絡を入れろ」

「わかりました」

「よろしい。デイヴィッド・ウィルソンの住所を教えてくれ」ハントはペンを取ろうとしたが、ジョニーの家のポーチで動きがあった。青白い腕がにゅっと突き出ていた。

いったいなんだ？

雨でくぐもった悲鳴が耳に届いた。ヘッドライトのスイッチを入れると、まばゆい光線が雨を貫いた。「くそ、なんてことだ」

「ハント刑事――」

ハントは電話を耳に押しつけた。「切るぞ」

「しかし――」

ハントは音を立てて電話をたたんだ。ドアに手をかけ、またも毒づいた。雨に顔を叩かれながら。

「くそ、なんてことだ」

しかしまたも悲鳴があがり、彼の悪態をのみこんだ。

10

ジョニーは脇道だけを選んで町を端から端まで横断した。ジャックが住んでいるのは、小さな家とこざっぱりした庭が並ぶ界隈で、警官と雑貨商と配達人が多く住む場所だった。芝にはブランコと玩具。晴れた日には、子どもたちが通りでキャッチボールに興じる。住むにはいいところだが、見慣れない車は目立つ。そこでジョニーは二ブロック離れた場所に車を駐め、雨のなかを歩いた。ジャックの部屋の明かりがついていた。窓枠ごしになかをのぞくと、親友の姿が見えた。ベッドに寝転がり、そのまわりに漫画本が散らばっている。彼は漫画を読みながら体をぼりぼりと掻いていた。

窓ガラスをノックしようとしたとき、部屋のドアがあいた。ジェラルドが入ってきた。長身で筋肉質の彼はジーンズだけ穿いて上半身は裸、クレムソン大学の帽子を前後を逆にしてかぶっていた。彼が弟を怒らせるようなことを言ったらしい。ジャックは漫画本を投げつけ、兄を部屋から押し出してドアに鍵をかけた。

ジョニーは窓ガラスをノックし、ジャックが顔を上げるのを待った。もう一度ノックすると、親友は部屋の向こうからやってきた。窓が数インチ上がり、ジャックはその隙間の前にしゃがんだ。「驚いたな、ジョニー。大丈夫か？　事件のこと聞いたぜ。ちくしょう。おれも見たかったな。本物の死体ってやつを」

ジョニーはジャックの肩ごしにドアをうかがった。「ちょっと出られないかな」

「無理だよ」ジャックは決まり悪そうな顔をした。「学校封鎖があったのは知ってんだろ。ティファニー・ショアのことも」

「知ってる」

「おれが見つからないんで、学校から親父に連絡が行ったんだ」

「うちの母さんにもだ」

「だろうな。で、親父のビールを盗んだのがばれたうえに、そんときのおれはまだ酔っぱらっててさ。さんざんな目に遭ったぜ。おふくろはいま教会で、ティファニーが助かりますように、おれが救われますようにと祈ってる」彼は目をぐるりとまわし、親指でドアを示した。「ばか兄貴がうるさくてよ。すっかり見張り役を気取ってやがる」ジャックは隙間に顔をくっつけた。「で、死んだ男のことだけどよ。すごいことになってきたな。どうなってるんだ？　親父の話がちょっと聞こえてきたけどさ。そいつ、本当にティファニーと関係あんのか」

「あるいはぼくの妹と」

「そいつはどうかな」

「可能性はあるよ」

「もう一年たってるんだぜ、ジョニー。いいかげん現実を見ろよ。見込みは——」

「見込みの話なんか聞きたくない！」

ジャックはたじろいだ。「調べに行くのか？」

「行くしかないだろ」

ジャックは真顔になって首を振った。「よせ。今夜うろつくのはまずい。町じゅうのおまわりが出張ってんだぜ。犯人はきっと用心する。警戒するに決まってる」

ジョニーはかぶりを振った。「ティファニーはきょう連れ去られたばかりだ。まだそんなに時間がたってない。みんなここで判断を誤るんだ」

「どこを訪ねるつもりだ？」

「わかってるくせに」

「やめたほうがいいって。本気で言ってんだぜ。なんだか悪い予感がする」

ジョニーは引き下がらなかった。「一緒に来てほしい」ジャックが肩ごしに振り返った。

ドアはまだ閉まったままだ。ジョニーは窓枠に手をかけた。「助けがいるんだ」

「あのへんの家に行くのだけはごめんだからな。前からはっきりそう言ってるだろ」

「事情が違うんだ」

「殺されちまうぜ。化け物に捕まって殺されるって」ジャックは顔面を蒼白にし、全身で訴えていた。「行かないほうがいい」

ジョニーは目をそらし、闇のおりた周囲に向けた。「声も出なかったんだ、ジャック」

「なんの話だ?」

「あの人はぼくの目の前に落っこちてきた。骨が折れる音まで聞こえた。血があたり一面に飛び散った。片方の目が飛び出そうだった」

「帰れよ、さあ」

「あの人は妹の居場所を知ってたんだ。わかる? あの人を橋から突き落とした犯人は、口封じのためにやったんだ」ジョニーはこぶしに握った手を上げた。「ぼくはその現場にいた」

「それで?」

「怖くなって逃げた」

「そりゃ逃げるさ。だからなんなんだ? おれならいま頃ヴァージニア州に逃げこんでるぜ」

ジョニーは聞いていなかった。いまもあのときの光景が見えるかのように話した。「犯人が車の前にまわりこんだ」彼は首を振った。「金属の音が聞こえた。鉄パイプかなにかを引きずるような。大きなエンジンの音が轟いてた。落ちたほうの男の人は死ぬほど怯えてた。ぼくに逃げろって言ったんだ」

「ほれ見ろ。そいつの言うとおりだ」

「わかんないの？　あの人は妹の居場所を知ってたのに、ぼくは逃げちゃったんだ！　妹なのに。ふたごの妹なのに」

「よせ、ジョニー」

「片をつけなきゃいけない」ジョニーの顔が窓の下の隙間いっぱいに広がった。「それも今夜。絶好のチャンスなんだ、ジャック。きっと白黒つけられるけど、ひとりでやれる自信がない。だから一緒に来てほしい」

ジャックは居心地悪そうに身じろぎすると、閉じたドアを思いつめたように一瞥した。

「おれを誘わないでくれ、ジョニー。無理だよ。今夜は」

ジョニーはあてがはずれ、むっとしたように隙間から顔を遠ざけた。「どうしたんだよ、ジャック。昼間はあんなに調べに行きたがってたじゃないか。アウトローを気取りたくてしょうがなかったくせに」

ジャックは言い訳をした。「でも、今度のは遊びじゃないだろ。あんなことがあったばかりだ。それもきょう、現実に。犯人を見つけたとしたって……殺されるのがおちだ」

「いましかないんだ。いましか」

「ジョニー――」

「やるのか、やらないのかどっちだ、ジャック」

「そんなことを言ったって……」そう答えるのが精一杯だった。

ジョニーは察した。火を見るより明らかだった。「いいんだ」そう言って立ち去った。

キャサリン・メリモンは最後の段でよろけ、雨のなかに転げ落ちた。体をくの字に折ったまま地面に倒れこんだ。「ジョニー！」彼女の口が淡いピンク色に光った。裸足で目は血走り、瞳孔がひらいている。彼女はふたたびよろけ、ぬかるみのなかに転んだ。膝まであるオーバーサイズのTシャツが、数秒とたたぬうちにぐしょ濡れになった。脚についた泥がてかった。

彼女は怯えているし、おそらく薬を飲んでいるはずだ。だからハントは慎重に近づいた。以前にも神経衰弱の症状は見ているが、目の前の光景はまさにそれだった。彼女はぼろぼろの状態だった。ハントは手を差し出し、指を広げた。「メリモンさん」

「ジョニー！」彼女は完全に理性を失っていた。叩きつける雨に顔を上向けた。

ティファニー・ショア拉致の報によって、娘の悲劇の記憶を封じこめた貧相な墓が掘り返されたのだろう。目覚めたら家は無人で、残った子どものベッドももぬけの殻《から》だったせいで。

「メリモンさん」ハントはやさしく呼びかけた。

彼女は顔を上げた。顔一面をライトで照らされているにもかかわらず、あいかわらず黒い目を大きく見ひらいている。「息子はどこ?」

ハントは膝をついて両手を彼女の肩に置いた。「心配いりません」と声をかけた。「大丈夫ですから」

その一瞬だけ彼女は落ち着きを見せた。しかしすぐに表情が崩れ、小さすぎて聞き取れないほどの声で言った。「アリッサはどこ?」その質問には答えられなかった。彼女はみるみるうちに悲しみにのみこまれた。体をくの字に折った。両手を地面につき、柔らかな地面に指をめりこませた。「こんなことは終わらせて」と消え入るような声で訴えた。

ハントがすべきことははっきりしている。この女性には助けが必要だ。ジョニーを彼女から引き離し、安定した環境に置いてやらなくてはならない。社会福祉局に通報すべきなのは重々承知している。しかし同時にこうも思う。息子を取り上げたら、彼女は完全に正気を失ってしまうだろう。そんなことはできない。彼女が泥のなかで肩を震わせた。

「お願いだから終わらせて」

「キャサリン……」

「あたしの大事な子どもたち……」

ハントはしゃがんで彼女の肩に手を置いた。「おれにまかせてください」彼女が傷ついて魂の抜けた目で見上げると、ハントはもう一度彼女の名前を呼び、腕を取って立たせてやった。

二十分後、雨はすっかりやんだ。一台のパトロールカーが私道に乗り入れ、ルームライトが点灯してブロンドの頭がちらりと見えたかと思うと、ローラ・テイラー巡査がポーチに向かって歩きだした。彼女は二十代後半、大柄だが顔はほっそりしている。ハントに片思いしていた時期もあるが、もうはるか昔のことだ。いまはシャーロット在住のストックカー・ドライバーに夢中だ。ドライバー本人はテイラーの存在すら知らないが、そんなことは気にならない。テイラー巡査にとって一徹《いってつ》さは美徳なのだ。

彼女は玄関ステップを荒々しくのぼり、顔をしかめた。「ずいぶんとすてきな恰好だね、ハント」

「どういう意味だ？」

彼女はハントが着ているものを示した。「びしょ濡れの服。泥だらけのスーツ」手の動きにくわえ、頭も動かした。「なんなの、サーフィンでも始めた？」

「サーフィン？」ハントは髪に手をやった。ぐっしょりと濡れ、毛先が襟の下まで届いていた。

「あたしが切ってやろうか」

「遠慮する」

「ま、いいけど」彼女はハントのわきをすり抜け、あいたドアからなかをのぞいた。「電話じゃ話がよくわかんなかったんだけど」

ティラーは規則にうるさいが、ハントが彼女に白羽の矢を立てたのにはわけがある。警官で規則にうるさく、男っぽいティラーだが、一皮剝《ひとかわむ》けば温厚な女性だ。彼女なら的確な判断ができると踏んだのだ。「彼女から目を離さないでいてほしい。ばかなまねをしないよう見張っててくれ」

「そんな深刻な状態?」

「いまはベッドでおとなしくしてるが、なにかやってるみたいだ。おそらく薬だろう。前にも一度、半狂乱になったことがある。また切れる恐れがある。だが、本来はまともな人間だし、明日のことはわからない。チャンスをあたえてやりたいんだ」

背中をそらしたティラーは、感心しないという顔をした。「彼女はそうとうおかしいって、町じゅうの噂になってるよ」

「おかしいって、どういうことだ?」

「むきになんないでよ」

「なってない」

鋭く光る目が笑った。「うそばっかり。自分の姿を見てみな。唇は真っ白だし、首には幾重にも首吊りのロープがかかってる。まるであたしがおふくろさんのことを言ったみたいな顔つきだね。でなかったら、女房のことを」

ハントは声を落とし、肩の力を抜こうとつとめた。「おかしいとはどういう意味だ？」

テイラーは冷淡に肩をすくめ、頭を家のほうに傾けた。「一度、娘を迎えに学校に現われてさ。娘が拉致されて四ヵ月がたった頃かな。学校側がアリッサはいないと言っても帰ろうとしなかったんだって。娘に会わせろの一点張りで。学校側が説明しようとしたら、いきなり叫びだしたらしい。手がつけられなくて警備員が外に連れ出したんだって。そのあと車のなかで三時間も泣いてたらしいよ。そうそう、ダニエルズ巡査は知ってる？」

「新人の？」

「六週間くらい前に家宅侵入の通報を受けて駆けつけたら、あの人が昔の家で寝てたんだって。胎児みたいにまるくなって。で、ダニエルズが言ったんだよ」テイラーはみすぼらしい家をうかがった。「あの女はおかしいって」

ハントはしばらく口をつぐんでいたが、やがて諭《さと》すように言った。「子どもはいるのか、ローラ？」

「いないのは知ってるだろ」彼女は小さな歯を見せた。「子どもは仕事の邪魔だよ」

「なら、おれの言うことを信じるんだな。彼女が心を病んだのはしかたないことだ」テイラーはハントと見つめ合った。考えをめぐらせているのは明らかだ。テイラーはパトロール警官であって子守りではない。ハントの依頼は正規のルートも手続きも無視したものだ。

「息子が戻ってきたときのために、ここに待機する人間が必要だ。正当な業務だ」

「待機以外の任務は？」

「彼女がふらふら外に出てったり、これ以上薬を飲んだりしないよう見張っててほしい」

「それってあんた、自分の尻を叩けと言わんばかりじゃん。しかもあたしにまできれいで形のいいおケツを出せと言ってんだよ」

「わかってる」

「酒をやってんだか薬をやってんだか知らないけど、彼女の状態がそんなに悪いなら、息子は州の保護下におくべきだ。あんたが手を打たなかったせいで息子の身になにかあったら……」

「それは承知の上だ」

雨に目を向けたテイラーの顔に不安の色が浮かんだ。「噂になってるよ。あんたと彼女のことが」

「根拠のない噂だ」

目が険しくなる。「本当に？」

「彼女は被害者だ」ハントは素っ気なく言った。「しかも既婚者だ。警官としての職務を超えた興味など抱いてない」

「うそをついてるとしか思えないね」テイラーは言った。

「かもしれん。だが、きみにじゃない」

テイラーは銃、手錠、催涙ガスのスプレーをおさめたつるつるのビニールベルトを指で叩いた。「もってまわった言い方だね、ハント。意味深すぎて女々しいよ」思いやりのない言い方ではなかった。

「手を貸してもらえるか？」

「あたしは友だちだよ。どろどろしたことに引きずりこまないでほしいね」

「彼女はすばらしい女性で、おれはその彼女の子どもを見つけてやれなかった。それだけだ」長い間があいた。「ジョニー・メリモンの顔はわかるか？」

「ここに子どもが現われるとしたら、ジョニーしかいないだろ」

ハントはうなずいた。「恩に着る」

背を向けた彼をテイラーが呼びとめた。「彼女は特別な存在なんだね」

ハントは言葉につまったが、うそをつく理由はなかった。「ふたりともだ。彼女も彼女の息子も」

「ふたりが離ればなれになるのを食い止めたいほど特別ってわけだ。なんでそこまでするのかな」

ハントは少年の姿を思い浮かべた。母の脆《もろ》さを理解し、母を守るためにたったひとり闘う彼を。朝の六時に食料の買い出しをし、母から遠ざけたい一心でケン・ホロウェイの家の窓に石を、それも一度ならず五度も投げつける姿を思い浮かべた。「こんなことが起こる前、町でよく一家を見かけたんだ。四人はいつも一緒だった。教会。公園。広場でのコンサート。すばらしい家族だった」彼は肩をすくめた。ハントもテイラーも、そのつづきがあるのはわかっていた。「悲劇は嫌いだ」

テイラーが乾いた笑い声をあげた。

「どうした？」ハントは訊いた。

「あんたは警官だよ。すべてが悲劇じゃないか」

「たぶんな」

「そうだよ」テイラーは納得していない口振りだった。「たぶん」

百ヤード手前の闇に包まれた私道に車を駐め、ジョニーは自分の家からハントの車が出ていくのを見ていた。車がわきを通りすぎるときには頭を下げたが、ふだん母が駐めている場所にべつの一台が残っている。タイミングよく二台の車に気がついた。ハントのセダンと屋根の回転灯を消したパトロールカー。指の爪を噛むと、泥の味がした。母の様子をたしかめたいだけだ。ちょっとでいい。しかし警察が……。

ちくしょう。

ジョニーが車を駐めている家には老夫婦が住んでいる。暖かい日には夫のほうはポーチにすわって手巻き煙草を吸い、妻が庭いじりするのをながめている。妻が着ている色褪せたホームドレスは前身頃《まえみごろ》が破れ、人間とは思えないほど白い肌と青い静脈がのぞいている。しかしふたりとも、ジョニーが自転車で前を通りかかると、必ずにっこりと手を振ってくれる。妻のほうはしみの浮いた手で、夫のほうはヤニだらけの歯で。

車を降りてドアを閉めた。タイヤのきしむ音がしたかと思うと、坂を下ってきた車が低層住宅にヘッドライトの光を投げかけた。ジョニーは身を低くして家の横手にまわり、車と自宅のあいだに横たわる裏庭を進みはじめた。刈り取った芝と腐敗のにおいがする小屋の前を過ぎ、スプリングが錆ついて危険なほど傾《かたむ》いたトランポリンの前を過ぎた。物干し綱をくぐり、フェンスを越え、ほとんどつき合いのない近所の様子をうかがった。

母の部屋の窓まで来ると歩をゆるめた。部屋の明かりが黄色く燃えている。顔を上げると、ベッドのへりにすわる母の姿が見えた。涙に濡れ、泥にまみれた母は、糸の切れた人形のようにぐったりしていた。写真が入った額《がく》を手に持ち、唇をしきりに動かしながらガラスに指を這わせ、見えない重荷を背負っているかのように背中をまるめている。しかしジョニーはわずかな憐れみも感じなかった。彼の胸に突如としてわき上がったのはあらたな怒りだった。あれじゃまるで、アリッサが永遠に帰ってこないみたいじゃないか。一片の希望も残ってないみたいじゃないか。

あまりに意気地なしだ。

そのとき額が傾き、母は妹の写真を見て泣いていたのではないとわかった。父の写真だった。

ジョニーは窓枠の下にしゃがみこんだ。燃やしたはずなのに。その日のことはよく覚えている。快晴の午後、裏庭で燃やした火、写真が焦げて消失するときの刺激臭。いまもきのうのことのように目に浮かぶ。母の手から三枚を奪って、必死にぐるぐる走りまわった。母はよろける足で追いかけ、泣きじゃくり、返しなさいと金切り声をあげた。その三枚がいま、どこにあるかも知っている。一枚は自分の靴下用の抽斗、二枚はアリッサのためにとってあるスーツケースのなかだ。

母が手にしている写真はそれとは違った。そのなかの父は若く、口もとをゆるめ、目をきらきらさせている。スーツにネクタイ姿だ。まるで映画スターのようだった。

一瞬、その残像がくもり、ジョニーは右目の湿ったものをこぶしでぬぐい、雑草の生い茂る庭を木立《こだち》のほうへ移動した。写真を手にした母の姿を頭から振り払おうと、暗闇をずんずんと突き進んだ。さっきの光景を思い出すだけで悲しくなるし、悲しみは心を弱くする。

地面に唾を吐いた。

今夜は弱音を吐いている暇はない。

細い道を行くと頭上が木で覆われた。闇の意味を根底からくつがえすほど広大で濃い天蓋が、夜空にそよいでいる。老齢林を過ぎると藪と化したタバコ畑が広がった。高木は一本もない。丸裸の地面をウルシが這い、トウワタがジョニーの背よりも高くのびている。百ヤードほど進んだところで、増水して茶色く濁《にご》った小川を飛び越えた。イバラに腕を引っかかれた。昔のタバコ用納屋まで来ると、足を止めて耳をそばだてた。以前、年かさの少年ふたりがなかでマリファナを吸っているところを目撃したことがあるのだ。何ヵ月も前の話だが、ふたりに追いかけられたことはいまも記憶に残っている。納屋に手をかけた。四角い板は古くなってひびが入り、隙間の充塡剤はほとんどぼろぼろに劣化していたが、それでも充分頑丈だ。ジョニーは隙間に目をあて、なかをのぞいた。闇。静寂。彼はドアに向かった。

なかに入ると、古いバケツに乗って、横木の上に手をのばした。腕をめいっぱいのばさなくてはならなかったが、置いた場所にちゃんとあった。かばんがずるずる音を立てながら姿を現わし、ネズミの落とし物がぱらぱらと落ちた。かばんはカビで青くなっておらず、底の縫い目はまだ赤茶色をとどめていた。においを嗅いだ。土と鳥と枯れた植物の混じったにおいがした。おもての地面に倒れこみ、呼吸がしだいに乱れていくのを感じた。茂みに目をこらし、耳をそばだてる。

次に納屋から乾いた木を運び出し、火を熾《おこ》した。

大きな火を。

11

ハントがデイヴィッド・ウィルソン宅の私道に車を乗り入れたとき、強風が最後に残る嵐雲を吹き飛ばした。下に目を向けると、世界を構成する小さなパーツひとつひとつが銀白色に染まっていた。コンクリートの私道の水たまりも、車のボンネットの水滴も。大学キャンパスの敷地境界を成す凡庸なビルの裏まで来ると、通りは行き止まりになっていた。手入れの行き届いた住宅には教職員の家族が入居し、賃貸料を払う余裕のある親と一緒に住む学生もいる。各家の敷地は狭く、背の高い木々が枝を大きく広げている。緑色の細い筋は、コンクリートの歩道の古い継ぎ目なのだろう。雑草。苔。生い茂る草木のにおいがした。

住民を家に閉じこめた雨は警察の存在も目立たなくしてくれたが、ハントの見たところ、それもそう長くはつづきそうになかった。四軒先の縁石にビニール袋を提げた男がひとり立っていた。通りの反対側に目をやると、暗闇に煙草の火が浮かび上がった。ハントは小声で毒づき、玄関に向かった。目的の家は、濃色の煉瓦に古びた梁《はり》が埋めこまれたチューダー様式の小さな住宅だった。帯状にのびた芝生が隣家との境を成し、独立した二台用ガレージが奥の一角を占めている。ハントはカーテンのかかっていない窓からヨーカムの姿を確認し、玄関にまわった。

なかに入ると、木の床は長年の使用と手抜きのせいで瑕だらけだった。向かって右にある階段は手すりが黒光りしていた。奥のキッチンで、ステンレスと白いリノリウムが強い照明を受けてまばゆく光った。居間にいた制服警官が会釈を寄越したので、ハントはうなずき返した。べつの警官が振り返り、つづいてもうひとりも振り返った。誰もハントと目を合わせようとしないが、その気持ちもわかる。

いまに始まったことではない。

デイヴィッド・ウィルソンの自宅は、いかにも大学教授らしい雰囲気だった。濃色の木材、むき出しの煉瓦、最近吸った煙草とも古いマリファナともとれるにおい。ヨーカムがダイニングルームから現われ、おざなりでそっけない笑みを浮かべた。「吉報は伝えてやれない」

ハントは室内をながめまわした。「最初から説明を頼む」

「この家は大学の所有だ。ウィルソンは手当の一部として住まわせてもらってたそうだ。住み始めて三年になる」

「手当としては悪くないな」ハントはふたたび室内を見まわすと、警官たちが自分たちのほうをちらちら見ているのに気がついた。

ヨーカムもそれに気づき、声をひそめた。「みんな、あんたを心配してるんだ」

「心配？」

「アリッサの事件からきのうで一年だからな。誰も忘れてない」

ハントは目と口をこわばらせて室内を見まわした。ヨーカムが目に困惑と懸念の色を浮かべ、肩をすくめた。

「いいからデイヴィッド・ウィルソンの話をしろ」ハントは言った。

「ウィルソンは生物学科の学科長だ。話を聞いたかぎりでは評価は高い。広く知られた存在で、学生の信望は厚い。大学側の信望も厚かった」

「大学にはウィルソンは容疑者でないとはっきり伝えたんだろうな。根拠なく善人の評判を落としたくない」

「重要な証人だと説明した。なにかを目撃したせいで命を落としたと」

「ならいい。ほかにデイヴィッド・ウィルソンについてわかったことを教えろ」

「まずはこれを見てくれ」

ヨーカムは、この家よりも古そうな東洋緞通の上を歩いていった。額入りの写真がずらりと飾られた壁の前にハントを案内した。写真はどれも基本的に同じだった。異なる美しい女性とデイヴィッド・ウィルソンが写っている。「彼は独身だったのか？」

「おれが知るか。ダイニングルームのテーブルにはエンジンの部品。冷蔵庫に入ってたのはステーキ肉とビールくらいで、あとはほとんどなにもない。ベッドわきのテーブルの抽斗にコンドームが十七個」

「数えたのか？」

ヨーカムは肩をすくめた。「おれが使ってるのと同じブランドだった」

「ほう、笑えるな」

「冗談を言ったわけじゃない」

「ウィルソンとティファニー・ショアの接点を示すものはなにかあったか？」

「この家のどこかに特大級の手がかりがあるとしたら、まだ見つかってないってことだ。やつが本当にティファニーを見つけたんだとしても、あくまで偶然だったとおれはにらんでる」

「わかった」ハントは言った。「話を整理しよう。ウィルソンはこの家に三年住んでいる。スポーツ好きで、高給取りで、頭が切れる」

「スポーツ好き？」

「監察医の見立てでは、ロック・クライミングをやってたんじゃないかということだ」

「切れる男だな、トレントン・ムーアは」

「というと？」

「こっちに来てくれ」ヨーカムはそう言うとキッチンを抜け、裏手にある細いドアへと歩いていった。彼がそのドアをあけると生温かい空気が流れこんだ。「ガレージが裏庭の奥にある」

ふたりは濡れた芝生に踏み出した。目隠しフェンスで庭の大半は見えないが、角張って色気のないガレージが奥の隅にぬっと立っていた。母屋と同じ煉瓦造りのそれは、二台が余裕で入るだけの幅があった。ヨーカムが先に入って明かりをつけた。「ほら、どうだ」

とんがり屋根の下にいかだが渡してあった。くすんだ色のセメントの床に油染みが点々とついている。壁二面はペグボード張りで、ありとあらゆる種類の登山用具が掛け釘にかけてある。ザイル、カラビナ、ハーケン、ヘッドランプ、それにヘルメット。

「ウィルソンはクライマーだったようだな」

「変てこな靴を履いたクライマーだ」ヨーカムの声にハントは振り返った。

黒くなめらかなゴムのソールが前と側面を覆う、ハイカットのレザーブーツだった。それが異なる掛け釘から三足ぶら下がっていた。ハントはそのうちの一足を手に取った。

「フリクション・シューズだ。岩のぼりに適してる」

ヨーカムはいかだを指差した。「水も怖くなかったみたいだな」

「カヤックというんだ」ハントはいちばん長いカヤックを指差した。「あれは海用のカヤック」次に彼は短いのを示した。「あれが川用だ」

「ウィルソン名義で登録されてる車はなかった」ヨーカムは言った。

「だが、床に油染みがついてる」ハントはドアのわきの掛け釘から鍵束を取った。頭の部分が黒いプラスチックになっている。「こいつはスペアだろう。車種はトヨタ」彼はコンクリートについたタイヤ痕に目をこらした。「ホイールベースが長いな。トラックかランドクルーザーだろう。大学に確認を取ってくれ。おそらく、生物学科名義で登録されてると思う」

「デイヴィッド・ウィルソン名義のトレーラーはあった」

「オフロードバイクを運ぶんだろう。殺されたときに乗ってたバイクは公道走行の許可を得てないものだったから、トレーラーにのせて運んだんじゃないかな。あんな恐ろしげな場所でなにをしていたかが問題だな。どこでなにをしていたのか」

ふたりはガレージを出てドアを引いて閉めると、庭を戻りはじめた。「あのあたりは開発の手が入ってない。森は深いし、でこぼこ道はいくらでもある」

「オフロードバイクを乗りまわすにはもってこいだな」

「ウィルソンの車はまだあそこにあると思うか？」ヨーカムは訊いた。

ふたりは裏口へつづくステップをのぼり、なかに入ってキッチンを抜けた。「そうとしか考えられない」ハントは問題の郡を頭に思い描いた。州都から百マイル、海岸線からは六十マイル。都市部には金がある——産業、観光客、ゴルフ。しかし北部には手つかずの自然が残っていて、いたるところに沼、幅の狭い峡谷、深い森に花崗岩《かこうがん》の尾根がある。デイヴィッド・ウィルソンがあそこでオフロードバイクを乗りまわしていたのなら、どこかに車があるはずだ。わき道、地図にない踏み分け道、草原。どこかにある。「捜索隊を派遣しないといけないな」ハントは頭のなかで計算した。「パトロールカー四台というところか。いますぐ行かせよう」

「もう真っ暗だぜ」

「いますぐだ」ハントは言った。「それから、トレーラーのナンバーをハイウェイ・パトロールに伝えろ」

ヨーカムが指をぱちんと鳴らすと制服警官が現われた。「州警察にウィルソンのナンバーを知らせろ。ティファニーの事件に関係があると言え。すでにアンバー・アラートは発令済みだ」警官は電話をかけに姿を消した。ヨーカムはハントに向き直った。「で、次はどうする？」

ハントはゆっくりと振り返り、美しい女性ばかりと撮ったデイヴィッド・ウィルソンの写真に目をこらした。「寝室。地下室。屋根裏。全部案内しろ」

12

　リーヴァイは泥とつるつるの岩の上を慎重に歩いた。かすかにきらめく川面が少年時代の記憶を呼び覚ました。そのリズムとパターンはまるで、癌で逝《い》く一年前に父がプレゼントしてくれた万華鏡のようだった。高台へとつづく道に出ると、自由なほうの手で木の根や若木をつかみ、ぬかるんだ坂をのぼった。滑《すべ》らないよう、靴のへりを地面にめりこませながら。平坦な高台に出たところでひと息ついた。ふたたび歩きはじめると、川面に映る光がヤナギ、トネリコ、モミジバフウ、針葉の長いマツの向こうに消えた。あたりが完全な闇に包まれ、目の前に顔が現われた。妻が彼を見て笑ったかと思うと、その顔は急に赤黒くぐしょぐしょになった。妻の隣にいた男の顔も崩壊し、赤くひしゃげ、片側だけぺしゃんこになった。

　さらに音も聞こえはじめた。

　リーヴァイは思考を停止しようとした。記憶を頭からぬぐい去り、片方の耳から水を注ぎこんで反対側から汚水として流してしまいたかった。頭をからっぽにし、神の声が聞こえたときのためにスペースをあけておきたかった。やがて彼はうれしさでいっぱいになった。たったひとつの言葉が何度も繰り返されただけだったが。教会の鐘のように、ひとつの名前が頭のなかでこだましただけだったが。

ソフィア。

また聞こえた。

彼女の名前。

歩きつづけるうち、顔を温かい水が流れるのを感じた。一マイルほど歩いてようやく、自分は泣いているのだと気がついた。べつにかまわない。ここなら誰に見られるわけでもない。妻にも、隣人にも。彼にはおもしろさがわからないジョークを言ったり、道ばたで動物が死んでいるのを見つけるたびに黙りこむ彼を見て笑う輩《やから》はここにはいない。だから、落ちてくる涙もほうっておいた。神の声が聞こえないかと耳をそばだて、醜い顔に熱い涙がこぼれるにまかせた。

最後に睡眠を取ったのはいつか思い出そうとしたが、思い出せなかった。過ぎた一週間は模糊《もこ》とした記憶の羅列でしかなかった。泥に浸かったこと。歩いたこと。

そして彼がとったあの行動……

あの行動。

リーヴァイはあまりに疲れ、思わず目を閉じた。次の瞬間、足が滑り、ぬかるんだ地面に転んだ。背中から落下し、そのまま土手を滑り落ちた。背中が石に乗り上げ、皮膚が深くえぐれた。頭が固いものにぶつかって目の前で光が炸裂《さくれつ》し、側頭部に激痛が走った。すさまじく、とげとげしく、生々しい痛みが全身を貫いた。なにかが壊れ、強く引っ張られるように感じたと思ったら、大事な箱がなくなっていた。両腕をばたつかせると、一度だけビニールに手が届いたものの、箱はそのまますするすると遠ざかった。

川に落ちてしまった。

なんてことだ、闇にのみこまれてもう見えない。

リーヴァイは黒い水と、針の穴ほどの光の点に目をこらした。大きな手をぐっと握りしめた。

リーヴァイは泳げない。

迷ったのは一瞬だけで、神様から命じられるより先に水に飛びこんでいた。両脚を広げ、腕をのばす。濁った水が口に入ってくる。顔を上げて水を吐き出し、ふたたびもぐると、激しい水しぶきをあげて両手を川につけた。指のあいだを冷たい水がいきおいよく流れていく。もがき、咳きこみ、このまま溺れ死ぬと思ったとき、水は胸のあたりまで来るものの足が立つことに気がついた。立ち上がり、下流に向かって光の点をかき分けながら進んでいくと、大切な箱が倒木のうしろでくるくるまわっているのが見つかった。

苦労して箱を岸まで運んで土手を這い上がった。体が壊れるかと思うほどの痛みも意に介さなかった。妻のことがふたたびよみがえった。

あの女があんなことをするからいけないんだ。

彼は箱を抱えこんだ。全身が痛む。体のどこかが悪いのだろう。

あの女があんなことをするからいけないんだ。

そうこうするうち、リーヴァイは箱を抱えこんだまま眠りに落ちた。人並み外れて大きな手足が痙攣《けいれん》するたび、苦しげなうめき声があがった。

13

「なにもないな」ハントはデイヴィッド・ウィルソン宅の天井の低い地下室に立っていた。その横でジョン・ヨーカムがぐったりと肩を落としていた。剝《む》き出しの床根太《ゆかねだ》にねじこまれた錆の浮いたソケットから、二個の電球がのぞいている。奥の隅の黒い暖炉は冷え冷えとしてなんの動きもない。片足で床を払うと、カビと埃がふわりと舞い上がり、すぐもとの状態に戻った。部屋には土と湿ったコンクリートのにおいがこもっていた。

「どんなものを期待してたんだ？」ヨーカムが訊いた。

ハントは居間の下にある配線用の狭い空間に目を向けた。「運だよ。今度こそ」

「運なんてものはない。いい運にしろ、悪い運にしろ」

「ティファニーにそう言ってみろ」

何者かが少女を車に連れこんでから、すでに十五時間が経過したが、警察は発見につながる糸口すらつかんでいなかった。家も庭もしらみつぶしに探したが、いまのところ得られたものはなにもない。地下階段の無垢《むく》の木をてのひらで引っぱたくと、埃がゆらゆらと舞いおりた。「息子の様子を見に帰らないといけない。遅くなると連絡するのを忘れてた」

「電話すればいいじゃないか」

ハントはかぶりを振った。「しても出ない」

「そんなに険悪な状態なのか？」

「その話はしたくない」

「おれはなにをしておけばいい？」ヨーカムが訊いた。

ハントは階段の上を示した。「あとかたづけと戸締まりを頼む。三十分後に署で会おう」

「署に戻ったらなにをする？」

「いろんな角度から検討する。運が向くよう祈る」ハントはヨーカムの顔に指を一本あてた。「しゃべるんじゃないぞ」

ヨーカムは両手を上げた。「なにを？」

「ひとこともしゃべるんじゃない」

外に出ると、歩道に近所の連中が大勢集まっていた。制服警官ふたりが規制していたが、それでもハントは自分の車まで行くのに人混みをかき分けなくてはならなかった。あと少しというところで、痩せ形の怒ったような顔の男に声をかけられた。「ティファニー・ショア事件の捜査なんだろ？」男は声を荒らげた。「おれたちには教えてくれないのかよ」ハントがわきをすり抜けようとすると、男はウィルソンの家を指差し、さらに声を張り上げた。「あの家の男が犯人なのか？」

ハントは思わず足を止めそうになったが、思いとどまった。なにを言ったところで状況はよくならない。

車に乗りこむとエアコンの吹き出しを最強にし、ゆっくりと野次馬から遠ざかった。家に寄って息子の様子をたしかめ、水で顔を洗うべきだとわかっていたが、ふと気づくと町外れを流し、キャサリン・メリモンの家につづく最後の長い下り坂が目の前に現われた。ノックするより早く、テイラー巡査がドアをあけた。表情が引きつり、唇を固く結んでいる。ホルスターにおさめた銃に片手をかけていた。彼女は誰かわかると表情をゆるめ、ポーチに出てうしろ手にドアを閉めた。

ハントはうなずいた。「現われたか？」

「息子だったらノー。例のいけすかないケン・ホロウェイだったらイエス」

「なにがあった？」

「ジョニーを探しに訪ねてきたよ。えらい剣幕で、顔を真っ赤にしてた。めちゃくちゃにされたピアノがどうのこうのってわめいてたけど。スタインマンだかスタインベックだか」

「スタインウェイだ」

「そう、それ。窓から投げこまれた石がピアノにも当たったらしいよ」ティラーはにやりとした。「きっと高いんだろうね」

ハントの口角が反射的に上がった。「たぶんな。手こずらされたか？」

「そりゃもう。なかに入れるわけにはいかないと断ったら、母親を出せとわめきはじめてさ。落ち着いてくださいと言ったんだけど、おまえなんかくびにしてやると脅してきた」

ハントは彼女の怒りを感じ取った。「当の息子がここにいたら、ただじゃすまなかっただろうね」

「どのくらい前だ？」ハントは通りに目をやった。

「一時間くらいかな。弁護士を連れて戻ってくると言ってた」

「本当か？」

ティラーは肩をすくめた。「なにがなんでも家に入ってやると息巻いてたよ」

「やつがまた現われて、ちょっとでも違法な行動におよんだら、ぶちこめ」

「本気？」

「あの男のせいで証人が怯えたり、捜査が混乱するのは困る」

「理由はそれだけ？」

ハントは唇を噛み、後方の家に目をやった。軒裏板と羽目板壁の下のほうからものの腐ったにおいがし、網戸は破れ、窓枠にはひびが入っている。アリッサが拉致された当時キャサリンが住んでいた家を思い出すと、彼女の黒い瞳と、きっと神様が娘を連れ戻してくれるという胸が締めつけられるほどの強い信仰心が記憶によみがえってくる。彼女はいつも南向きの窓のそばで祈っていた。美しい肌がまばゆい光を受けて輝くその様子は、天使そのものだった。その間ケン・ホロウェイはそばで支え、笑顔と金と励ましをあたえつづけた。それも一カ月のことだった。キャサリンが身も心も粉々になったとたん、彼はハゲタカのごとく舞いおりた。いまの彼女は完全に薬漬けだ。それが誰の仕業かハントには見当がついている。

「あの男には虫酸が走る」ハントは言い、目を遠くへ泳がせた。「殺したいくらいだ」

テイラーは目をそらした。「いまのは聞いてなかったことにする」

ふと気づくと彼は肩を怒らせ、顔をほてらせていた。「心配するな」

テイラーはハントを見返した。「本当だね？」

「ああ」

「絶対に？」

「ああ、絶対だ」

「ならいいけど」彼女はうなずいた。

ハントは道路に目をやった。「おいおい、冗談だろ」

ケン・ホロウェイの白いエスカレードがゆっくりと近づいてきたかと思うと、私道に乗り入れようとして側溝に脱輪した。車は一瞬、立ち往生したが、すぐにエンジンを吹かして脱出した。側溝のへりについたばかりの瑕が黒く光った。右のシャーシに泥と芝の塊がぶら下がっている。フロントガラスの向こうにホロウェイの顔が見えた。顎を引き、頬を上気させている。その隣にあきらめ顔ですわっている男は、一、二度裁判所で見かけたことがある。そこそこの手腕を持った弁護士だ。顔が青白く、沈んでいる。彼はドアをあけ、穢《けが》らわしいものを見るような目で車外の景色を見まわした。家、泥、警官。これほど優雅に車を降りる男をハントは初めて見た。

ハントは庭におりていき、テイラー巡査もあとに従った。ホロウェイはピンク色のシャツを新品のジーンズにたくしこみ、ハントの制式拳銃よりも高そうなブーツを履いていた。図体が大きく、体重は二百ポンドをゆうに超えている。憤然としているせいで、よけいに背が高く威圧的に見えた。彼は弁護士を引き連れてぬかるみを突き進んだ。「教えてやれ」指差した拍子に、銅のブレスレットが手首で踊った。「やつらにどうなるかを教えてやれ」

弁護士はジャケットを撫でつけた。つやのある肌に手入れの行き届いた爪、いかにも弁護士らしい声。「ここに連れてこられた理由もよくわかってないんですよ」弁護士は言った。「さっきも説明したように――」

ホロウェイはさえぎった。「あんたはわたしの弁護士だ。わたしから金をもらってるんだ。さっさと言ってやれ」

弁護士はホロウェイから警官ふたりへと目を移した。法廷でよくやるようにジャケットの袖口からカフスをのぞかせた。「ホロウェイ氏はこの家屋の所有者です。自分の所有物への立ち入りを求めておいでです」

「立ち入りを要求してるんだ」ホロウェイがさえぎった。「ここはわたしの家だ」

ハントはわざと落ち着き払った声で言った。「さっきお会いしたときあなたは、客だとおっしゃった」

「揚げ足取りはよせ。この家も土地もわたしのものだ」

「しかし、キャサリン・メリモンさんは合法的な借り主でしょう」

「賃料は月に一ドルです」弁護士が言った。「それで借り主と言うのはおこがましいのではありませんか」

「賃料を払っているなら借り主でしょう」ハントは言い、弁護士をにらんだ。「そのくらいおわかりと思うが」

「それはそれとして、ホロウェイ氏には家屋をあらためる権利があります」

「しかるべき時間に、事前に通告したうえでの話です」ティラー巡査が横から口を出した。

「真夜中ではなく。メリモンさんに電話で話したければどうぞご自由に」

「メリモンさんは電話に出ないんです」弁護士は言った。

ホロウェイが前に進み出た。「あのガキに会わせろ。わたしの大事なものを壊した以上、責任を取ってもらわねばならん。わたしは話をしたいだけだ」

「本当にそれだけですか？」ハントは嫌悪感も不快感も隠せなかった。

「もちろんだ。ほかになにがある？」

「では、彼はいないと言ったら？」ハントも進み出た。ふたりの距離はわずか六インチにまで縮まった。ホロウェイが短気なのは知っている。わかっている。いまここで、彼の癇《かん》癪玉《しゃくだま》を破裂させてやる。

なんとしてでも。

ホロウェイの目が引きつり、表情に一本めのひびが入ったのがわかった。この男は詰め寄られたり挑発を受けるのを嫌う。だからハントはさらに距離を縮めた。蔑むような目でにらんでやると、相手は餌に食いついた。ここへきてようやく弁護士もこの先の展開を察した。「ホロウェイさん――」

「わたしが誰かわかってるのか？」ホロウェイは指を上げ、ハントの胸に突き立てた。それで充分だった。ハントは無駄のない素早い動きでホロウェイの手首をつかむとうしろを向かせ、握った手を相手の肩甲骨に押しつけた。ホロウェイは拘束を逃れようと前進したが、ハントは逆にその動きを利用した。エスカレードまで歩かせ、ボンネットに顔を押しつけた。

「いまのは警察官に対する暴行為です、ホロウェイさん。目撃者が複数いる」

「あんなのが暴行なものか」

「ご自分の弁護士に訊いたらいかがです？」

ホロウェイは車に手をつき、身を起こそうとした。ハントは上からのしかかりながら告げた。「今度のは公務執行妨害です」手錠を出す。その拘束具を太い手首にかけると留め具でしっかり固定し、カチャリと音がするまで握った。ホロウェイはわめいたが、ハントは反対の手も乱暴にうしろにまわした。全体重をかけてホロウェイを車に押しつけ、手錠をかけた。「ふたつとも重罪ですよ、ホロウェイさん。あとで、そこの弁護士さんから説明があるでしょう」

ハントはホロウェイを立たせた。傲慢《ごうまん》さはなりを潜めたが、怒りがありありと浮かんでいる。「わたしにさわるな」

ハントは手錠の鎖部分をつかむとホロウェイをテイラー巡査の車へと追い立て、ドアをあけた。ホロウェイの頭に手を置いた。「個人的にどうこうってことじゃありません」そう言って後部座席に押しこんだ。テイラーと目が合うと、彼はにこりともせず、皮肉も交えずに命じた。「テイラー巡査、ホロウェイさんを署に連行し、拘留手続きをするように」

テイラーは真顔をよそおったが、本心は隠しきれていなかった。「了解」

ハントは車を見送った。ホロウェイの赤らんだ顔がウィンドウに張りついたパトロールカーと、小娘のような弁護士が革ハンドルを握る大型キャデラック。二台は坂をのぼり、やがて視界から消えた。あとは明日考えよう。怒りが急速に引いていき、満足感が一気にこみ上げた。庭にひとり立ちつくすうち、キャサリンの様子が気にかかって踵《きびす》を返した。

家に入って、彼女の部屋のドアに耳を押しつけた。ざらついた木のドアに指をいっぱいに広げ、この部屋に入っていく自分の姿を想像した。ベッドに横たわる彼女は小柄で血の気がなく、微動だにしないにちがいないが、きっとほほえんで手を差しのべてくれるはずだ。熱砂の上を一マイル歩くのと同じくらいの時間が経過したように感じたが、実際にはほんの一瞬のことだった。ただの幻覚だった。自分は彼女の娘の救出に失敗した警官だ。その事実は変えようがないし、彼女も忘れるはずがない。忘れてほしいと頼むことさえ身勝手だ。

ドアから手を離し、ジョニーの部屋の前に立った。ドアがあけっぱなしで、きちんと整えたベッドに小さなランプが黄色い円を投げかけていた。同世代の少年の部屋とはまったく違う。玩具やゲームのたぐいはなく、壁にはポスターの一枚もない。ひらいた本が一冊、ベッドに伏せてあった。ドレッサーの上にも本がずらりと並んでおり、両わきから煉瓦ではさんである。母親の写真が一枚とアリッサの写真が三枚飾ってあった。ハントは手前にある少女の写真を手に取った。秘密めかした控えめな笑みを浮かべている。左目は黒髪がかかって見えないが、右目がきらきらと輝いていた。彼女はとっておきの秘密を知っているような表情をしていた。誰か訊いてくれないかとドキドキしながら待っていて、期待をふくらませすぎていつ爆発してもおかしくない表情だった。妹が生き生きしているのと対照的に、ジョニーは素っ気なく引っ込み思案に見える。昔からそうだったのか。それとも単に変わっただけなのか。

単に。

ハントはその言葉のばかばかしさにかぶりを振った。ジョニーの変貌に〝単に〟と呼べるものはひとつもない。証拠はいたるところにある。彼の行動にも態度にも、まっさらな壁の部屋にも。並んでいる本を見ただけでもわかる。どれも少年が読む本ではない。ここにある本は歴史や古代宗教、先住民の儀式であるビジョン・クエストに関するものや、平原インディアンがおこなう狩猟の儀式に関するものだ。重さ三ポンドもあるドルイド伝説の本まであった。それにチェロキー・インディアンの宗教に関する本も二冊。どれも図書館の本で、背に白の四角いラベルが貼ってある。ハントはベッドに伏せた本を手に取り、ジョニーがその本をつづけて十四回も借り出しているのを確認した。返却遅れはなかった。ただの一度も。自転車にまたがったジョニーが、ペダルを漕いで片道八マイルの道のりを行き、図書カードを出して言われた場所にサインする姿がまぶたに浮かんだ。

タイトルを読み――『絵で見るレイヴン郡の歴史』――ひらいてあったページに目を通す。右のページはぴしっと折り目が入ったスーツを着た年配男性のリトグラフだった。白っぽい顎ひげが前の襟を覆い、火打ち石のような目をしている。説明文には〝ジョン・ペンドルトン・メリモン――奴隷制度廃止論者の外科医（一八五八年）〟とある。ジョニーの祖先だろう。父親とは少し似たところがあるが、ジョニーとはまったく似ていない。

さらに何ページかめくってから本をベッドに戻した彼は、振り返って初めて、ジョニーの母が廊下にいるのに気がついた。体を覆っていないも同然のシャツの裾から脚がすらりとのびている。彼女は片手を壁につき、力なく立っていた。目に痛々しいほどの苦悩を浮かべ、ぞっとするほど冷静な声で言った。「お願いがあるの、ジョニー」黄色い光を受けとめようと、片方のてのひらを返す。「アリッサが帰ってきたら、話があると伝えてちょうだい」

「キャサリン……」ハントはどうしていいかわからず、口をつぐんだ。

「口答えしないの、ジョニー。いいかげん、家に帰ってこなきゃいけない時間なのよ」彼女は背中を向けると、片手を壁に這わせ、自分の部屋に入ってドアを閉めた。ベッドスプリングがきしみ、やがて静寂が家全体に広がった。

家を出る前にハントは明かりをつけ、戸締まりを確認してまわった。庭に出ると、頭のなかを整理した。ティファニー・ショアと苦しむ両親。すでに遠くへ行ってしまったと思われる顔のはっきりしない巨人。ケン・ホロウェイの件もあるし、息子の様子を見に帰らなくてはならない。それにどこでなにをしているかわからないジョニーのことも気がかりだ。それらすべてが渦となり、ずしりとしたおもりとなって襲いかかったが、それをわきへ押しやり、もう一度だけ一瞬の逃避をこころみた。これが最後とばかりにむさぼった。インクを流したような空の下で、彼はキャサリン・メリモンに、彼女の傷ついた目と無力感に思いをはせた。

それ以外はどうでもよく思えた。

14

一マイルと離れていない場所で、ジョニーが燃やした炎が夜空を突き上げた。オレンジ色の渦を巻き、空に火花を散らした。彼は靴もシャツも脱いでかたわらにしゃがんでいた。揺らめく黄色い線が胸の汗に映りこみ、煤まみれの指の跡が頬から顎にかけて黒くついている。背後の納屋の壁に浮かび上がった彼の影は、かがんだ巨人を思わせた。彼は鳥の血と白カビと乾いた草のにおいを放つ青いバッグに手をのばした。留め金は腐食して、さわるとぼろぼろに崩れるし、肩ひものひとつがだめになりかけている。バッグをあけ、くしゃくしゃの紙束を取り出した。両面にびっしり文字が書いてあるが、それには目をくれなかった。読むのはあとだ。彼は紙束を地面に置き、ウズラの卵大の小石で押さえた。

次にガラガラヘビの脱皮殻《ラトル》とマムシの頭蓋骨をぶら下げた濃色の革ひもを出した。脱皮殻は同じ学校の子から買った。マムシは自分で殺した。四日間、森を探し歩いたが、けっきょく見つけたのは自宅の勝手口から百フィートのところだった。マムシは古いブリキ板の切れ端の上でとぐろを巻いていた。運命だ、とジョニーは思った。マムシは見つけてもらいたかったのだ。ハコヤナギの枝で仕留め、十歳の誕生日に父からプレゼントされたナイフで頭を切り落とした。

もう一本の革ひもにはワシの羽根が五枚ぶら下がっていた。どれも自転車にくくりつけた羽根の倍の大きさがある。三枚はキツネ色をした翼の羽根で、真っ白な二枚は固く尖った先端がジョニーの中指ほども太い。羽根にはまだ鳥のにおいが残り、そのうち三枚のへりには乾いた血がついていた。ワシの血と、彼の血と。

ジョニーは目を閉じ、二本の革ひもを首にかけた。羽根がそよぎ、脱皮殻が肌にあたってカラカラと音を立てた。

それから聖書を出した。

黒くて指の跡がびっしりついたそれは、表紙にジョニーの名が刻印され、金色に輝いていた。幼い頃、バプテスト派牧師がサテンの箱に入れてプレゼントしてくれたものだ。これに書かれている言葉は神からの贈り物だと言って。

さあ、一緒に唱えよう。贈り物なんだよ、ぼく。

アリッサが連れ去られたあと、その牧師が訪ねてきた。彼は揺るぎのない声でジョニーに告げた。神はいまも子どもであるわたしたちを愛しておいでなのだから、とにかく祈りなさいと。懸命に祈れば、神はきっと妹さんを連れ戻してくださると。だからジョニーは祈った。全身全霊をかたむけて祈った。妹を連れ戻してくれるなら、自分の命を差し出してもいいと。

そう断言した。

すべてを差し出すと。

来る夜も来る夜も祈った日々の記憶がよみがえった。腕に置かれた母の指先がとても熱かったことも。母の声がよみがえり、以後、一度として見ることのなくなった気丈さがその声にこめられていたことがよみがえった。

あたしと一緒に祈ってちょうだい、ジョニー。

切なく、狂おしいまでの信心。

妹のために祈ってちょうだい。

その牧師が、磨き上げた爪とまばゆいばかりのむっちり顔でふたたび訪れ、まだまだ祈りが足りないとジョニーを諭した。「もっと善行を積みなさい。信仰を深めなさい」

ジョニーは湿った地面の上で足を踏み替え、火に近づいた。聖書の表紙を破り取ると、刻印された自分の名が炎を受けて金色に光った。罰《ばち》が当たるのではないかという恐怖心がわき上がったが、表紙を火にくべ、燃えていくのを見守った。灰になるのを見届けると、片手でバッグを持ち上げ、中身を地面にぶちまけた。雨に打たれて落ちた木の葉を乾かしたもの、種類ごとにまとめた細い枝。ヒマラヤスギにマツ、トウヒに月桂樹。

子どもの姿を彫った樺の樹皮。

アリッサが使っていた赤いリボン。

ジョニーはリボンを手首に巻きつけ、視線を乾いた葉と枝から、まだ手のなかにある聖書に移した。それを高く掲げ、地面におろした。熱でページがめくれた。燃やされる運命にあるとわかっているかのように。

それを見てジョニーは残酷な満足感をおぼえた。

必要なのは、もっと古い神々だ。

その気持ちが芽生えたのは何カ月も前で、きっかけはひとつの祈りだった。季節は冬、ボイラーが故障して家には火の気がなく、妹が無事に家に帰ってきますようにと祈る言葉すらあまりの寒さに白くなった。彼は四時に起き、冷気という刃を裸の背中に感じながら母のために祈った。薬を飲むのをやめてくれますようにと祈り、父が母のもとに帰ってきますようにと祈った。ケン・ホロウェイがじわじわと苦しみながら死にますようにと祈った。それが彼の生きる支えだった。救済と過去に思いをはせ、狂おしいまでに復讐を願うことが。

一時間後、太陽が遠くの地平線に顔を出しはじめた頃、ケンがジョニーには理解できない理由で母を殴った。止めに入ると、次はジョニーの番だった。それが始まりだった。無力感と流血、届かぬ祈り、忍耐と従順を説く金文字の書。
どれひとつとしてジョニーを強くしてくれなかった。
どれひとつとしてジョニーに力をあたえてくれなかった。

ヒマラヤスギを火にくべ、次にマツ、トウヒ、月桂樹をくべた。彼は火のすぐそばに立ち、煙が全身を包みこむのを待った。目がしみ、肺がひりついたが、煙を吸いこんでは吐き出した。最初は空に、そして地面に、さらには四方向の見えない地平線に向かって。煙を両手で受け、顔にかけた。本で覚えた言葉をつぶやいてから、ネズの実を手でつぶし、果汁を胸に塗りたくった。ヘビ草をポケットに突っこみ、子どもの絵を彫った樺の樹枝を高く掲げ、それも火にくべた。照明弾のような炎と青白い煙が上がったが、このときも煙が空の高みに消えるまで目をそむけなかった。最後に子ども時代の聖書の残りを火に投げこんだ。

ほんの一瞬、彼は思った。いまならすべてなかったことにして、貪欲な指から聖書を奪い返し、母のか弱い息子のままで家に戻れると。しかし彼はじっと動かなかった。ページがめくれ上がり、黒い薔薇が咲いて、儀式は終わった。

準備完了だ。

車は通りの先に住む老夫婦の暗い庭にちゃんとあった。隣家の庭を突っ切るときにそれを確認した。湿った肌に煙のにおいが染みつき、ネズの実の果汁と灰で全身が真っ黒だった。フェンスを跳び越え、耕して弱々しい若木を植えた区画のすぐ隣に降り立った。車に向かって歩きだしたとたん、家の裏窓に明かりが灯り、ジョニーはその場に凍りついた。老女が静脈の浮き出た手を化粧室の流しの黄色いへりにかけ、じっと立っている。彼女は頭を垂れ、涙をひと筋、またひと筋と流した。そこへ夫が現われて妻の首筋に触れ、耳もとで何事かささやいた。次の瞬間、妻の顔をほほえみにも似たなにかがふわりとよぎった。彼女は夫の頼りない胸に寄りかかった。ふたりは穏やかな表情を浮かべ、そのまま動かなかった。

ジョニーは自分の胸に触れた。汗と灰、それに心臓が激しく脈打つのを感じた。ふと思った。あのおばあさんはなんで泣いていたのだろうか、そしておじいさんはなんと声をかけてほほえませたのだろうかと。父はどんなときも、なにをすべきか、あるいはなにを言うべきかを心得ていた。老夫婦を見つめるうち、腹の底に苦い塊が生まれたが、ジョニーはそれを意思の力で砕いた。白い歯をちらりとのぞかせると、窓の下を忍び足で通りすぎた。

ふたりは彼に気づかなかった。

気づいた者はほとんどいなかった。

車は古ぼけて黴《かび》くさかった。ジョニーはごわごわした革のシートに肩を押しつけ背中を弓なりにそらし、片手をポケットに突っこんだ。紙はくしゃくしゃにつぶれ、マツヤニと火のにおいが残っていた。脚の上で皺をのばし、懐中電灯をつけた。ジョニーの字で名前と住所が書いてある。余白にはメモと日付の走り書き。

六人の男の名。六つの住所。性犯罪の前科を持つ男たち。卑劣なやつら。どれも恐ろしげな連中だが、ティファニー・ショアが拉致されてまだ一日もたっていない。犯人はアリッサを連れ去ったのと同一人物だろう。六人は、ジョニーが突きとめたなかでもっともあやしく、これまでも目を光らせてきた。暮らしぶりも仕事も把握しているし、どんなテレビ番組が好きかも、何時に床につくかも把握している。そのうちのひとりがいつもと違う行動をすればわかるはずだ。

ジョニーは恐怖心を追い払い、キーに手をかけた。ミラーに映った目は血走り、まぶたが黒ずんでいる。ぼくは誰にも支配されない、と自分に言い聞かせる。戦士なんだ、と。

エンジンが回転し、彼はギヤを入れた。

ぼくはインディアンの酋長だ。

15

ハントは車からヨーカムに電話をかけた。すでに真夜中をすぎ、道路は車通りが絶え、雨に洗われている。

呼び出し音が二回鳴った。三回。

つかの間弱さを露呈したハントだったが、すぐにキャサリン・メリモンへの思いを封印した。彼女の家の庭に立っていたのは一分にも満たなかったが、それでも気がとがめた。ティファニーの行方はいまもわからない。彼は全エネルギーをその捜査に集中させた。尋ねた質問、講じた措置。なにか見落としはあるか？　ほかにどんな手が打てるか？

四度めの呼び出し音が鳴った。

はやく出ろ、ヨーカム。

ヨーカムは電話に出るなり謝った。「こっちはてんやわんやでな」こっちというのは署のことだ。

「状況を教えてくれ」

「あんたに言われたことをやってる」

「くわしく説明しろ」

「デイヴィッド・ウィルソンのまぶたから採取した指紋は、現在照合中だ。いまのところ一致するものは出てないが、まだ序盤だからな。パトカー四台をウィルソンのランドクルーザー捜索にあてている。あんたの推測どおり、ランクルは大学の名義になってた。それから、ウィルソンの友人と身内をあたって、彼がきょうどこに出かけたのか、なにをしていたのかわかる人間を探してる。すでに大学関係者からは話を聞いたが、どれも空振りだった。所在のわからない前科者も何人かいるが、それにも何班かが対応してる。どの家も鍵がかかっているし、明かりがついてない。玄関に新聞が積み上がってる。ひとりはウィルミントンで服役中と聞いたから、至急、確認するつもりだ。補助警官ふたりが、けさからグリッド捜索をおこなう予定で――」

「グリッド捜索の話をくわしく頼む」

「あんたに言われたとおり、アリッサ・メリモンのときと同じ捜索手法をとる。当時はそれが妥当だったし、いまもそれは変わらん。とにかく人手が足りない」ヨーカムは口をつぐんだ。「あのな、クライド。わかりきってることを訊くな。もう指示は出したんだ。家に帰って少し寝たらどうだ。いまは何時だ？　夜中の二時だろ。もう息子とは話したのか？」

沈黙。

「しょうがないやつだな。電話くらいはしたんだろうな」

「これからそっちに行く」ハントは言った。

「友人として忠告するぞ。家に帰れ。少し休め」

「冗談だろ?」

「とんでもない。冗談なもんか。けさのあんたはへろへろだったし、あれからちょっとでもよくなったとは思えん。いまこっちでやってることは単純作業だ。あんたがいる必要はないから、少し休め。明日はしゃっきりしてもらわなきゃ困る。ティファニーにはしゃっきりしたあんたが必要なんだからな」

ハントはタイヤがアスファルトを走る音に耳を傾けた。ヘッドライトの先端に木のシルエットが浮かび上がった。「一時間くらいなら」

「せめて二時間だ」ヨーカムは言った。「いや、大盤振る舞いで三時間にしろ。なにかあったら連絡する」

「わかった。そうしよう」ハントは電話を切ろうとしたが、ヨーカムの声がした。「いいか、クライド。あんたはたしかにできる。この仕事がな。けどな、ちゃんとしなきゃだめだ」

「なにが言いたい?」

ヨーカムは吐息をついた。その音が多くを語っていた。「とにかく、びしっとしろ」

ヨーカムは電話を切り、ハントは車を自宅に向けた。眠れないのはわかっていたが、ヨーカムの指摘が正しいのもわかる。努力しよう。それに息子のことも……

くそっ。

それはまったくべつの問題だ。

私道に車を停め、エンジンを切った。あたりが静まり返っているせいで、自宅のドアをあける前から音楽が耳に届いた。くぐもった重低音。激しくかき鳴らす弦の音。ハントはなかに入ると、すべすべした白っぽい壁紙を背にして二階に上がった。息子の部屋の前まで来るとドアをノックしたが、こんなに音楽がやかましくては聞こえたかどうかすらわからない。ハントは意を決してドアをあけた。

まず目に飛びこんだのは、血色の悪い肌と鈍い動き、輝くホワイトブロンドの髪とハントそっくりの目だった。息子は二週間後に十八になる。大柄で、スポーツ万能だ。これまではほぼまじめな学生だった。いい子だった。しかしこの一年ですっかり変わった。生意気になり、こらえ性がなくなった。いま息子はスポーツソックスに黄色い半ズボン、それに〝キャンディもけっこうだがセックスなら虫歯にならない〟のロゴ入りシャツという恰好でベッドのへりにすわっている。車雑誌をひらき、けたたましい音楽に合わせて足を鳴らしている。

ハントは部屋の奥まで行ってステレオを止めた。息子が顔を上げ、ハントはそこに憎悪以外の何物でもない表情を読みとった。

「ノックぐらいしたら?」

「した」

息子はページをめくり、雑誌に目を戻した。「なんの用?」

「きょうなにがあったか知ってるだろう?」

「ああ。話は聞いたよ。でも、ありがたいことにあんたからじゃない。ほかの連中と同じルートで聞いたんだ」

ハントはさらに部屋の奥へと歩を進めた。「あそこに行ったのか? あの川に」息子はうんともすんとも言わない。またページをめくった。「またサボったのか? 前にも話し合ったはずだぞ」

「ほっといてよ」

ハントは赤の他人を見る思いがした。

「聞こえないの、ほっておいてくれよ」

出ていかずにいると、息子が立ち上がった。皮膚の下で筋肉が震えた。一瞬にしてハントの頭に血がのぼった。息子の態度は、露骨なまでに反抗的だ。しかし怒りは数秒とつづかなかった。ハントは目をしばたたき、つい最近までの息子を見る目で見つめた。好奇心旺盛で純粋な情熱にあふれた、生意気盛りの子どもを見る目で。朝六時に起きて自分の朝食をこしらえ、バルサ材と包み紙で凧を作る子どもを見る目で。ハントは肩の力を抜いた。

「下で待ってる。話があるんだ。少し時間をやるから、言いたいことをまとめておけ」

息子はそれを聞き流した。部屋の奥に行き、ふたたび音楽をかけた。音は下のキッチンまでハントのあとをついてきた。

キッチン・テーブルの椅子に腰をおろし、ヨーカムに電話をかけた。「なにか進展は？」

「さっき話したばかりだぜ」

「わかってる。そのあとなにか進展があったか知りたい」

「なにもない。息子の様子はどうだ？」

ハントはスコッチのボトルに手をのばした。「おれを殺したがってるみたいだ」

「アリバイが必要だと言ってるか？　だったらおれに電話しろと伝えてくれ」

ハントはグラスにツー・フィンガー分ついで、ふたたび腰をおろした。「あいつが必要としてるのは母親だ。あいつと意思の疎通をはかるのはもう無理だ」ハントはひとくち含んだ。「女房と一緒に出ていきゃよかったんだ」

「あの子に選択の余地はなかったんだろ、クライド。奥さんは勝手に出てったわけで、一緒に来ないかと声をかけたとは聞いてない」

「そうするよう迫ることもできた」ハントは言った。

「あの子だってすぐ大人になる」

「いつもグランジばかり聴いてるせいか、なにかにつけて父親に喧嘩を売ってくる」

「グランジか。そいつはすごい。夜のニュース番組に電話してやるか」

「ハハハ」おかしくて笑ったわけではなかった。

「そのまま家にいろ」ヨーカムは言った。「息子のそばにいてやれ」

「こうしてるあいだにも時間は刻々と過ぎてるんだ、ジョン。十分でそっちに行く」

「同じ過ちは繰り返すな」

「過ちだと？」ハントは自分の声に怒りを聞き取った。ヨーカムも聞き取った。

「おまえはもう充分失ったじゃないか、クライド。わかってるくせして」

「なにが言いたい？」

「頼むから、たまには自分の息子を最優先しろ」

ハントは反論しようとした。辛辣《しんらつ》で刺々《とげとげ》しい言葉を返そうとしたが、ヨーカムが電話を叩きつけるように切った。受話器を架台に戻し、もうひとくちスコッチを含んで、残りを流しに捨てた。ヨーカムの意見は筋が通っている。それがわかっているからハントは頭を垂れ、このやっかいな問題に向き合おうとした。たしかに彼は仕事に入れ込みすぎているが、それだけが原因ではない。しんと暗いキッチンでハントはやっと認めた。息子が好きになれないことを。もちろん愛情は抱いているが、好きになれないのだ。態度も、考え方も、決断の仕方も。

息子はすっかり人が変わった。

グラスをすすいで振り返ると、アレンが戸口に立っていた。ふたりはしばしにらみ合い、息子が先に目をそらした。「そうだよ、サボったよ。悪い？」

「そもそも法に違反してる」

「そういうの、やめてくんない？」アレンは自分の椅子の肘掛けに手を這わせた。「どうして四六時中警官でいるんだ。どうして普通の父親らしくふるまえないんだよ」

「普通の父親なら、息子が学校をサボっても平気だと言うのか？」

アレンは視線を戻した。「わかってるくせに」

「あの橋のところで男がひとり殺されたんだ。知ってるだろう。おまえがいた場所で殺されたんだ」

「ぼくがいた何時間もあとのことだろ」

「なにかあったらどうする？　おまえになにかあったら、お母さんになんと言えばいい？」

「そうは言うけどさ、なにもなかったんだからいいじゃん」

「あそこでジョニー・メリモンを見かけたな？　ジャック・クロスも」

「見かけたのは知ってんだろ。でなきゃ、そんなこと訊くわけないもんな。それが警察のやり方なんだろ？　そうやって容疑者を尋問するんだろ？」

「きょう以外でジョニー・メリモンを見かけたことはあるか？」

「あいつは中学だよ。ぼくは高校生だ」

「わかってる」ハントは言った。「だけど、どこかで見かけることはあるんじゃないのか？　あの子に話しかけるとか」

「あいつに話しかけるやつなんかいるもんか。だってあいつ、イカれてんだぜ」

ハントは背筋をのばした。目の奥の空洞で怒りの熾火《おきび》がくすぶりはじめた。「イカれてるとはどういう意味だ？」

「全然、口をきかないし、死んだみたいな目をしてるし」アレンは肩をまわした。「頭がおかしいんだよ。ほら、ふたごってそういうところがあんだろ。あんなことがあったんだ、当然さ」

「ティファニー・ショアはどうだ？」ハントは尋ねた。「彼女のことは知ってるか？」

息子は顔を戻し、険悪な目でにらんだ。「けっきょくそれかよ」

「それ？」

「あんたの仕事だよ」声が尖った。「そのくそったれな仕事だよ！」

「アレン——」

「アリッサもジョニーも悲惨な事件とやらも聞き飽きた。父さんがあのファイルを読むのも、彼女の写真をながめるのも、毎晩夜通しで捜査するのもうんざりだ」彼はハントの書斎を指差した。デスクの鍵のかかった抽斗《ひきだし》の最上段に、メリモン事件のファイルが鎮座している。「父さんが目をくもらせてぼくの話を上《うわ》の空《そら》で聞くのにもうんざりだ。夜中の三時にぶつぶつひとりごとを言いながら歩きまわる足音にもうんざりだ。父さんの罪悪感もテイクアウトの食事も自分のものを洗濯するのもうんざりなんだよ。母さんが出てったのは父さんが取り憑《つ》かれてるせいだ」

「なあ、ちょっと落ち着け」

「図星だろ?」

「お母さんはおれの仕事の大変さはわかってくれていた」

「仕事の話じゃないよ。ぼくが言ってんのは、父さんが毎晩、このうちに持ち帰ってくるもののことだ。ジョニーのおふくろさんに必要以上に関心を持ってると言ってるんだ」

心臓の鼓動が速まったのがわかった。

「だから母さんは出てった」

「そうじゃない」

「父さんがあのガキのおふくろに入れ込んでるから出てったんだよ!」

ハントは一歩踏み出し、気がつくと、右手をこぶしに握っていた。息子もそれに気づき、自分の両手を上げた。肩を怒らせたその姿に、ハントは息子が充分張り合えるほど成長したことにいまさらながら気がついた。

「殴るつもり？」アレンはこぶしの甲で口もとをぬぐった。「やれよ。殴れよ。かかってこい」

ハントはうしろに下がり、こぶしに握った手から力を抜いた。「殴りはしない」

「父さんにとって大事なのはあっちの家族なんだ。アリッサ。ジョニー。あの女。そして今度はティファニー・ショアだ。また同じことを繰り返すつもりだろ」

「あの子たちは――」

「言われなくたってわかってる！　もうさんざん聞かされたからね。これから先もそれがずっとつづくんだ」

「それがおれの仕事なんだ」ハントは言った。

「で、ぼくはただの息子ってわけだ」

声は淡々としていたが、言葉には毒があった。父と息子はにらみ合った。そのとき、ハントの電話が鳴り、静寂を破った。発信者番号通知がヨーカムからの電話だと表示した。ハントは指を一本立てた。「この電話には出なきゃならない」そう言って電話をひらいた。

「いい知らせじゃなきゃ許さんぞ」

ヨーカムは単刀直入だった。「デイヴィッド・ウィルソンのまぶたの指紋の照合が終わった」

「指紋の主がわかったのか？」

「ああ。しかもそれ以上の進展があった」

「どんな進展だ？」

「信じられないほどの進展だ」

ハントは腕時計を確認し、息子に視線を戻した。その目を見つめたまま、不快感をおぼえながらも答えを発した。「十分でそっちに行く」彼は電話をたたみ、片手を上げた。

「アレン――」

しかし息子はすでに背を向けていた。どたどたと階段をのぼり、ドアを手荒く閉めた。

ハントは天井をにらみつけると小声で毒づいた。家を出ると同時に音量が上がり、屈折した音楽がふたたび鳴りはじめた。

16

警察署はダウンタウンの裏道にあった。実用一点張りの赤煉瓦造りの二階建て。ハントは署の扉を抜けて二階に上がり、市街地図にかがみこんでいるヨーカムを見つけた。「話を聞かせろ」

「百パーセント間違いない。指紋の主はリーヴァイ・フリーマントル。四十三歳。黒人男性。身長六フィート五インチ。体重三百ポンド」

「うそだろ。ジョニーの話は大げさだとばかり思ってた」

「大げさじゃなかった。本当にでかいんだ」

「どこかで聞いた名前のようだが」

「フリーマントルが？」ヨーカムは椅子の背にもたれた。「おれは今夜初めて聞いたけどな」

「写真はあるか？」

「陸運局にはなかった。運転免許を持ってないんだ。クレジットカードも銀行口座もない。

というか、いまのところ見つかってない」

「デイヴィッド・ウィルソンは車で橋から突き落とされたんだぞ」

「よその州の免許を持ってるのかもしれん。でなきゃ、そんなことにはこだわらない性格なんだろう」

「ほかにわかったことは？」ハントは尋ねた。

ヨーカムは書類を何枚かめくった。「やつが最初にレーダーに引っかかったのは数年前だ。それ以前はなんにもない。まるで幽霊だよ。逮捕歴なし。銀行口座の情報もなく、光熱費や電話料金を払った記録もない。おそらくよその管轄から移転してきたんだろう。で、それ以降は何度か逮捕され、有罪判決も数回受けてる。服役もしたが、たいして長くない。こっちで一カ月、あっちで二カ月。だがここからが肝腎《かんじん》だ。やつは一週間前、刑務作業中に行方をくらました」

「脱獄したのか？　いままで話に出なかったのはなぜだ？」

「先週の新聞に記事がのったが、三面記事の埋め草だったからな。暴力事件で捕まったわけじゃないから、優先順位が低いんだ。危険とは見なされなかったんだな。だいいちこいつは郡の管轄だ」

「どんな刑務作業についてたんだ？」

「警備のゆるやかなやつだ。田舎の二車線道路での作業。ごみ拾い。草むしり。やつは森のなかに逃げこんだ」

「信じられん」

ヨーカムはにやりと笑った。作り物かと思うほど真っ白でつるつるした歯がのぞいた。

「これからぶったまげる話をするぞ、覚悟はいいか？」

「なんだ？」

「さっきも言ったようにやつは服役してる。出たり入ったりだ。話というのはこうだ。やつはアリッサ・メリモンが拉致されるわずか三日前に、今回とはべつの刑期を終えていた」

ハントは興奮という爪が食いこむのを感じた。「でたらめを言うな、ヨーカム」

「住所を突きとめた。うちの管轄だ」

「令状は取ったか？」

「クロスに判事を叩き起こしに行かせた」

「もう判事は署名したのか？」

「するさ」

「ずいぶん自信があるじゃないか」

「ティファニーは白人だし、両親が金持ちだ」ヨーカムは肩をすくめた。「時間の問題だろう」

ハントは室内を見まわし、居並ぶ表情を読んだ。「おい、ヨーカム。そういう発言は控えろ。前にも言ったはずだ」

ヨーカムは肩をまわし、驚くほど冷酷な声で言った。「世の中ってのはそういうもんだ。不公平で悲惨で、悪がまかりとおっている。だからっておれに腹を立てるのは筋違いだ」

「いつかその口が災いしてやばいことになるぞ。だから、さっきみたいな発言は封印しろ」

ヨーカムはガムを口に放りこんで、顔をそむけた。ハントは収集した情報に目を通しはじめた。リーヴァイ・フリーマントルはヒューロン通りでロンダ・ジェフリーズという三十二歳の白人女性と住んでいる。ハントは女性の名をコンピュータに入力した。客引きの容疑で二度の逮捕歴があるが有罪にはならなかった。A類の麻薬所持の逮捕が一度。有罪。十八カ月の判決で七カ月服役。服役態度が良好だったからだ。迷惑行為での有罪が一度。これは単純暴行だった。「ロンダ・ジェフリーズ」ハントは言った。「この女とフリーマントルの関係は？」

「住所が同じということしかわかってない。同居人か、それとももっと深い仲か」

ハントはリーヴァイ・フリーマントルの逮捕歴に目を通した。いまひとつぴんとこない。「ちゃちな罪状ばかりだな。不法侵入。うろつき。万引き……勘弁してくれよ。暴力行為はひとつもないぞ。性犯罪がらみすらない」

「しかたないだろ」

この程度の逮捕歴ならほかにいくらでも例がある。ありきたりすぎて、ハントはこの男を知っているような気になった。ほかの千人もの連中を知っている程度には。だが、六フィート五インチで三百ポンドは簡単に忘れられるものではない。ハントは日付を二度あらため、アリッサ・メリモンが拉致された三日前にリーヴァイ・フリーマントルが出所した事実を確認した。また彼は、ティファニー・ショアが行方不明になる一週間前に道路での刑務作業から姿を消した。これが単なる偶然なら奇跡に近い。しかも、誘拐された少女を見つけたと言ったデイヴィッド・ウィルソンが殺され、死体にはフリーマントルの指紋がついていた。ジョニーが説明した人相風体《ふうてい》とも一致する。タイミング。川の湾曲。

ハントは書類をおろした。「クロスに電話しろ。いまの状況を訊け」

「やつだって仕事は心得てるぜ」

「いいから電話しろ、ジョン」

ヨーカムはクロスの携帯の番号にかけ、あとどのくらいで令状が取れるか訊いた。彼は電話を切り、ぼそぼそした声で報告した。「わからないそうだ。判事がもたもたしてるらしい」

「くそ」ハントは立ち上がった。「出かけるぞ」

ヨーカムは自分の上着をつかんではおり、急いでハントを追いかけた。「まさか令状なしで踏みこむわけじゃないだろうな」

「そんなことをしたらいい笑いものだ」

「答えになってないぞ」

ハントはそれには答えず、細かい凹凸のある固い階段を足音高くおりていった。

ヨーカムは大声で怒鳴った。「待てよ、クライド、答えになってないぞ」


ヒューロン通りは幹線道路から左に鋭角に折れ、市の広場の四マイル手前で終わっている。この界隈は砂丘の正面のすぐ近くに位置している。気温と生えている植物でわかる。砂が熱を吸うせいか、気温が高い。土地が痩せているので木が高くならない。通りは狭くて短く、雑草だらけの庭と頑丈な鎖につながれた犬が目立つ。ハントはこれまでの経験から、この警告を深刻に受けとめた。二年前、ここから三ブロックの殺人現場を捜査したことがある。女性が自宅のバスタブで刺殺された事件だ。借金を頼んで断られた息子の犯行だった。女性は五十ドルのために死んだのだった。

残酷な連中。

うらぶれた通り。

左に折れ、速度を落として二軒先まで進んだ。ヘッドライトを消し、割れたガラス瓶を踏み越えたところで車を停めた。前方にのびる道路はさながら闇と貧困の川で、よりよい場所へと通じる銀色の線路のところで終わっている。左の家のカーテンから青い光がわずかに漏れている。草むらでコオロギが鳴いた。

「やめたほうがいい」ヨーカムが言った。

ハントは顎をしゃくった。「いちばん奥のブロック。右だ」

ヨーカムは首をめぐらせた。唇をきつく結び、真っ暗な通りに目をこらした。「ひでえな」

ハントも通りをながめた。玄関ステップと道路をつなぐ未舗装の通路があるみすぼらしい庭、縁石にマットレス、ポーチにはソファ。ブロックに乗り上げた車。空さえも必要以上に重苦しく見えた。

二軒先の家で、庭を行ったり来たりしていたピットブルが鎖の先端からふたりをにらんだ。

「ぞっとしねえところだ」ヨーカムが言った。

「もう少し奥まで行ってみよう」

「なんでだ？」

「フリーマントルの家に車があるか確認したい。あるいは明かりがついてるかを」

ハントはヘッドライトを消したままギヤを入れた。そのまま二十フィート進むと、ピットブルが行ったり来たりをやめた。ヨーカムはシートの背にもたれた。「やめたほうがいい」彼がそう言ったとたん、犬が鎖をめいっぱい引っ張り、車のなかにいるのかと思うほど激しい敵意をむき出しにして吠えはじめた。ほかの家の犬もくわわって、通りのあちこちで鎖ががちゃがちゃ鳴った。二軒の家の明かりがついた。

「やめたほうがよさそうだ」ハントも同意し、車をバックさせた。角で方向転換し、ギヤをドライブに入れ換えた。

一分間の沈黙ののちヨーカムが口をひらいた。「あれはやっかいだな」

「犬のことか？」

「四ブロック先からだってばれちまう」

ハントは腕時計に目をやった。「ばれないかもしれないぞ」

「どうしてまた？」

「おれにまかせろ」

ヨーカムはウィンドウの外に目をやった。ハントは自分の携帯をひらき、クロスに電話した。クロスは最初の呼び出し音で出た。「例の令状を持ってこい。二十分以内に」

「なにしろ判事が判事なもので」クロスはいらだちをつのらせていた。「いま宣誓供述書に目を通してるんですよ。もう二度も読んだくせに」

「なんだと？　単純明快な内容じゃないか。相当の理由だらけだぞ。少し催促してみろ」

「とっくにやってみましたよ」

「どの判事だ？」ハントの質問にクロスが答えた。「電話に出せ」

「出ませんよ」

「いいから出せ」

ハントは待った。ヨーカムが白い目を向けた。「判事に圧力をかける気か？」

「脅すんだ」

判事が電話に出た。「こういうことは感心せんな、刑事」

「令状の申請書類に不備でもあるんでしょうか？」ハントは訊いた。

「いま宣誓供述書に目を通してるところだ。決定を下すには充分な時間と――」

ハントは最後まで言わせなかった。「〝十二歳少女殺害――令状発行の遅れが一因か〟。手遅れになったら新聞の見出しにそう書かれますよ。新聞社にコネがあるんです。おれに恩のある連中がね。ただの脅しじゃありません」

「できるものか」

「それはどうでしょう」


三十分後、地方銀行裏の空き地に警官が集結した。彼らは令状を携えていた。時刻は三時十分すぎ、あたりは闇に包まれ、しんと静まり返っている。頭上の街灯がジリジリいったかと思うと、割れるような音を立てて電球が切れた。警官の数は五人、ハントを入れれば六人だ。彼は頭から防弾チョッキをかぶり、マジックテープをきちんと留め、銃を再度確認した。後部ドアに小さな金色の盾形記章がついた紺色の小型バンをまわりこんだところでヨーカムと合流した。「準備はいいか?」

ヨーカムは不安そうな顔だった。「待ったほうがいい」

「だめだ」

「暗い時間に突入したらいらぬ危険が生じる。得体の知れない家、敵意のある界隈。四ブロック手前まで行ったら、例の犬が吠えてばれちまう」

「いますぐ突入だ」

ヨーカムは首を振った。「怪我人が出るぞ」

「ここに集まった全員、自分がなんのために雇われてるのかわかってるさ。ボーイ・スカウトじゃないんだ」

「それを言うなら、無能な判事にカリカリさせられるのもどうかと思うぜ。おれたちがいまいるのは現場なんだ。あんたは有能な警官を危険にさらそうとしてるんだぞ。あと数時間待てば状況は天と地ほども違ってくるかもしれないってのに。署長はあんたを処分する口実を探してるんだ。怪我人を出せばやつの思う壺《つぼ》だ。理性的になれ、クライド。今度だけは。客観的に考えろ」

ハントは友の腕をつかんだ。ぎゅっと強く握ると骨の感触があった。「自分の娘だったらどうする？　自分の妹だったら？　それが客観的ってことだ。わかったらさっさと位置につけ」ハントはつかんでいた腕を離し、背を向けかけた。しかしヨーカムの話はまだ終わっていなかった。

「あんたは感情で突っ走ってる」

ハントは夜の闇に目を黒く光らせ、やつれた顔をこわばらせて相棒をにらんだ。「この件に関しては口答えするな、ジョン。おれは必ずあの子を見つけ出す。生きてるうちに」

「怪我人が出たらあんたの責任だぞ」

「この駐車場でぐだぐだ言ってるあいだにあの子が死んだらあんたの責任だぞ。話はこれで終わりか？」

ヨーカムの表情が腹をくくったものに変化した。彼は指の関節を鳴らし、うなずいた。

「もうしゃべる気力もないよ」

ハントは指を鳴らして、ほかの警官を集めた。ヨーカム、クロス、完全装備に身を包んだ制服警官三人。「捕まえるのはこの男だ」彼は古いファイルから引っ張ってきた見えにくい逮捕写真のコピーを掲げた。「顔の右側に醜い傷がある。目撃した少年の証言によれば、蠟《ろう》が溶けたみたいな感じだそうだ。身長六フィート半、体重三百ポンド。こんな風体の男はふたりも三人もいないだろうから、簡単に見分けられるはずだ」

神経質な笑いが漏れた。ハントは笑わせておいた。「線路に突き当たる手前の区画、右のいちばん奥の家だ。道路から奥まっていて、裏は空き地、片側は線路、その反対側には隣の家がある。突入前にその三方向を固めてもらいたい。街灯は壊れてるも同然だから、かなり暗いだろう。庭はほとんどが枯れた芝と平らな地面だが、木の根とごみででこぼこしてるところもある。だから足もとには気をつけろ。バンが停止したら、最初にヨーカムが位置につく。きみたちは彼についていけ」ハントは制服警官のうちふたりを指差した。「やつが逃げた場合にそなえ、裏と両わきを見張れ。おれは残りの連中を連れておもてから突入する。ハンマーを持ってるのはクロスだが、おれが最初に踏みこむ。さて、標的の男はかなりの巨漢だ。一瞬たりとも気を抜くな。とにかく手早く押さえつけろ。少女はべつの場所に閉じこめられてる可能性があるから、むやみに発砲するな。男は生きたまま捕らえろ。供述を取りたい」

「犬はどうする?」ヨーカムが話の腰を折った。

ハントは腕時計に目をやった。「犬なんか知るか」彼はバンの後部ドアをあけた。制服警官のひとりが運転席にすわっていた。なかはガン・オイルと汗のにおいがこもっていた。男たちは肩をくっつけ合ってうしろにすわった。「気に入らねえな」ヨーカムが言うとふたりの制服警官が苦笑した。

それはヨーカムの口癖だった。

エンジンがかかり、バンはUターンしてひとけのない通りに滑り出た。リアウィンドウから外をのぞくと、タールマック舗装の道路が黒曜石のように黒くてらてらと光っていた。

ハントは運転席の警官に指示した。「曲がり角の手前のブロックで停めろ。コンビニエンスストアがある。いまは閉まってる」

九十秒後、バンはがらんとした駐車場に乗り入れ、錆の浮いた大型ごみ収集容器の十フィート手前までガタガタと進んだ。ハントは腕時計を見た。「三分待て」

「なぜ待つ？」ヨーカムが訊いた。

ハントは質問を聞き流した。「三分待て」

手をきつく握ってはひらくを繰り返した。全員が自分自身の靴に目をこらしている。クロスがずっしりと重いハンマーに手をのばした。「錠をもろに叩け」ハントは言った。

「そしたらすぐにおれの前からどくんだぞ」

クロスはうなずいた。二分後、ヨーカムがハントを肘でつついた。「グランジだって？」

「いまはやめてくれ、ヨーカム」さらに一分が経過した。朝一番の列車の気配が波のごとく伝わってきた。錯覚かと思うほどかすかな気配だった。

「感じるか？」ヨーカムが訊いた。

ハントは闇に包まれた車内を見まわした。「行くぞ」運転席の警官の肩を叩いた。「おれが合図したらな」

警官がうなずき、夜の空気がうねりはじめた。南から接近する轟音がしだいに太く大きくなった。震動はやがて音の洪水と化し、汽笛が響きわたると、警官のひとりが身をよじった。

「あんた、天才だな」ヨーカムが言った。

ハントは運転席の警官の肩に手を置いた。「行け」

バンは駐車場を飛び出し、左に二回曲がってヒューロン通りの真ん中に出た。そのまままっすぐ走りつづけると、犬が次々と飛び出してきては吠え、首輪で喉をつかえさせた。目標の家に到着した。ハントは私道に車が一台駐まっているのと、ひとつの窓だけ明かりがついているのを確認した。バンは大きく揺れて停止した。ドアが大きくあき、警察官が通りに吐き出された。ヨーカム班は銃をかまえ、家の横にまわった。黒いブーツが暗い地面と同化して、体が空中にふわふわ浮いているように見える。

三十フィート向こうで列車が夜の闇を切り裂き、轟音が大地を揺るがした。ハントは運転役の警官が追いつけるよう一秒だけ待って、空気が喉に突き刺さるのを感じながら走りだした。クロスが反対側のわきに現われ、三人並んで大股で庭を突っ切り、土と枯れた芝生の上を一気に進んだ。気がつくと、ポーチが三人の重みを受けてたわんでいた。ハントは取っ手とドア枠のあいだを指で示すと一歩下がり、片手に懐中電灯、もう一方の手に制式拳銃を持った。彼は一回うなずいた。大ハンマーが振りおろされる音も聞こえなかった。

乾燥した木とねじれた金属片が飛び散った。最後尾の車両が猛スピードで走り去り、あとには風圧と消えゆく走行音が残った。

踏みこむとぼろぼろのクッションが置かれた椅子の上で電気スタンドが灯っていた。その奥で、蛍光灯のような光が廊下の奥付近を明るく照らしていた。ハントは右側を確認し、次に銃を左に振り向けた。壁のないところから、真っ暗な部屋と家具らしきふくらみが見える。左からかすかな物音がした。スピーカーの雑音のような、レコードに刻まれた長い溝の突端にたどり着いた針が立てるような音だ。ハントがわきに寄るとクロスはそのうしろにぴったりとくっつき、運転手もそれにならった。室内は暑く、息苦しかった。煙草のヤニに染まった壁で影が踊ったが、それ以外、動くものはなにもなかった。

最初ににおいに気づいたのはハントだった。油くさいにおいが鼻腔いっぱいに広がった。クロスが目を合わせ、運転手は体を二度引きつらせて、曲げた肘の内側に鼻を埋めた。

「落ち着け」ハントは小声で言って左にある暗い部屋を指差し、全員をそっちに向かわせた。ハントは狭い廊下に明かりを向け、ドアの手前でひと呼吸おくと悪臭ただよう暗がりに足を踏み入れた。廊下は幅が狭く、思った以上に奥行きがあった。前方に目をやると、白色光の鋭い切っ先がカーペットの上の三角形を浮かび上がらせていた。ハントは大声で呼びかけた。「警察だ。令状がある」

返事がない。動きもない。廊下を進んでいくと、右にキッチンがあった。皿があふれた流しの上で白くて長い円筒が明滅していた。なかをあらためると空《から》の酒瓶が見つかり、窓はあけっ放しで網戸が破れていた。まわれ右して暗がりのさらに奥へと歩を進めたところ、石膏ボードに血をなすりつけた跡が見つかった。あけ放したドアをくぐって室内に懐中電灯の光を向けたとたん、死体から蝿が一斉に飛び立った。

女は白人で、おそらく三十代、そしておそらくロンダ・ジェフリーズと思われた。断定できないのは、顔の大半がなくなっているからだ。血がこびりついたぺらぺらの下着姿だった。片方の乳房がはみ出し、肌は白というより灰色に近かった。顔はつぶれ、顎の骨が少なくとも二カ所折れ、つぶれた眼窩《がんか》から左目が飛び出ていた。上半身は廊下のほうにのび、脚はベッドの近くにあった。片腕を頭の上で軽く曲げ、指のうち二本は明らかに折れていた。

黒人男性のほうはそこまで無惨なありさまではなかった。生前は大柄だったのだろうが、いまは違う。全体的に縮んで見えた。たまったガスで腹部がふくらんでいるせいか、腕も脚も異様に小さく見える。右側頭部がつぶれ、中途半端で締まりのない顔になっていた。彼は一糸まとわぬ姿で、張りぐるみの椅子に沈みこんでいた。自分の意思で腰をおろしたような恰好で。

ハントは壁のスイッチに手をのばし、頭上の明かりをつけた。そんなことをしても状況は好転せず、むごたらしさがいっそうはっきりしただけだった。いつの間にかうしろに部下たちが立っていた。「誰も入るな」ハントは指示した。

彼は足を置く場所に気をつけながら、女のわきに膝をついた。死体をすみずみまで観察した。女はペディキュアをしていた。真紅のカラーにアクリル・ビーズが埋めこんである。足の裏にたこができていた。脚は膝から下だけむだ毛処理をしてあった。およそ一インチもあるつけ爪が指から釘のようにのびている。目立つ傷もタトゥーもない。三十二歳というのは妥当な年齢だろう。

男のほうも、椅子のわきにしゃがんで下からのぞくようにして調べた。黒人。四十代。強靱。身長は六フィート二インチ前後。両膝に古い手術跡がある。アクセサリーのたぐいはなし。歯に金の詰め物。無精ひげ。

ハントは立ち上がった。横に目をやると、クローゼットの扉のそばにワークブーツ、ジーンズ、リンゴ飴色のサテン地のブリーフが落ちていた。ベッドのそばにシンダーブロックが転がっている。「ヨーカム」ハントの手招きに応じ、ヨーカムが部屋に入った。ハントはシンダーブロックを指で示した。片面が凝固した血でてかてかに光っている。「あれが凶器じゃないかと思うんだが」

「らしいな」

ハントは腰をのばした。「そこにいろ」彼は死んだ男の脚をよけ、死んだ女の腕に近づいた。ほかの警官があいたドアに身を寄せ合うように立っていたが、彼らには目もくれなかった。ドアのそばに膝をつき、カーペットにできた平行なへこみを指でなぞった。シンダーブロックと長さが一致する。立ち上がって、ドアのところにいたクロスと目を合わせた。

「なにをすればいいですか？」クロスは訊いた。

「庭と前の通りを封鎖しろ。科学捜査班と監察医を呼べ」ハントは顔をさすった。「それからおれにダイエット・コークを持ってきてくれ」クロスが背を向けかけると、ハントはその袖をつかんだ。「この家の冷蔵庫から取ってくるんじゃないぞ。それから、この廊下から全員引きあげろ」

廊下から部下が引きあげていくのを見送っていると、うしろにヨーカムの気配を感じて振り返った。死と暴力を目の当たりにした彼は頬を紅潮させ、妙に生き生きして見える。ハントはヨーカムの背後に目をやり、声をひそめた。「時期尚早かもしれないが、これは計画的犯行じゃないな」

「根拠は？」

ハントはドアの足もとに指を振った。「カーペットのへこみだ。あのシンダーブロックはドアストッパーがわりに使ってたものだろう」彼は肩をすくめた。「計画的な殺しだったら、犯人は凶器を持参するのが普通だ」

「かもしれん。だが、シンダーブロックがあるのを知ってた可能性もある」

「おれの早合点かもな。たしかにおまえの言うとおりだ」

「で、どういう段取りで行く？」

ハントはひらいたてのひらで部屋を示した。「科学捜査班が到着するまで現場を封鎖する。それから近所の聞き込みだ。念のため、遺体捜索犬も手配する」ハントはそこで口をつぐみ、廊下に出た。「くそ！」腹の底から一気に怒りを爆発させた。こぶしを壁に叩きつけ、足音も荒く居間に姿を消した。ヨーカムがあとを追うと、ハントは両手を玄関のドア枠に押しつけていた。額《ひたい》を木のドアにぶつけるたび、ゴツンゴツンと鈍い音が響いた。

「くそ」彼はさらに強く額をぶつけた。

「怪我をしたけりゃ」ヨーカムは声をかけた。「もっとましな方法がある」

ハントは振り返り、壊れたドアに背中を預けた。感情をむき出しにしているのは自分でもわかっている。「こいつはまともじゃない」

「殺しはみんなそうだ」

「彼女はここにいるはずだったんだ、ジョン」ハントはふいに、新鮮な空気が吸いたくなった。ドアを乱暴にあけ、嫌悪感にも似た気持ちをこめて肩ごしに言葉を投げつけた。

「きょうで終わりにできるはずだった」

「ティファニーのことか？」

「全部だ。なにもかもだ」

ヨーカムはなんのことかわからなかったが、すぐに理解した。

ハントが日々味わっている地獄の責め苦。

彼の人生そのもの。

17

古いステーションワゴンは、曲がりくねった狭い舗装路にゆるゆると停まった。町はずれにあるこの道は暗く閑散としており、周囲にあるのは雑木林と静けさだけだ。ジョニーは目的の家に目を向けた。ひとつの窓から明かりがほのかに漏れている。前回ここを訪れてから二週間がたったが、あいかわらず同じ車が同じ木の下で錆つき、同じビール缶が郵便受けの上にのっていた。

家そのものは影が薄かった。ほの暗い黄色の光と、直角に交わっていない角《かど》の集合体にすぎない。遠くのごみ処理場から、甘ったるい腐敗臭がただよってくる。昼間はカラスが群れ、くず拾いがネズミや缶を撃つ銃声が遠くで轟《とどろ》く。夜にはコオロギが鳴くが、ときおり、これといった理由もなく鳴き声がやむことがある。まるで世界が一斉に口を閉じたかのように。静寂が降りるとジョニーは決まって身震いし、まわりの空気がそよとも動かず冷え冷えとしたように感じる。その感覚が夢で再現されることも、正直に言えないほど頻《ひん》繁《ぱん》にあるが、それでも彼はここに足を運んだ。

真夜中に。夜明けに。

六回。

十二回。

バートン・ジャーヴィスの名がリストにあるのは、彼が常習犯《レシディビスト》だからだ。それはジョニーの語彙のなかでも格別に難解な単語だった。意味は〝同じことを繰り返す頭のイカれた下司野郎〟。ジャーヴィスは性犯罪者として登録され、腹を撃たれた鹿に詰め物をしたり平台型のトレーラーでごみを回収したりして生計を立てている。通称はジャーで、こんなふうに使われる――〝この鹿の大きさはすげえな、ジャー。こんなでかいやつに詰められんのかよ？〟

ジャーにはジョニーが考える友だちというものがいないが、この家には数人の男が出入りしている。汚れた手から手へコンピュータのディスクを受け渡し、女と寝るならやはりタイがいちばんだという雑談に興じる。ジョニーは出入りする連中についても調べ上げていた。住所。勤務先。

彼らもリストにのっている。

ひとり、目立って頻繁に訪れる男がいる。銃を持ってくるときもあれば、そうでないときもある。長身で筋肉質で年配のその男は鋭く光る目をして、指が異様に長い。男とジャーは同じ瓶から酒を飲み、ヴェトナムのどこかの村での武勇伝で盛り上がる。彼らが呼ぶところのスモール・イエローという娘の話になると、ふたりとも煙ったような目をする。ふたりはその娘と三日間を過ごした。機銃掃射され、彼女の家族の死体が転がる小屋で。〝スモール・イエロー〟と口にするたび瓶が持ち上がり、片方がかぶりを振る。〝惜しいことをした〟

ふたりの笑い声はひどく下卑《げび》ていた。

ジョニーは二度訪れたところで、ジャーの自宅の裏の小屋があやしいとにらんだ。小屋は鬱蒼《うっそう》とした木々を抜ける細い踏み分け道の突端にあり、道路からもジャーの家からも見えなかった。壁はシンダーブロックで、窓には板が打ちつけられ、ピンク色の断熱材と黒いビニールテープでしっかり目張りがしてある。なかをのぞくのは無理だった。光もまったく漏れてこない。錠前はジョニーの頭の半分ほどもある。

彼は真っ先にそこに向かった。

小屋に。

18

六時をまわる頃、死体が袋におさめられた。ハントはポーチに立ち、不恰好でつるつるの黒いビニールにくるまれたものをのせたストレッチャーが、派手な音をさせて出ていくのを見守った。通りと庭に目を向ける。光のない真っ暗な空のもと、どちらもモノトーンに沈んでいる。太陽はまだ顔を見せていないが、もうじきだ。灰色の光が線路の向こうの木の頂にたまり、東の空で新しいなにかがかすかにきざしている。警察車両がそこらじゅうで道路をふさぎ、縁石に斜めに駐まっている。監察医のバンが、背面の扉を大きくあけて庭の隅に陣取っていた。ひと握りの記者が黄色いテープの反対側に立っているが、ハントがもっとも子細《しさい》にながめたのは町並みだった。道路のせいで土地に余裕がなく、土地が狭いせいで家は寄り添うようにして建っている。なにか見聞きした人間もいるだろう。必ず。彼は視線をあちこちに向け、黄色いシャツを着た年配の白人と、落ち着きのない目にストリートギャング風の態度、手作りバッグを持った黒人少年を舐めまわすように見た。片腕に子どもを抱いている、垂れ下がった乳房をした大きな顔の女を見つめた。その女は隣に住んでいるが、なにも知らないと言い張っていた。

なんにも聞こえなかった。

憎しみに満ちた目。

なんにも見てない。

署の警察犬ハンドラーのひとりが、着ているものを汚し、顔をげっそりさせて家のわきから現われた。黒い毛並みの雑種犬が彼の腿に体をぴったりくっつけた。舌を垂らし、死体袋をまばたきもせずに見つめている。ハンドラーは首を横に振った。「床下および屋根裏、それに庭も異常ありませんでした。ほかに死体があるとしたら、ここ以外の場所でしょう」

「断言できるか？」ハントは尋ねた。

「間違いありません」ハンドラーはてのひらで犬の頭を軽く叩いた。

ハントは安堵《あんど》にも似た気持ちをおぼえたが、その感覚を頭から信じる気にはなれなかった。ティファニー・ショアがここにいないというだけでは、彼女がまだ生きていることにならない。どうしても後方の死体に意識が向いてしまう。「あれのせいで犬の嗅覚が狂ったということはないか？」彼は死体袋のほうを示した。

「万が一にもありえません」

ハントはうなずいた。「そうか、マイク。ご苦労だった」

ハンドラーは舌をチッチッと鳴らし、犬を連れて立ち去った。
収穫ゼロ。なにひとつ見つからなかった。ハントはジョニー・メリモンが言っていたコロラド州で発見された少女の事件を思い返した。彼女は地下室の横に掘った穴に、マットレスとバケツとロウソクしかない状態で一年も閉じこめられていた。腹のなかで不快感が内臓の一部と化した。考えれば考えるほどむかつきをおぼえる。その少女を発見した警官が自分だったらと想像した。まずなにをするだろう。薄汚れたマットレスから彼女を抱き上げるか。それともろくでなしの顔に六発見舞ってやるか。可能ならば、十七年にわたる警官生活をふいにしてでも引き金を引くか。

かもしれない。

かもしれないどころじゃない。

ハントはトレントン・ムーアが死体をバンの後部にしっかり固定するのを見守った。監察医の表情はハントの心のなかと同じ、疲れきって気が滅入り、緊張の糸がぴんと張りつめ、朝の光ほども細くなっている。彼がポーチに上がってきたとたん、コーヒーとホルムアルデヒドのにおいが鼻を突いた。死体保管所のにおいだ。「短期間に三体も調べてもらうはめになってすまん」ハントは言った。

ムーアはどうということはないと言うように手を振った。「どっちみち電話するつもりだったんです。デイヴィッド・ウィルソンの予備検査がすんだから」

「仕事が早いな」

「当然ですよ。ぼくはこの仕事が好きなんです」

ハントは出入りの邪魔にならぬよう、ドアから遠い、ポーチの反対側に移動した。ムーアもあとに従った。「結果を聞かせてくれ」

「欄干《らんかん》を乗り越えて転落したとき、被害者はまだ生きてました。少年の証言とぼくの検査結果に矛盾はありません。外から見てわかる怪我の大半は見ましたね。脚と腕が一本ずつ折れてます。正確に言うと複雑骨折ですね。くわしい所見は最終報告書で読んでください。広範囲の擦過傷《さつかしょう》はコンクリートと地面に接触したときにできたと思われます。左の眼窩《がんか》が破損してます。肋骨《ろっこつ》が七本折れてますが、これも左側です。内臓の激しい損傷、内出血、肺の破裂も確認されましたが、いずれも死因ではありません」

「じゃあ、なんだったんだ」

「喉に一ヵ所、大きな打ち身が出来てました」ムーアは自分の喉の前面、鎖骨の上あたりを示した。「喉頭がつぶれてたんです。食道も。そうとう重たいものを押しつけられた結果、気道全体が損傷し、完全な閉塞状態になったようです」間があく。「窒息死です、ハント刑事」

「しかしジョニーが逃げたとき、ウィルソンはまだ生きていた。呼吸していたし、しゃべることもできた」

「喉の打ち身には模様がついてました。かなりぼんやりした模様で拡大しないと見えないし、型を取ったり照合したりするのは無理ですが、たしかについてます」

「模様？」

ムーアは顔をしかめた。「靴裏の模様のようです」

ハントは首の汗が冷えるのを感じた。

「彼は喉を踏まれたんです、ハント刑事。何者かが彼の喉の上に乗って殺したんです」

ムーアの報告で朝の気分は一変した。そこから読み取れるのは、より冷酷で、理由はわからないが、より残忍で身勝手な犯行だった。

ハントは軽い動揺と怒りを抱えたまま現場の家に戻った。死体はなくなっていたが、真っ暗な夜明けが静寂をいっそう不気味なものにしていた。六時二十五分すぎ、携帯電話が鳴った。息子からだった。番号を見て気づき、思わず顔をしかめた。現場にかまけすぎて、息子のことなど頭に浮かびもしなかった。ただの一度も。「やあ、アレン」

「帰ってこなかったね」

ハントはポーチに出た。のっぺりした灰色の空を見上げ、息子の顔を思い浮かべた。

「そうなんだ。悪かった」

「朝ごはんには戻る？」

罪悪感に拍車がかかった。息子は歩み寄りを見せようとしている。「無理だ」沈黙がつづく。「無理に決まってるよね」

電話を握る手に力がこもった。息子が逃げていくのがわかるが、どう対処すべきかわからなかった。「なあアレン。夕べのことだが……」

「なに？」

「殴ろうと思ったわけじゃないんだ」電話線の向こうで息をのむ音がしたかと思うと、電話が切れた。くそっ。ハントは電話をポケットにしまい、目を野次馬に戻した。全員が血走った目で陶然と監察医のバンを見つめている。ひとりをのぞいて。薄汚れたシャツ姿の老人が片手でぼろぼろのズボンのウエスト部分をつかんで、線路に立っていた。目を伏せているせいで下まぶたの赤いところまでよく見え、湿気った煙草を吸うたびにあいているほうの手がひくひくと震えている。老人はハントをじっと見つめると、指を曲げて招いた。

「ヨーカム」ヨーカムがドアから顔を出した。「すぐ戻る」そう告げて、線路に立つ老人を示した。ヨーカムは老いた男に目をこらした。

「援護が必要か？」

「ばか言え、ヨーカム」

線路に向かって土手をのぼっていくと、一歩進むごとに足もとが崩れた。老人の濃いワイン色をした鼻のつけ根のまわりを煙がたゆたい、近くで見ると痙攣は全身にまわっていた。老人は五フィートを七インチ超える背丈で、猫背気味、右の脚が短いのかそっちに傾いて立っていた。白髪が風に吹かれてなびいている。彼は片手を差し出し、ソーダクラッカーを連想させる声で言った。「一ドルめぐんでくんねえか？」

その手に目を向けると、甲に色褪《いろあ》せたタトゥーが彫られていた。「五ドルでもいいか？」老人は札が財布から出るのを目で追い、すばやく奪うとポケットにさっとしまった。血の気のない唇を舐め、反対側の土手に目を向けた。老人の視線を追うと、葛《くず》の向こうの低い茂みにぼろぼろの緑色の防水シートが引っかかっていた。まわりの緑に溶けこんで、ほとんどあるのがわからない。空き缶が山をなし、地面の一部が丸く黒ずんでいた。この老人はホームレスだった。

生々しく唐突な恐怖が老人の目にほとばしった。緊張のせいで、こけた頬にあらたな皺が刻まれた。「怖がらなくていい」ハントは声をかけた。「大丈夫だ」もう一枚札を出してやると、老人は頭を前後に振りながらしわがれた声を出したが、それはやがて短い空咳《からぜき》に変わった。光を受けて輝く線路に茶色いものが落ちた。思わず目をそむけると、土手に散乱している瓶が目に入った。安ワイン、四十オンス入りのビール、安価なバーボンのパイント瓶も何本か。「あそこであったことを見たのか？」ハントは現場の家を指差した。

老人はぽかんとしたが、すぐに途方に暮れたような怯えたような表情になった。彼が背を向けかけたのを見て、ハントはか細い腕をつかんだ。声を荒らげそうになるのを必死でこらえた。「そっちが来いと手招きしたんだ。忘れたのか？」

老人はその場でもぞもぞ身じろぎした。指が変形し、先端が黄ばんでいる。「あ……あ……あの女はよく裸で歩きまわってた」老人は浴室の窓を指差した。「おれを見て笑いやがった」片目がひくついた。「あ……あ……あ……あばずれ女め」

ハントは慎重に質問を発した。「あんたが言ってるのはロンダ・ジェフリーズのことか？」

老人の顎が激しく痙攣した。質問がわからないようだ。

「大丈夫か？」ハントは訊いた。

老人の両腕が上がった。「わしは世界の王じゃ」彼が立ち去る動きを見せたので、ハントはあわてて骨ばった硬い肩に指を二本かけた。

「あそこでなにがあったか話してもらえないか」

老人は左目を閉じた。「シャベルが見えただけだ」そう言うと片脚立ちになり、靴の先端でふくらはぎを掻いた。「あいつがシャベルを出しおった」老人は指で示した。「あの小屋から」

「あいつとはリーヴァイ・フリーマントルか？　黒人の男。体重三百ポンド」ハントは小屋に目を向けた。視線を戻すと、老人の顔は生気の抜けたものに戻っていた。「あの、いまの話のつづきを……」

「何用だ？」老人は顔から蠅を追い払うように手を振った。「きさまなど知らん」彼は背を向けると、よたよたと線路をおり、一度だけ振り返ると、またも見えない蠅をはたいた。

ハントはため息をついた。「クロス」と呼び、斜面を上がってくるよう手招きした。

「なんでしょうか？」

「あの男を捕まえろ」ハントは言った。「なにか目撃してるかもしれん。してないかもしれん。どんな話が聞けるかやってみろ。だが、穏便にやれよ。終わったら社会福祉局と復員軍人病院に連絡を入れろ。ここに呼び出して、あの老人をなんとかしてもらえ」

「復員軍人病院？」

ハントは自分の右手の甲を示した。「タトゥーがあったんだよ。USNと。やつは海軍にいたんだ。それなりの敬意を払ってやれ」

「わかりました」

玄関ポーチに戻ると、ヨーカムがふたたび顔を出した。「ちょっと見てもらいたいものがある」

「なんだ？」

「南西の角に空き部屋があっただろ？」

「寝室のことか？」ハントは訊きながら、頭のなかに室内の様子を思い浮かべた。家具ひとつない小さな寝室だった。窓の黄色いブラインド。壁についたテープの跡。とにかく、あまりにがらんとしていたせいで、逆に印象に残った。「あの部屋がどうかしたのか？」ヨーカムは声を落とした。「とにかく自分の目で見てくれ」

ハントはヨーカムのあとを追って家の奥に進んだ。指紋を採取している鑑識職員や警察のジャケット姿のカメラマンのわきを通り抜けた。彼が部屋に近づいていくと、制服警官ふたりが道をあけた。「このなかだ」ヨーカムはクローゼットのドアをあけ、明かりのスイッチを入れた。ほとばしるように光がクローゼット内に満ち、白い壁を実際よりも明るく見せた。奥の壁にクレヨンで絵が描かれていた。高さは七フィート、稚拙《ちせつ》で不恰好だった。黒い輪郭《りんかく》で描かれた男は赤い唇をして、幅広の紫色のズボンを穿き、手の指が異様なほど細い。茶色の目は、広口瓶の底のまわりをなぞったかのようにまんまるだ。顔の右側に何本もの線が波打っているが、くねくねした描き方で不気味な感じはしない。小さな女の子を胸に抱き、遠くに友だちがいるかのように片手を振っている。卵形の目をした女の子は髪にリボンを結んでいるが、男の大きな胸にほとんど隠れ、ピンク色の点にしか見えない。彼女は片手を上げ、黄色いスカートを穿いている。笑い顔が毒毒しい赤い裂け目として描かれていた。

「なんだ、これは？」

「だろ？」ヨーカムは言った。「おれもまったく同じことを言ったよ」

ハントは部屋のほかの部分に目を走らせた。「これ以外に絵はないのか？」

「ない」

「なにか知ってる人間がいるはずだ」

「近所の聞き込みをしたが、警察と話をしようなんてやつはいなかった。この通りにはひとりもな」

「この家に女の子が閉じこめられてた形跡はあったか?」

「この部屋だけきれいに掃除されている」ヨーカムが答えた。「そのこと自体、妙だ。ほかの部屋は目も当てられないほどひどいありさまだってのに」

ハントはがらんとした壁に目を這わせ、テープを剝がした跡に目をとめた。紙を四隅《よすみ》でとめるときのように跡が斜めについている。ハントはひとつの隅から調べはじめ、各壁をゆっくりと見てまわった。染みのついた石膏《せっこう》ボードや床に目をこらす。壁の何ヵ所かにクレヨンの跡がついていた。ほかに絵はなく、下絵のたぐいもなかった。でたらめななぐり書きと、紙のへりからはみ出たような短い線が見つかった。黄色のブラインドの裏を調べ、奥の隅に落ちているのはなにかと腰をかがめた。へりをつまんで拾い上げると、ヨーカムが寄ってきてしげしげと見つめた。「ボタンかな?」

ハントはそれを傾け、目をすがめた。「ぬいぐるみの動物から取れたものだ」

「なんだって?」

ハントはさらに目を近づけた。「こいつは目だと思う」彼は片手を差し出した。「袋をくれ」ヨーカムがビニール袋を渡した。ハントはプラスチックの目を袋に入れて封をした。

「この部屋の指紋を調べさせよう」そう言って立ち上がった。

「どこへ行く？」ヨーカムが訊いた。

「うんざりしてきた」

ハントは荒々しく家を出てポーチに立った。あいかわらず野次馬が寄り集まって、自分たちをどうこうしようとするわけではないらしい警官たちの動きを見守っている。彼らの姿を、非協力的で無関心な態度を見るうち、腹立ちがつのって激昂《げきこう》へと変わっていくのが自分でもわかった。よく聞こえるよう大声で訴えた。「この家でなにがあったかを知る者から話が聞きたい」野次馬が凍りついた。ひとりひとりの顔に闇がおりた。百万回も見た光景だ。「人が死んでるんだ。女の子がひとり行方不明になってる。この家でなにがあったか、誰か教えてくれないか？」

ハントの目が、両方の腰にひとりずつ子どもを抱いた女の目でとまった。彼女に目をつけたのは、母親だからであり、すぐ隣に住んでいるからでもあった。「どんなことでもいい」女が冷ややかで無愛想な顔でにらみ返した。野次馬全員を見まわすと、怒りと不信感が伝わってきた。「女の子が行方不明なんだぞ！」

しかし彼は、いるべきでない通りにいる警官だった。ポーチの隅にペンキ缶が転がっていた。ラベルは白茶け、ふたが錆びついてあかなくなっていた。ハントは自分でも驚くほど荒々しくその缶を蹴った。缶は庭の上で弧を描き、地面に激突すると、灰色の中身を盛大にまき散らした。ハントは飛び散ったペンキに目をこらしていたが、顔を上げたとき、縁石に署長が立っているのに気がついた。現場に到着したばかりらしく、車のエンジンがかかったままだ。署長はあけたドアのそばに腕を組んで立ち、渋い顔でハントを凝視していた。ふたりの視線がしばらく絡《から》み合ったかと思うと、署長はかぶりを振った。ゆっくりと。あきらめたように。

ハントは心臓が二度鼓動するまで待ち、それからあいたドアに向かった。

死臭が全身にまとわりついた。

19

六時二十分、バートン・ジャーヴィスは小屋をあとにした。ひと晩じゅうテキーラとスピードで恍惚としていたせいか、目の奥でヒューズが飛んだ。熱くまぶしい感覚。恐怖心に似た感覚。善悪とは無関係な苦い後悔の念がこみ上げ、彼は苛立ち、むしゃくしゃしていた。ことの重大さと危険性に思いいたり、やってはいけないことをしでかしたと悟り、頭がくらくらした。足がついたらどうするのだ。

とは言うものの……。

木陰の薄暗く湿った場所で体を揺らすうち、思わず薄笑いが浮かんだ。

とは言うものの……。

薄笑いは大型の錠前を締めるあいだにしおたれ、汗が一気に噴き出したとたんに消えた。小屋から自宅に通じる小道をよろよろとたどった。眼球がむずむずする。まるで鼻腔に蠟を流しこまれたかのようだ。

ジャーは善人ではない。自分でもわかっているが、べつに気にもならない。むしろ、歩道で彼とすれ違いたくないばかりに、若い母親が子どもを車道へと引っ張っていくのを見ると、いびつな昂揚感をおぼえるほどだ。九回の逮捕歴と十三年の刑務所暮らしを経験したいま、自分の欲望を満足させることしか頭にない。現在六十八歳、髪はごわごわで歯が二本ぐらつき、生牡蠣のような目をしている。一日三箱吸う煙草のせいで体が痩せこけ、ドラッグと酒のおかげで刑務所と無縁でいられる。意欲がそがれ、妙な考えを起こす気力が失われるからだ。ヤクさえたっぷりあれば、なんとかやっていける。

たいていの場合は。

ジャーは町外れの十二エーカーの土地に、いまにも崩れそうな家を持っていた。ごみ埋め立て地に通じる二車線道路が前を走っている。正面の庭にあるのは木とむき出しの地面、十九年前のポンティアック、それに黒煙を吐くトラック一台。裏には大量の空き瓶が積み上がり、溝にはごみがつまっている。

それにあの小屋がある。小屋は敷地の奥、雑木林の一画に建っている。深く鬱蒼《うっそう》としたその林は、彼自身が育てたかのように、ある目的にうってつけだった。小屋を隠すという目的に。課税用地図にも測量図にものっていない。建築許可も受けていない。雑木林を二マイル行ったところに小屋があり、その奥を川が流れている。

もちろん、ジャーは前にもあの少年を見かけていた。窓に映る一瞬の影や深い茂みにわずかに混じった色として。あのチビの狙いがなにかはさっぱりわからない。一度、あと一歩のところで捕まえそこなった。少年が裏の窓のところにいるのに気づいて玄関からこっそり外に出ると、足音をひそめて近づいた。髪の毛をつかんだものの、体に手をかける前にガキは身をよじって逃げた。四分の一マイルほど追いかけたが、肺が反旗を翻した。しかしあの瞬間のことは覚えている。地面に膝をつき、息をかき集めて怒鳴った。**今度来やがったら殺すぞ。必ず殺してやるからそう思え。**

だのにガキはあのあともやってきた。ジャーが知っているだけでも二度。こんなふうに現われるとは思っていなかった。まさか真っ昼間にやってくるとは。

まず目についたのは車だった。道路の端に、左のタイヤを排水溝に突っこむようにして駐まっていた。木立ごしに鈍いクロムめっきの一部を見ながら、ジャーはポーチに上がった。そのとき彼は膝の出た古い下着姿だったが、気にならなかった。めったに人は通らないし、もっとも近い隣人でも四分の一マイル以上離れている。ごみ処理場に向かう車が通り、ガキどもがけたたましい車を転がすこともあるが、その程度だ。ここは彼が支配する天国であり、なんでも好きなようにできる。だいいちまだ早朝だ。太陽は木々を照らしてもいない。おれの家の前に車を駐めるとは、いったいどういう了見だ？

そんなばかはめったにいない。

彼は家のなかに手をのばし、側柱に立てかけてあるバットをつかんだ。へこみや瑕がついているのは、プレーオフの試合のエラーに怒ってテレビを叩き壊したときの名残だ。ステップの最下段に足がついた瞬間、ジャーはよろけた。腰のあたりに鈍痛と針で刺されたような妙な刺激を感じた。歩を進めるたび、木が次々と覆いかぶさってくる。枝に頬を叩かれ、皮膚がすりむけた。

うざい木め。

バットで木を殴ったはずみで、うっかり転びそうになった。

車は古いワゴンだった。色は黄色で木目調《もくめちょう》パネルが貼ってある。タイヤにはもう溝がなく、ウィンドウのうち二枚の目張りがはずれていた。誰も乗っていないようだ。ジャーは未舗装の私道の突端に立って、かすむ目で左右を見わたした。誰も来ない。通りにはこのワゴン車しかない。アスファルトは熱を帯びなめらかで、手のなかのバットは傷んでトゲだらけだ。脚をかすった拍子《ひょうし》に薄い木片が刺さった。立ち止まって見おろしたところ、白く毛のないふくらはぎに、キャンディのようにあざやかな色をした血がいくつも玉になっていた。

うざいバットめ。

車のウィンドウはあいていて、前のシートで少年が丸くなっていた。薄汚れたジーンズにぼろぼろのスニーカー、首から羽根のようなものをかけている。気色悪い。むき出しの胸と肩に煤らしきものが筋状についている。前に窓から見かけたのと同じ顔は薄汚れ、やつれ、いかにもよからぬことを考えていそうに見えた。横向きで寝入るその姿を見るうち、ジャーは早くも少年の骨張った首に手をかけた気になった。

このガキだ。ひと晩おきにジャーの肩ごしに見えたのぞき野郎は。通りの左右に目を走らせ、ふたたび車のなかをのぞきこんだ。床に双眼鏡、半分空になった水のペットボトル、なんとカメラまである。なんのためのカメラだ？　おまけに手にナイフを握っていた。ひらいたままのポケットナイフ。

笑いだしたいところだったが、計算するのに忙しくそれどころではなかった。あたりに人はいない。**三十秒でガキを車から降ろし、次の一分で家の裏まで連れていく。やれる。**

しかし彼は酔っぱらってふらふらで、おまけに疲れ切っていた。ジャーのような人間は刑務所で苦労する。だいいち車が面倒だ。手早く、跡を残さずに始末しなくてはならないだろう。もしガキが抵抗したらまずいことになる。ジャーは気が短い——それは否定しない。誰かが通りかかる恐れがある。たとえば流しの車とか。道がカーブしているから、急に車が現われることも考えられる。少年を車から引きずり降ろすところを見られたら、警察に通報されるに決まっている。しかも警察はすでに、少女が行方不明になったことでカリカリしている。

そうなったら運のつきだ。

葛藤《かっとう》がヒートアップした。このガキはなにかを嗅ぎつけたはずだ。絶対に。でなければ、なぜ何度もここに現われる必要がある？　こいつの顔を見るだけで肌がむずがゆくなる。このガキには絶対なにかある……

しかしジャーはこれまでうまくやってきた。酒もあるし家もある、夜にはゆっくりと過去を振り返る余裕もある。小屋もあるしチャンスもたまにある。奥行きが二マイルはゆうにある無人の森もある。

しかし、用心に越したことはない。

平らなアスファルトの上で体を揺らすうち、恐怖心が優勢になりつつあるのを感じた。やることが多すぎる。いまのおれは酔っぱらってふらふらだ。

だが、こいつは前にも見たガキだ。

ふと気づくと一分以上も、下着姿で公道に立って少年を見つめていた。それで気持ちが決まった。彼は頭の回転がのろく、それがピンチを招きかねない。苦い経験からよく身に染みている。九回の逮捕と十三年の刑務所暮らしはどれも、愚かなヘマが原因だった。車のナンバーを覚えておいて、あとでガキを探せばいい。

しかし、少年が目をあけた。彼は一回まばたきし、悲鳴をあげた。

ジャーは穴にもぐりこむネズミよろしく、ウィンドウから頭を突っこんだ。

20

目を覚ますと、ジョニーは灰色を帯びた悪夢のなかにいた。ガラスの向こうに空が見えたかと思うと、血走って濁《にご》った目と先端に黄色い漆喰《しっくい》がついた指が現われた。それがなぜ悪夢だと思ったかと言えば、前にも見たことがあるからだ——同じ顔に同じように割れた爪。まばたきしたがなにも変わらなかった。薄汚い男の手がしだいに拳になっていくのを見て、ジョニーは自分がどこにいるのかようやく思い出した。喉から悲鳴を絞り出したとたん、バートン・ジャーヴィスにウィンドウごしにつかみかかられ、よける間もなかった。のけぞったものの、骨のように固い指で足首をつかまれた。ジョニーがもう一度悲鳴をあげるとジャーはうなった。夢のなかと同じ、深くてむさくるしい場所から発する音だった。もう一方の手でも足首を押さえつけられ、ジョニーは飛びかかった。

ナイフを振りまわして片腕に切りつけ、さらに反対側の腕も切りつけた。赤い線が現われたかと思うとぱっくり口をあけた。ジョニーはさらに切りかかったが、ばか力で引っ張られ、ハンドルに頭をしたたかにぶつけた。ドアがあく音がし、ジョニーは道路に落とされた。頭がアスファルトに激突した。足で手を踏みつけられ、ナイフが音を立てて手から遠ざかった。

　車の下にもぐりこもうとしたが、首をつかまれて仰向けにされた。後頭部に砂利が食いこんだ。指がぐいぐい押しつけられ、胸に冷たく長い一本線が引かれるのを感じた。その瞬間はひんやりしたが、すぐに熱を帯び、つづいて痛みに襲われた。自分のナイフで切られたのだ。ジャーが目の前でわめき、卑猥《ひわい》な言葉と意味不明な言葉を吐き捨て、唾を飛ばした。冷たい線がふたたび引かれ、すぐに炎と化した。ぼくは死ぬんだ。ジョニーは観念した。年寄りのけだものがぼくを道路で殺そうとしてる。

　ナイフがきらりと光った。「気持ちいいか？」

　ジャーがまた切りつけた。

　さらにもう一回。

「気持ちいいか、このくそガキ」

　相手は錯乱し、荒れ狂っていた。そのとき、空が轟き、彼は胸に赤い花を咲かせて宙を舞った。音が鼓膜を圧迫した。くぐもった雷鳴と、ジャーの体がアスファルトに叩きつけられる鈍い衝撃音。目を閉じると、彼が宙を舞う光景が、衝撃を受けて空中に唾の筋をつける場面が再生された。どういうことかさっぱりわからないが、それは厳然たる事実であり、言うなれば心に塗られた塗りたてペンキだった。次の瞬間、痛みが走った。上体を起こすと、痛みは胸全体に広がった。手が真っ赤に染まっていた。ジョニーは自分の手をじっと見つめ、すぐに目を横に向けた。ジャーの足の裏が見えた。老人の脚は痙攣していた。

なにが起こったんだ?

うしろで石が路面をこする音がした。最初に銃が見えた。大きく黒いそれは、関節が白くなるほどきつく握った手のなかで震えていた。指は小さく、爪が汚れていた。彼女の腕は細く、筋肉が張りつめ、銃をかまえるのもやっとの状態だった。銃口が空中にいびつな円を描いていた。薄汚れた青いシャツが彼女の膝から上を隠していた。ポケットの上の布片にはジャーの名前。油染みのついたそのシャツは、裾近くのボタンが一個なかった。手首の手錠が派手な音を立てた。唇を噛んだところから血が出ていた。

彼女はジョニーには目もくれずに前を通りすぎた。その目は、いまだ脚をばたつかせ、手を握りしめているバートン・ジャーヴィスに据えられていた。

ジョニーは察した。「ティファニー」

彼女は呼びかけを無視した。見ると脚にいくつものみみず腫れができ、ぴかぴかの手錠があたっている部分が切れて炎症を起こしていた。「ティファニー、だめだ」

彼女の両の親指が撃鉄にかかった。金属が二度カチリと鳴り、ジャーの脚の動きが止まった。ジョニーは立ち上がった。ジャーの顔が、大きく見ひらいた銀色の目が見えた。老人の手が上がった。「よせ」

彼女の片方の鼻の穴から血がしたたり、唇の端で小刻みに揺れている。

　とどめを刺すつもりだ。

「この男から聞きたいことがあるんだ」ジョニーは両手を上げた。「この男はぼくの妹の居場所を知ってるんだ」

　ティファニーはためらった。血が唇から美しい歯へと流れた。彼女は両腕をまっすぐにのばした。

「やめろ」ジョニーは言った。

　しかし彼女は引き金を引いた。弾はジャーのてのひらを貫き、歯を吹き飛ばした。頭が反って弾んだ。脚がぴくりとも動かなくなった。

　ティファニーは道路にへたりこんで宙を見つめた。銃をわきに置いた。ジャーの血が彼女の脚でせき止められている。ジョニーは老人のわきに駆け寄って膝をついた。なかのものが漏れ出すのを防ごうとするように、吹き飛ばされたジャーの頭を抱えたが、すでに目は生気がなくうつろで、銀色が鉛色に変わっていた。次の瞬間、それが黒くなったのに気づき、ジョニーは声を張り上げた。「彼女をどこへやった？」彼は金切り声で質問を浴びせた。それを何度も繰り返すうち、いつしかジャーの頭を道路に叩きつけていた。何度も何度も叩きつけていると、固い音が湿った音に変わった。そこでようやくジョニーは手を止めた。

間に合わなかった。

21

目を覚ましたリーヴァイはめまいに襲われ、目の前がかすんだ。眠りを破ったのは銃声だった。近いとは思わなかったが、音は川に妙な影響をあたえる。銃声がどの方向からしたのかわからなかった。

目がはっきり見えるようになるまでまばたきを繰り返した。痛みが走ったことは覚えていた。起き上がろうとすると、痛みも目覚めた。腹部を引き裂かれるような感覚に思わず手をやったところ、手が真っ赤に染まった。見おろすと、折れた枝の先端がわき腹から突き出ていた。ビリヤードのキューほどの太さがあるぎざぎざの木が、右の肋骨のすぐ下に刺さっている。ぎざぎざの先端に触れると、体のなかで木が動いた。リーヴァイはまばたきして涙をこらえ、引き抜こうとこころみた。

次に目を覚ましたリーヴァイは、すっかり懲りて枝はそのままにしておくことにした。動くと痛むが、まったく動けないほどひどくもない。傷のことは考えないほうがいい――だから考えないよう心がけた。やっとの思いで膝立ちになると、額を箱に押し当て、両手を広げた。きょう一日を生き抜く力を、やるべきことをやる力をおあたえくださいと神に祈った。神様はきっと語りかけてくださると思ったが、目をあけると一羽のカラスが大枝にとまっているのが見えた。真っ黒な目をしたそれは身じろぎもせずに箱を見つめている。リーヴァイは恐怖が全身を貫くのをおぼえた。カラスは信用ならない。じっと動かないし、人間の行動に異様なほど関心を示す。それにカラスにまつわる逸話もある。大昔の、祖母のまた祖母から伝えられた話――カラスと死んだばかりの人間をめぐる話。

落下しながらねじ曲げられ、焼かれる魂の物語。

リーヴァイは両手を広げ、守るように箱の上にかがみこんだ。カラスはしばらく彼の様子をうかがっていたが、やがてべつの木のてっぺんに飛び移った。木の幹《みき》は落雷で焼け焦げ、川側の枝《こし》は枯死して白く変色している。カラスは十羽ほどの群れのなかに舞いおりると、ひと声鳴いただけで静かになった。羽根の一枚も動かさなかった。カラスたちに見つめられ、リーヴァイは心がぞくりとした。枯れ木のてっぺんにカラスの群れがいる。声がささやいた。

カラスの群れ《ア・マーダー・オブ・クロウズ》。

リーヴァイはぎくりとした。いまのは神の声ではない。もっと滑らかでよどみがなく甘美な声だった。頭のなかがその声で一杯になり、口のなかが砂糖のように甘くなった。立ち上がろうとすると、またも痛みが走り、足首から力が抜けた。唇を強く嚙んで仰向けになった。熱気があたりに立ちこめ、顔を上げるとカラスが一斉に羽ばたいて飛び立ち、枯れ木が切なそうな声をあげた。足首をつかんでみると、なにか変だった。メロン大ほどに腫れあがっている。ひねったか、へたをすると骨が折れているかもしれない。川床を駆け下ったときにやったにちがいない。そのときは気づきもしなかった。しかしいまならわかる。いきおいよく立ち上がると、神経に刃を突き立てられたような感覚が走った。刃のあまりの鋭さに、リーヴァイは絶叫した。

頭上に広がる暗灰色の空を見上げると、さっきと同じ耳慣れないささやき声が聞こえた。

カラスの群れ《ア・マーダー・オブ・クロウズ》。

その声に彼は震え上がった。「どこにいるのです?」その問いは神に向かって発したものだった。しかし答えは返ってこなかった。空からはカラスの姿が消えたが、枯れ木は上下に左右にまだ揺れている。カラスはとっくの昔にいなくなったというのに。

ふたたび歩く気になるまで一時間を要した。足首に例の刃を感じ、這うしかないと思った。彼は這った。声を殺して泣きながら箱を引きずり、土手沿いを上流に向かった。

22

病院の駐車場は報道車両をさばききれていなかった。あまりの混雑ぶりに、チャーリーは救急車が患者を搬送するための通路を確保するのに難儀していた。駐車場を管理し、部外者が入らぬよう入り口を見張る。それが彼の仕事だった。彼は玄関屋根の下に立ち、まぶしい陽射しに目をしばたたいていた。

取材を受けるのはこれで五度めだった。

彼は人がごった返しているのもかまわず片腕を上げ、チャンネル4のリポーターに目を向けた。実物もテレビと同じくらいきれいだった。映画のポスターから抜け出したような美人だ。「あそこだ」チャーリーは指で示した。「車はあの入り口から入ってきた。えらくふらついてたよ。右に左に揺れてたね。そこのコンクリート壁にぶつかってはじかれ、ここで停まったってわけだ」チャーリーはまた腕を動かし、自分が立っている場所を示した。「幸いなことに、おれは足が速くてね」

リポーターはうなずいた。まさかと思いながらも、そんなことはおくびにも出さなかった。チャーリーの腹まわりは普通の男の三人分もあるのだ。「先をつづけてください」

リポーターににっこり笑いかけられ、チャーリーは顔が赤らむのを感じた。「ハンドルを握っていたのはジョニー・メリモンだったのでしょう？」

「そうだよ。去年のことがあったから顔は覚えてた。忘れようったって忘れられないよ。そこらじゅうにふたごの妹の写真が貼ってあったんだから。そっくりだからね。だけど、彼は全身傷だらけで、ずいぶんと汚れてた。車のなかは血まみれだったよ」

リポーターは視線をカメラに向けた。「たしかジョニーは十三歳のはず……」

「たしかに運転できる歳じゃないが……」

「でも、一緒に乗っていた少女はティファニー・ショアだったんですね」

チャーリーはうなずいた。「行方不明になった娘だ。ああ、たしかに彼女だった。あの娘も新聞に出てた」

「ティファニーは怪我をしていたように見えましたか？」リポーターの目がきらりと光った。口紅を塗った唇がひらき、輝く美しい歯がのぞいた。

チャーリーは頭を掻いていた手をおろした。「怪我してたかどうかはわからない。手錠をされててまともじゃなかったのはたしかだ。泣きわめいてたよ。車から降ろそうとしたら金切り声をあげられちまった。ジョニーの腕をつかんで離そうとしないんだ」

「ジョニー・メリモンはどうでした？　どんな様子でしたか」

「どんな様子だったかって？　いやはや。野蛮なインディアンみたいだったよ」

「野蛮なインディアン？」

リポーターがマイクをさらに近づけた。チャーリーは唾をのみこみ、相手の唇から目をそらした。「そうなんだ。ほら、あの子は真っ黒な髪をしてるだろ。それに目も真っ黒だ。フェレットみたく痩せこけてて、シャツも着てなかった。首から羽根やら骨やらをかけててさ――神に誓って言うが、そのなかには頭蓋骨もあったぜ。おまけに顔は赤と黒の縞になってた」彼は指を広げてみせた。「ほら、フェイス・ペイントみたくさ」

リポーターは顔を上気させた。「先住民の出陣の化粧《ウォー・ペイント》でしょうか？」

「おれにはただ汚れてるようにしか見えなかったけどね。薄汚くて目だけ白くて恐ろしかった。十マイルも走ってきたみたいに息があがってたよ」

「彼は怪我をしていましたか？」

「あちこち傷だらけだった。おれの見たところ、ナイフで切られたみたいだ。ナイフで切られて、血と泥にまみれてた。なかなかハンドルから手を離そうとしなくてな。こいつも無理に引っぱり出さなきゃならなかった。大変だったよ、まったく」彼はうなずいた。

「大変だった」

リポーターがマイクをさらに近づけた。「ジョニー・メリモンがティファニー・ショアを誘拐犯の手から救い出したと考えていいのでしょうか？」

「それはなんとも言えないな」彼はしばらく口をつぐみ、リポーターの胸の谷間を観察した。「おれの目には、どっちも救われたようには見えなかった」

ハントはぴかぴかの廊下に立っていた。磨き上げられた床に自分の姿がねじれた曲線となって映っていた。こめかみの血管がずきずきと脈打ち、胸から酸っぱいものがこみ上げてくる。いま彼は、上司である警察署長と話しながら、相手をぶちのめしたい気持ちを必死に抑えつけていた。

「なぜきみは見逃した？」署長は胴まわりのサイズが増えつつあるなで肩の男で、狭量なうえ、保身にかけては政治家並みの才能を発揮すると噂されている。たいていの場合はハントの仕事に口を出さないだけの分別を持ち合わせているが、この日はたいていの場合に当てはまらなかった。「あきれて物も言えんよ、ハント、その男は小児性愛者として知られていたそうじゃないか」

ハントは心のなかで三つ数えた。医師がそばを通りすぎ、つづいて痩せた看護師が空《から》のストレッチャーを押して行った。「彼からは二度話を聞きませんでした。自宅の捜索に同意したので、捜索もおこなってます。不審なものはなにもありませんでした。同様の前科があるのは彼だけではありません。よりリスクが高いと見られる連中がほかにいたんです。割ける人員には限りがあります」

「それでは納得できんな」

ハントは指を折りながら反論を挙げていった。「男が最後に罪を犯したのは十九年前です。保護観察が終わって十六年が経過しています。彼より悪質な前科がある者はほかにもいますし、あの小屋の存在は知るよしもなかったんです。建築許可も取っていないし、ガスや水道も通ってない。課税用地図にはのってません。捜査の目が行き届かない場所で、しかも鬱蒼としています。うちの郡だけでも似たような小屋は万単位であると思われますが、そこまで把握するのは無理です。しかもリーヴァイ・フリーマントルの存在もありました。あれほど確実に思えた手がかりは初めてでした。デイヴィッド・ウィルソンは女の子を見つけたと言いました。ウィルソンの死体にはフリーマントルの指紋が――」

「わたしはこれからそこで吊るし上げをくらうのだぞ」署長は病院の正面玄関を指差した。「全国放送のテレビでな」

「まあ、それはわたしにはいかんともできません」

署長の目が細くなった。彼は気味が悪いほど声を落とした。「いい気味だと思ってるのかね？」

「ばかなことを言わないでください」

「マスコミ連中は、われわれ警察が見つけられなかったティファニー・ショアを、あの少年が見つけたいきさつを知りたがっている。十三歳の少年をヒーローにまつり上げようとしているのだ」

「あそこでなにがあったのか、まだなにもわかっていません」

「そんなことではわたしはいい笑い者ではないか！　ところで少年の話が出たついでに言うが、よくもケン・ホロウェイがわたしに嚙みつく口実を作ってくれたものだな。すでに市当局から四回も電話がかかってきている。そのうち二回は市長からだ。ホロウェイ氏は本気で苦情を申し立てている。訴訟も辞さないと言ってきてるそうだ」

ハントの怒りの目盛りがわずかに上がった。「彼は警察官に暴行をはたらきました。その点を考慮していただかないと」

「なんとでも言うがいい、ハント。彼はきみの胸に指を突きつけただけだ」

「あの男はわたしの捜査を妨害したんです」

「妨害したのはほかのことだろう」署長の顔は、この話にはまだつづきがあるとはっきり告げていた。

ハントは肩を怒らせた。「どういう意味です？」

「ホロウェイ氏は、きみがキャサリン・メリモンに個人的な関心を寄せていると主張している。恋愛感情という関心を」

「ばかばかしい」

「そうかね？　きみはホロウェイ氏に嫌がらせをしてるそうじゃないか。彼の反感を買っていると聞いたぞ」

「あの男が挑発してきたんです。わたしは適切な行動を取ったまでです」

「テイラー巡査がホロウェイ氏の主張を裏づけた」

「彼女がそんなことを言うはずがありません」

「言わなくてもわかるんだよ、きみもばかだな。これまでの短い人生で、テイラー巡査が本心をうまく隠せたためしはない。質問しただけで答えはわかった」

ハントはあとずさった。署長の話はまだつづいた。「わたしが心配なのはきみの行動がわたしにどう跳ね返ってくるかだ。率直に訊こう。きみはキャサリン・メリモンに気があるのか？」

「おれにどうしろと言うんです？」

「いまの質問に答えたまえ」

「その質問は悪趣味です」

数秒が過ぎた。署長は荒い息をしていた。「少し休んだほうがいいんじゃないのかね」

「よしてください」

署長はもう一度、荒い息を吐き出し、一瞬だけ憐憫《れんびん》の表情を浮かべた。「いいか、クライド。われわれはアリッサを見つけられなかった。そこへ今度の事件があんな形で……疑問を呈する連中がいるんだよ」

「なにに対する疑問ですか？」

さっきと同じ憐憫の表情。「きみの能力にだ。前にもその話はしたはずだ。きみはそれを自分へのあてつけと受け取った」

「ほかの警官だって同じように受け取りますよ」

「けさきみは、野次馬に怒鳴り散らした。ペンキ缶を蹴飛ばし、自分の犯行現場にぶちまけた」署長は顔をそむけ、首を振った。「もう長いこと働いてるんだ。少し休んだらどうかね」

「くびということですか？」

「何週間か仕事を休んだらどうかと言っているんだ。長くて一ヵ月だ」

「お断りします」

「本気か？」

「本気です」

憐憫の表情がかき消えた。ふたたび怒りが雪崩《なだれ》を打った。「では、きみにはこうしてもらおう。まず、今回の大失態に対する批判はすべてきみが受けたまえ。マスコミが誰かを血祭りに上げるなら、わたしはきみを差し出すつもりだし、きみにはその指示に従ってもらう。市当局への対応についても同じだ。ティファニー・ショアの両親に対してもな」

「なぜおれがそれに同意しなければならないんです？」

「わたしがきみというお荷物を一年にわたって抱えてきたからだ」

「ばかばかしい」

「もうひとつある」署長は声を張り上げ、ひらいたてのひらに指二本を打ちつけた。「ケン・ホロウェイにちょっかいを出すな。あの男は神よりも多くの金を持ち、きみもわたしも想像がつかないほど多くのお偉いさんに知り合いがいる。わたしはその手のことで頭を悩まされるのはごめんだ。わたしの知るかぎり、きみが関心を抱いているらしき女性と寝ている以外、彼はなにひとつ悪いことをしておらん。逮捕歴なし。いかなる告発も受けていない。よって、あの男がきみの胸に指を突き立てたいと思ったら、きみは男らしくそれを受ければいい。そして彼がキャサリン・メリモンと情事にふけりたいと言うのなら——」署長はハントの胸に指を一本突き立て、強く押した。「——邪魔をするな」

ハントは大股で去っていく署長を見送った。小男の署長には小男なりの優先順位があり、ハントには懸念すべきもっと大きな問題がある。だからいまの会話を葬《ほうむ》り、水に流したことにした。

うそつけ。なにばかなことを言ってるんだ、おれは。

曲がりくねった廊下を縫うように進み、ジョニーが担《かつ》ぎこまれた小児科病棟にどうにかたどり着いた。ハントは面会を許されていなかったが、医師を見つけて翻意を得られればと思ったのだ。しかし行ってみると、いかめしそうな女性がジョニーの病室から少し行った廊下のベンチに膝をぴったり合わせてすわっていた。灰色の髪をうしろで束ね、お堅いデザインのスーツを着ている。ハントは彼女が誰かわかった。

社会福祉局。

まずい。

女性が視線に気づいて立ち上がったが、彼は声をかけられるより先に背を向けた。ロビーまで戻ったが、キャサリンの声がして足を止めた。「ハント刑事？」

エレベーター乗り場のわきに立つ彼女はひどいなりだった。ハントは彼女に歩み寄った。混雑したフロアにいながら、なぜか自分たちふたりしかいないような錯覚におちいった。

「キャサリン、ジョニーの具合はどうです？」

彼女は片腕をさすり、目に落ちた髪を払った。いつ倒れてもおかしくないように見える。

「あまりよくないわ。七カ所も切られてて、そのうち二カ所はとても深いの」目の下を指でなぞると、涙があふれ出した。「傷をふさぐのに二百六針も縫わなきゃならなかった。あの傷は一生残るわ」

ハントは彼女の背後に目をやった。「彼は起きてますか？」

「いまは寝てる。ちょっとだけ目を覚ましたけど」

「なにか言ってましたか？」

「アリッサのことを訊いたわ。妹は見つかったのかって」ハントは顔をそむけたが、キャサリンはその腕に手を置いた。「同じ男なの？」

バートン・ジャーヴィスが娘を連れ去った犯人かと訊いているのだ。「まだ断定するのは時期尚早です」

「どうなの？」彼女は腕に置いた手に力をこめた。希望と恐怖が体内に満ちていくのが手に取るようにわかる。

「わかりません。いま調べているところです。検討中です。なにかわかったら、お知らせします。必ず」

キャサリンは首を縦に振った。「病室に戻らなきゃ……あの子が目を覚ますかもしれない」

ハントは立ち去ろうとした彼女を呼びとめた。そして悩んだ末に口をひらいた。「キャサリン」

「なに？」

「社会福祉局の人間があなたから話を聞きに来てます」

「DSSが？　どういうことかしら」

「ジョニーはひと晩じゅう出歩いてた。あなたの車で。彼は小児性愛者とされる男に、すんでのところで殺されるところだった」ハントは言葉を切った。「ジョニーをあなたのそばに置いておくのは無理だと判断されるでしょう」

「理解できない」彼女はそう言い、すぐに言い添えた。「そんなことさせないわ」

「ジョニーは羽根を身につけてました。ガラガラヘビの脱皮殻《ラトル》と頭蓋骨をひもに通したものを首からかけてました。あなたのもとで暮らすことを認める判事がいるとは思えません。おもてにマスコミが押しかけてるのを見ましたか？　全国規模のマスコミが来てるんです。CNN。FOX。連中はジョニーを小さな酋長だとか野蛮なインディアンと呼んでいます。すでに大ニュースになって、政治問題にまで発展するかもしれません。DSSが行動に踏み切るのは、そうするしかないからです」

突っかかるような態度が溶けてなくなった。「どうすればいいの？」

「わかりません」

「お願い」彼女は彼の腕に指を強く巻きつけた。「お願い」

ハントは左右に目を走らせた。十七年間、一度も一線を越えたことはなかったが、いま目の前に、かつてないほどくっきりとその線が見える。意外なほど冷静に、ハントはその線を越えた。なぜか？　それよりも大事なことが世の中にはあるからだ。

「連中は実態評価をおこなうつもりです」彼は言った。「手始めに、あなたの家の抜き打ち検査がおこなわれます」

「どういうこと――」

「いますぐ家に帰ったほうがいい。家のなかを片づけるんだ」彼女はコシのない髪に手をやった。ハントはいったん口をつぐんだが、耳に痛いことでも言うしかない。「ドラッグを始末するんです」

「そんなもの――」

ハントはそれをさえぎった。「うそはやめてください、キャサリン。いまは友だちとして言ってるんです。警官としてでなく。友だちを助けようとしてるひとりの人間として言ってるんです」

彼女はえんえんと彼とにらみ合ったが、やがて目を伏せた。

「キャサリン、おれを見て」彼女が顔を上げると、まぶしい明かりが容赦なく照らした。

「おれの言うとおりにしたほうがいい」

彼女は目をしばたたいて玉のような涙をこらえ、苦労して言葉を絞り出した。「車が必要だわ」

ハントはガラスドアの向こうに目をこらし、大勢集まっているのを見てとった。記者。カメラマン。いつの間にかキャサリンの手が自分の手のなかにあった。「こっちへ」ハントは先に立って長い廊下を進み、エレベーターに乗り、〝配送車専用〟と書かれた裏口の両開きドアを抜けて外に出た。「車はこっちです」

「あたしの車は？」

「押収されました。証拠品なので」

熱い陽射しのなかを二十フィートほど進んだところで、彼女は手を離した。「ひとりで歩けるわ」しかし車のところまで来たときには、とてもひとりで歩ける状態ではなかった。頬を真っ赤にほてらせ、関節が真っ白になるほど指をきつく縒《よ》り合わせていた。そうしてドアにぐったりともたれ、ずっと下を向いていた。

彼女の家に着くと、ハントはできるだけ玄関の近くまで車を寄せた。「タクシー代はありますか？　病院に戻るのに」彼女はうなずいた。「おれの電話番号は？」

彼女は顔に落ちた髪を払い、ハントと目を合わせた。その目になけなしの自尊心がのぞいた。「あなたの名刺なら何枚もあるわ」彼女の側のドアがあき、熱気が一気に流れこんだ。ハントは彼女が手をドアの上部にかけ、脚を外に出すのをじっと見ていた。彼女はウィンドウごしに身を乗りだして、早口で言った。「あたしは息子を愛してるわ、刑事さん」

「わかってます」

「あたしはいい母親よ」

彼女は自分に言い聞かせるようにそう言ったが、目の中心にあいた大きな穴が、その言葉がうそなのを物語っていた。息子が入院しているというのに、彼女はあいかわらずの薬漬けだ。「いい母親なのはわかってます」ハントは言ったが、それは本心ではなかった。

いい母親だったのはわかってる。

昔のあなたに戻ってほしい。

ハントは車をバックさせた。

彼女は未舗装の私道に立って見送った。

三十分後、ハントはヨーカムと数人の鑑識職員とともに現場の小屋の捜索に当たっていた。彼は家のほうに背中を向けていた。「顔を上げろ」ヨーカムが言った。

「どうした？」

「署長のお出ましだ」

踏み分け道のほうに目をやると、署長が最後の低い茂みを抜けるところだった。部下をふたり引き連れていた。制服警官が枝を押さえて通してやっている。「おれのせいだ」ハントは言った。

「いいものはでかい箱で届けられる、ってか（〝いいものは小さな箱で届けられる〟つまり〝容れ物が小さくても価値がないとはかぎらない〟ということわざのもじり）」

ハントは胸の上で腕を組んだ。署長が仕事ぶりを見たいと思うのはけっこうだが、しっぽを振る気はない。署長は十五フィート手前で立ち止まると、腰に手をあて、顎を上向けて現場を見まわした。

「ありゃ映画のワンシーンのつもりかね」ヨーカムがささやいた。

「口を閉じてろ《バトン・イット》、ジョン」

「バトンじゃなくて『パットン大戦車軍団』だ。あの野郎、ジョージ・C・スコットを気取ってやがる」

署長が歩を進めて残りの距離を縮めると、ささやかなお付きの者もあとに従った。彼はヨーカムに一度うなずき、ハントに厳しい目を向けた。「ついてきたまえ」

ハントはてのひらを上向け、深い雑木林と鬱蒼とした藪を示した。「どこへ？」

署長は生い茂った緑に目をこらした。「ちょっとはずしてくれ」部下は姿を消した。

「きみもだ、ヨーカム」

「おれも？」彼は胸に手を置き、目をむいた。

「消えたまえ」

ヨーカムが署長の背後にまわって足踏み行進を始めたが、ハントは笑う気になれなかった。署長をにらみつけると、相手もにらみ返してきた。緊張感が一気に高まったが、署長が先にそれを破った。「さっきの話だが、わたしも言いすぎたかもしれん」

「ええ、まあ」

「そうでないかもしれん」

署長は背の高い樹木を、緑の壁をながめた。現場の小屋は緑の海のなかの小さな一点だった。「きみがこの事件にのめりこんでないと言うなら、その言葉を信じよう」

ふたりの視線が絡み合った。「あくまで事件のひとつにすぎません」

「よろしい」厳しい表情でうなずいた。「そういうことにしておく。だが、これが本当に最後のチャンスなのを忘れるな。では、わたしの気が変わって、へたなうそをついたきみをくびにする前に、これまでにわかったことを説明したまえ」

ハントは木に隠れて見えない家のほうを指差した。「ジャーヴィスは自宅の配電盤から電気を引きこんでました。ケーブルが土の下二インチのところに埋められてます。小屋は完全に外部と遮断されています。ここまでくる通路はごらんになりましたね。道と言うのもはばかられる程度です。道路からもジャーヴィスの自宅からもまったく見えません。許可申請なし。ガス電気なし。シェルターみたいなもんです。死角なんです」

「子どもたちの様子はどうだ？」

「いまは薬で眠ってます。医者が会わせてくれません」

署長が小屋に足を踏み入れ、ハントはあとにつづいた。鳥肌が立つのがわかった。「ごらんのとおり、壁にマットレスを張ってあります。おそらく防音のためでしょう。窓をファイバーグラスの断熱板で覆い、合成樹脂で目張りしてあります。これも防音のためでしょうが、同時に明かりが外に漏れないようにする意味もあるようです。これを見てください」ハントは奥の壁に歩み寄って、小さなギザギザの穴を示した。「手錠をつないでいたフックを引きちぎった跡です」フックはすでに証拠品袋に入れて、番号を振ってあった。手に取ると、つるつるのビニールごしに金属の冷たい感触が伝わってきた。それを署長に差し出すと、相手は一度触れただけで、膝をついて壁にあいた穴に指を入れた。穴は浅かった。コンクリートがぼろぼろと崩れた。「強い子です」ハントは言った。

「そのあと彼女はどうやって小屋から抜け出したんだ？」

ハントはドアのところへ署長を案内し、外に出た。錠前を示す。大きくて頑丈な真鍮のイェール錠だった。鍵はかかった状態で、U字形をした鋼鉄の掛け金にはまっていた。

「やつは錠前をロックしただけで、ドアはロックするのを忘れたんでしょう」

「うっかりしてたのか？」署長は錠前を手に取ると、だらりとさせて揺らした。「それともたかをくくったのか？」

「それがなにか関係ありますか？」

署長は肩をすくめた。「銃は？」

「不明です。ずっとこの小屋にあったものかもしれません。家のほうで見つけたのかもしれない。そっちも鍵がかかってませんでした」ふたりはふたたび、ジャーヴィスの自宅のほうに目を向けた。雑木林にはばまれ、なにも見えない。しかし夜が明ける前ならば明かりがついていて見えたとも考えられる。「やつは酔っぱらっていたと思われます。酒とド

「犬を手配しなくてはなりません。あそこに埋められているなら、なんとしても見つけなくては」

「かなり暗いぞ」

ハントの声は沈んでいた。「もう手配済みです」

ラッグが見つかりました。解剖すればわかることですが」

「ほかにも子どもがいた形跡は？」署長は事務的な口調を崩さずに質問した。

「アリッサ・メリモンがいたかということですか？」

「具体的に誰というわけではない」

署長は表情を変えず、容赦のない目を向けた。ハントは深い森を見やった。

23

自分のものではない家の薄い壁一枚を隔てた向こう側で、キャサリン・メリモンは浴室の鏡に見入っていた。あの刑事の表情から感じ取ったうそが、ビンタのように効いていた。彼女はもっともつらい質問を自分に投げかけた。

あたしはいい母親？

顔は骨格に皮膚をかぶせただけといった感じで、生気がなく真っ青だ。髪はだらしなくのび、頬に手をやろうとすると指が震えた。爪はぼろぼろだし、目のまわりの皮膚が黒ずんで腫れぼったい。かつての名残はないかと探したが、目はボール紙で作った目のように役に立たなかった。

ジョニーの姿が脳裡《のうり》に焼きついていた。包帯を巻かれ、出血したせいで顔面蒼白だった息子。あの子が真っ先に心配したのは妹のことだった。

アリッサ。

その名前が唇から漏れたとたん、あやうく倒れそうになった。キャサリンは洗面台をつかんでいたが、やがて片手をのばしはじめた。手が鏡扉に到達し、背に腹は替えられないとばかりに引きあけた。三段の棚に薬瓶が並んでいた。オレンジ色のプラスチック。白いラベル。無造作に一個を取り上げた。ヴァイコデン。キャップをはずし、てのひらに三錠を振り出した。これを飲めば全部忘れられる。万華鏡のような記憶も、喪失感も。

汗が背中を伝い落ちた。口のなかが痛いほど乾き、この錠剤を舌にのせたときの感覚がよみがえった――飲みこみにくさと、一瞬の苦み。しかし鏡に視線を戻すと、またあのボール紙を切り抜いたような、コピーのコピーのような目がこっちを見返していた。ジョニーと同じ目だが、昔はこんな目じゃなかった。ふたりとも。

彼女は手を傾け、錠剤をこぼした。それらは小さな磁器の洗面台にあたって小さな音を立てた。突然、彼女はなにかに取り憑かれたように薬瓶を全部かき集め、洗面台に積み上げた。ひと瓶ずつ乱暴にキャップをはずし、錠剤をトイレに捨てた。ひと瓶につき二十錠。全部の瓶を空にし、錠剤を流し去った。

あっという間のことだった。

あっという間だったにちがいない。

空の瓶をキッチンまで運び、ごみ箱に捨てて袋ごと外に出した。時間が刻々と過ぎるなか、ひたすら掃除に励んだ。床。冷蔵庫。窓。汗とアンモニアで朦朧《もうろう》とし、どれだけの時間を費やしたかわからなくなった。シーツを洗濯機に突っこみ、酒を庭の雑草にまき、瓶はふたのない金属容器に投げ入れた。瓶が割れて飛び散るたび、まわれ右して残りを取りに戻った。すべて終わると、ふたたび鏡扉の前に立った。顎のつけ根の柔らかい部分で血がどくどくいっていた。火傷《やけど》しそうなほど熱い湯を出し、痛くなるまで顔を洗ったが、それでも目はおかしかった。服を脱ぎ捨て、シャワーに入った。それでもまだだめだった。

体のなかが汚れていた。

ジョニーは見知らぬ部屋でひとり目を覚ました。ドアの向こうで足音がし、押し殺した声が聞こえた。医師を呼ぶ館内放送が聞こえ、ようやく記憶の断片がよみがえった。胸の包帯に触れると痛みが走り、体を起こそうとすると吐き気がこみ上げた。視界の端でいくつもの色がちかちかする。窓から入ってくるくすんだ赤、ドアの下のつや消しの白。母はどこかと見まわすと、四方の壁がゆがんだ。体を起こし、爪の下に残った煤《すす》、指についたベリーの果汁と血痕に目をこらした。羽根がなくなっていたが、それはかまわなかった。目を閉じると、ジャーの人間とは思えない握力がよみがえった。車の革シートのにおいがし、ジャーに喉を押さえつけられ、自分のナイフで長く冷たい線をつけられたときの痛みを感じた。

シーツの下から両手を出したが、それでもジャーの後頭部にあいた、生温かくてぶよぶよの穴をさわっている感じは消えなかった。固い音から湿った音に変わった瞬間がよみがえったところで、ジャーは死んだのだと思い出した。ジョニーは横向きになり、光を閉め出した。

ドアが音もなくあいたが、それには気づかなかった。空気が動いたのを察知し、ベッドのそばに人がいるのを感じた。目をあけると、憔悴しきった顔に作り笑いを浮かべたハント刑事が見えた。「本当は入っちゃいけないと言われてるんだ」刑事は言い、椅子を示した。「いいかな？」

ジョニーは体を起こし、枕に背中を預けた。口をひらこうとしたが、全世界が綿にくるまれたような感じがした。

「具合はどうだ？」ハントが尋ねた。

ジョニーの目が、刑事の上着から握りをのぞかせている銃に止まった。「悪くないよ」自分の言葉が不明瞭でもたついてうそっぽく聞こえた。

ハントは腰をおろした。「話せるかな？」ジョニーが答えずにいると、刑事は顔をぐっと近づけた。彼は指を尖塔の形に組み、肘を膝に乗せた。上着の前が大きくあいて使い古したホルスターがのぞき、鋼を覆う黒い樹脂がはっきりと見えた。「なにがあったか知りたい」

ジョニーは答えなかった。金縛りにあったように動けなかった。

「おれの顔を見てくれないかな」

ジョニーはうなずいたが、まぶたが重くて上がらなかった。

「ジョニー?」

ジョニーの目は銃に吸い寄せられた。チェッカリング模様が入った握り。安全装置がかかっていることを示す白のマーク。知らず知らずのうちに手が動いた。ジョニーが銃に手をのばしたとたん、刑事は目をくもらせた。握ってみたかっただけだ。見た目どおりの重さがあるのかたしかめたかっただけだ。しかし銃は、玉のような淡い光のなかへと遠ざかっていった。胸に重いものがのしかかった。重みでジョニーはマットレスに押しつけられ、刑事の声がかすかに聞こえた。

「ジョニー。しっかりしろ、ジョニー」

次の瞬間、彼は落ちていった。その目に黒い釘が打ちこまれた。


キャサリンは服にアイロンをかけて着替えた。指を震わせまいとがんばったが、ボタンがやけに小さく感じる。髪を乾かしてもつれをとかし、化粧すべきか迷った。結果、重病人の骨格に健康な女の皮をかぶせた程度にはなった。タクシーを呼んだときは、家の番地を思い出すのに苦労した。そしてソファの端にすわって待った。

キッチンで時計が時を刻む。

彼女は背筋をのばしたまま動かない。

ふたたび汗ばんできた。汗が肩甲骨のあいだを玉となって流れはじめた。酒の味を想像し、きょうも一日記憶をなくしたらどうだと誘う声が聞こえた。

そのほうが楽だ。

ずっとずっと楽だ。

祈ろうという気持ちが影のように忍び寄った。まばたきして目をあけたら真っ暗闇で、反射的に顔が上がるのと同じだった。その衝動は心の奥底から、圧迫されて黒く冷たいものに変化してしまったかつての一途な情熱からわき上がったものだった。抵抗したが勝てなかった。膝を折ったとき、自分がうそつきの偽善者に、しのつく雨の夜に迷った旅人のように思えた。

最初のうちは言葉がなかなか出てこず、神が喉をふさいでいるのだとさえ思った。しかし顎を引いて、必死で感覚を思い出そうとした。無心。敬虔《けいけん》。謙虚に頭を下げる気持ち。頭を下げた。力をおあたえくださいと祈り、息子の回復を願った。神よ、お助けくださいと、心のなかで熱心に祈った。唯一残ったものを奪わないでくださいと祈った。息子を、ふたりだけの生活を。立ち上がったとき、砂利をタイヤが踏みしめるときの雨にも似た音がした。次の瞬間、音は止まった。

玄関にケン・ホロウェイが立っていた。

スーツは皺だらけ、深みのある紫色のネクタイが首のところでだらんとしている。彼の不機嫌な表情と襟《えり》にひどい汗をかいているのを見て、キャサリンは体を硬直させた。そして彼の手の甲を覆うふさふさの体毛を見つめた。

「なにをしてる？」彼は親指と二本の固い指で彼女の顎を支えた。「誰のためにそんなにめかしこんでる？」彼女は答えられなかった。彼は顎を支える指に力をこめた。「誰のためにそんなにめかしこんでると訊いているんだ」

「病院に行くのよ」か細い声。

ケンは腕時計に目をやった。「面会時間はあと一時間で終わりだ。ふたりで一杯やって、明日行けばいい。朝いちばんに」

「行かないと変に思われる」

「誰が変に思うんだ？」

彼女は唾をのみこんだ。「社会福祉局《DSS》に」

「役人か。べつに取って食われるわけじゃない」

彼女は顔を上げた。「行かなくちゃ」

「飲み物をつくれ」

「ここにはなにもないわ」

「なんだと？」

「捨てたの。全部」彼女はわきをすり抜けようとした。しかし、太い腕一本で止められた。

「もう遅い」彼は彼女の腰のくびれに手を這わせた。

「やめて」

「わたしはひと晩じゅう、ブタ箱に入れられていたんだ」そう言って彼女の腕をつかんだ。

「ジョニーのせいだぞ。おまえの息子のせいだ。あいつがうちの窓に石を投げつけなければ……」

「あの子の仕業とはかぎらないでしょ」

「わたしに口答えするつもりか？」

つかまれた腕のなかで痛みが爆発した。彼の指に目を落とした。「手を離して」

彼が笑いだし、彼女は相手が向かってくるのを察した。入り口をふさぐように立ち、胸をぐいぐい押しつけてくる。彼女はあとずさりを始めた。「やめて」しかし彼は容赦のない目をして口を真一文字に引き結び、彼女を家の奥へと追いやった。ふいにキャサリンの頭に息子の姿が浮かんだ。小さな顎を微動だにしない手で支え、上半身をかがめてすわり、父が帰ってくる気配はないかと坂に目をこらす息子の姿が。そういうとき、彼女は厳しく叱ったが、いまならわかってやれる。息子は一縷《いちる》の望みにすがっていたのだと。彼女の視線はケンの腕を離れ、その坂に向いた。夫のトラックがのぼっておりてくるところを思い描こうとしたが、坂にはなにも見えず、道路は閑散とした黒がのびているだけだった。ケンが例の喉を鳴らす下卑た音をさせた。目を上げるとその顔に薄笑いが浮かんでいた。

「明日にしろ。ジョニーの見舞いは。朝いちばんで行けばいい」

坂の上に目を戻すと、金属がきらりと光るのが見え、一台の車が頂上に達した。彼女は息をのみ、すぐにあの車がそうだとわかった。「呼んだタクシーだわ」

タクシーが速度をゆるめはじめたのを見て、ケンは一歩うしろに下がった。キャサリンは腕を振りほどいたが、長身でがっしり体型で不機嫌な彼の存在は消えなかった。「行かなくちゃ」そう言うと彼を押しのけるようにして逃げ、私道に停まったタクシーに歩み寄った。

「キャサリン」彼の笑顔はあけっぴろげで、ほかの人間なら心から笑っていると思ったことだろう。「明日話そう」

彼女は身を投げ出すようにタクシーに乗りこんだ。シートに背中を預けると、煙草と洗っていない服とヘアトニックのにおいが鼻を突いた。運転手は肌がたるみ、首に濡れた真珠のような色をした傷があった。「どちらまで？」

キャサリンはまだケン・ホロウェイに目を向けていた。

ケンはまだほほえんでいる。

「奥さん？」

「病院へ」

運転手はルームミラーで客の様子をうかがった。彼女はその視線を感じ、目をまっすぐ合わせた。「大丈夫ですか?」運転手が訊いた。
彼女は汗ばみ、震えていた。「じきによくなるわ」
しかしそうはならなかった。

24

森を背にして立つジョニーの目の前に、小さな空き地が広がっていた。樹海にできた小さな傷であり瑕疵《かし》でしかない場所だが、ジョニーが立っている場所からは、かすかな風にそよぐゆるやかな緑のじゅうたんしか見えなかった。

妹が草地の真ん中から彼を見つめていた。彼女が手を上げたので、ジョニーは思わず歩きだした。足首までの草が、やがて膝まで届いた。アリッサは最後に見たときと同じ姿だった。淡黄色の半ズボンに白いシャツ。髪の毛はインクのように黒く、肌はきれいに焼けている。彼女は片手を背中にまわしたまま、首を傾けて目にかかった黒い髪を目から払った。錆の浮いたブリキの切れ端に乗っかっていた。重みでその下の草がぺしゃんこになっていた。押しつぶされた草のにおいは夏の盛りのにおいだった。

妹の足もとでヘビがとぐろを巻いていた。ジョニーが殺したマムシだ。体長五フィート、茶色にも金色にも見え、音ひとつ立てない。マムシは舌をちろちろ出して空気を味わっていたが、ジョニーが足を止めたとたん、鎌首《かまくび》をもたげた。

あの日、ジョニーはマムシに襲われ、逆に殺したのだった。きわどいところだった。数インチの差だった。

いや、もっと少なかったかもしれない。

アリッサは腰をかがめてヘビに手をのばし、体の真ん中あたりをつかんだ。尾が手首に巻きついた。彼女が腰をのばすとヘビは鎌首をさらにもたげ、目をにらみつけた。舌をちろちろ出しながら。「こんなのは強さじゃない」彼女は言った。

ヘビが彼女の顔に襲いかかった。離れたあとには穴がふたつ出現し、小さくてへこみのないリンゴにも似た血のしずくが垂れた。アリッサはヘビを高々と掲《かか》げ、一歩足を踏み出した。踏んでいるブリキ板が動いた。「これは弱さだ」

ヘビが嚙みついた。ぼんやりとした光景は、牙が彼女の顔に突き立てられた瞬間だけ動きがゆっくりになった。彼女はよろけ、ヘビがまたもや嚙みついた。今度は立てつづけに二度。最初は額、つづいて下唇。穴が増え、出血が増えた。彼女は足を踏ん張り、突然、目をぎらつかせた。黒かと思うほど濃い茶色で、目玉がないのかと思うほどじっと動かない。それはジョニーの目であり、母の目だった。アリッサがヘビを握る手に力をこめたのを見て、ジョニーは彼女が怯えていないのだとわかった。顔いっぱいに獰猛さと憤怒があらわれていた。唇が真っ青だ。ヘビがまたもがきだした。彼女は握る手に力をこめ、声に力強さをみなぎらせた。

「弱さだ」彼女は繰り返した。指が白くなり、ヘビが手のなかで暴れだした。ヘビは彼女の手に、顔に嚙みついた。首に嚙みつくと、そのまま身をよじりながら毒を注入した。アリッサは涼しい顔で背中に隠していた反対の手を出した。手のなかには銃があった。真っ黒なそれは、強く熱い光を浴びて輝いていた。

「力」彼女は言った。

そしてヘビの首をもぎ取った。

ジョニーははっとして目を覚ました。薬はすっかり切れていたが、夢が頭にこびりついていた。行方不明の妹の姿、その手に握られた熱くまばゆい金属にジョニーが触れたときに浮かべたほほえみ。胸の包帯に手をやり、次に母のほうを見た。母は壁ぎわの椅子にぽつんとすわっていた。目の下にマスカラが黒くにじんでいた。片方の膝がひきつけを起こしたように震えた。

「母さん」

母は頭をめぐらし、声をつまらせた。「ジョニー」自分でも気づかないうちに立ち上がると、病室を横切ってベッドのわきに立った。髪を撫で、腰をかがめて息子の体を強く抱きしめた。「あたしの大事な息子」

朝食の二時間後、ハント刑事が訪ねてきた。ドアロから顔を出してジョニーに引きつった笑みを見せると、人差し指を曲げてキャサリンを呼び、廊下に姿を消した。

ジョニーはガラスごしにふたりの様子をうかがった。ハントがなにか言ったが、母は聞き入れなかった。ふたりは激しく口論した。母は首を振り、二度、窓から病室をのぞいてうつむいた。一度、ハントが肩に手を置いたが、彼女はそれを振り払った。

ようやくドアがあき、まずハントが病室に入り、そのすぐあとから母が入った。彼女は力なくほほえむと、隅にあったつるつるのビニールシート張りの椅子のへりにちょこんと腰をおろした。いまにも吐きそうな顔をしていた。

「やあ、ジョニー」ハントはベッドに椅子を引き寄せた。「具合はどうだ？」

ジョニーは母に向けた視線を、ハントの腋の下できらりと光ったものへと、黒光りする鋼へと移動させた。「ティファニーは大丈夫なの？」

ハントはジャケットの前をかき合わせた。「だと思う」

ジョニーは目を閉じた。死んだ男の血のなかにしゃがみこんだ彼女の姿が浮かんだ。車に乗せようとしたときに触れた腕の、かさついてほてった感触がよみがえった。「彼女はぼくがわからなかった。七年間も同じ学校に通ってるのに」彼は頭を振った。「病院に向かう途中でやっとぼくがわかったんだ。ぼくにしがみついて離れなかった。泣いたり、わめいたりして」

「様子を確認しにいくよ。このあとすぐ」ハントは言葉を切り、大人を相手にするときと同じ深刻な声に切り替えた。「勇気ある行動だったな」

ジョニーは目をしばたたいた。「ぼくは誰も助けてなんかいない」

「そうか？」

「みんなぼくが助けたと言ってるんでしょ」

「そう言ってる人がいるのは事実だ」

「あいつはぼくを殺そうとしたんだ。ティファニーこそヒーローだよ。勝手に話を作り替えないでほしいな」

「テレビの連中が言ってるだけだ、ジョニー。いちいち真に受けるな」

ジョニーは白い壁を見つめ、片手で胸の包帯に触れた。「あいつはぼくを殺そうとしたんだ」

キャサリンがすすり泣くような声を漏らし、ハントは椅子にすわったまま振り返った。

「あなたはここにいなくてもいいんですよ」

彼女は椅子のへりから立ち上がった。「あたしを追い出そうとしてもだめよ」

「そういう意味で言ったわけじゃ――」

「出ていかないわよ」声が大きくなり、手が震えだした。

ハントはジョニーに向き直り、当惑しながらも心からの笑みを浮かべた。「いくつか質問に答えてもらうけど、元気はあるかな？」ジョニーはうなずいた。「いちばん最初から話を始めよう。橋の上にいた男を思い浮かべてくれ。バイクをはねた車に乗ってた男のことだ。わかるかい？」

「うん」

「次は、走りだしたきみを襲った男を思い浮かべるんだ」

「あの人はぼくを襲ってなんかいないよ。ただ持ち上げただけだ。抱え上げるようにして」

「抱え上げた？」

「まるでなにかを待ってたみたいに見えた」

「ふたりが同じ人物だった可能性はないかな。橋にいた男と、きみを持ち上げた男と」

「同じ人じゃないよ」

「でも、橋の上の男の顔はろくに見てないんだろ。シルエットしか見えなかったと言ってたじゃないか」

「形も大きさも違ってたもの。それにふたりの位置は一マイルか、もしかしたら二マイルも離れてたし」

ハントは川の湾曲部の話をした。「同じ男だったかもしれないよ」

「あそこの川がどう流れてるかは知ってる。湾曲してるところは真ん中が沼なんだ。そこを突っ切ろうとしたら腰まで沈んじゃうよ。道が川沿いに走ってるのにはちゃんとしたわけがあるんだから。あのふたりは違う人だよ、絶対。橋の上にいた男の人は、あの箱が運べるほど大きくなかったもの」

「箱？」

「トランクみたいな形の箱だよ。ビニール袋にくるんであった。それを肩にかついでたんだけど、すごく重そうだった」

「どんなだったか教えてくれ」

「黒いビニール袋。銀色のテープ。長方形。分厚かった。トランクみたいだった。あの人はぼくを片腕で抱え、もう片方の腕でトランクを抱えたんだ。前にも言ったけど、ただ突っ立ってた。それからぼくに声をかけた」

「その話は前にしてくれなかったな。男はなんて言ったんだ？」

「神様が言われたって」

「どういう意味だ？」

「わからないよ」

ハントは立ち上がって窓に歩み寄った。彼は長いことガラスの向こうに目をこらしていた。「デイヴィッド・ウィルソンという名前に心当たりは？」

「ううん」

「なら、リーヴァイ・フリーマントルはどうだ？」

「デイヴィッド・ウィルソンは橋から突き落とされた男の人だろ。リーヴァイ・フリーマントルはぼくを抱え上げた人だ」

「どっちの名前にも心当たりはないと言ったじゃないか」

ジョニーは肩をまわした。「ないよ。でも、フリーマントルはマスティーの名前だから、大きな男のことだと思ったんだ。そうすると、デイヴィッド・ウィルソンのほうが死んだ人ってことになる」

「マスティー？」

「そう」

「マスティーとはなんだ？」

「インディアンと黒人の混血だよ」ハントは顔をぽかんとさせた。「ラムビー、サポナ、チェロキー、カトーバ。インディアンの奴隷もいたんだよ。知らないの？」

ハントは鵜呑みにしていいのかわからず、少年の顔をまじまじと見つめた。「フリーマントルがマスティーの名だという根拠は？」

「レイヴン郡の解放奴隷第一号はアイザックという名前のマスティーだったんだ。自由の身になったとき、彼はラストネームにフリーマントルを選んだ。自由《フリーダム》という名の外套《マントル》。そういう意味の名前なんだ」

「この事件が起こるまで、レイヴン郡でフリーマントルという姓は聞いたことがなかったな」

ジョニーは肩をすくめた。「でもちゃんといたんだ。どうして刑事さんはリーヴァイ・フリーマントルが橋の上の男と同じだと思うの？」

「バートン・ジャーヴィスの話をしよう」

「いやだ」ジョニーは言った。

「どうして？」

「ぼくの質問に答えてくれなきゃいやだ。おあいこにしなきゃ」

「遊びじゃないんだ、ジョニー。おあいことか言ってる場合じゃない」

「息子は一度言いだしたら聞かないわよ」キャサリンが口をはさんだ。

「しょうがないな」ハントは言った。「質問はひとつだけだぞ。一回だけだ」

ジョニーは顎を引いたが、目はハントの顔から離さなかった。「どうしてリーヴァイ・フリーマントルが橋の上の男と同じだと思うの？」

「フリーマントルの指紋がデイヴィッド・ウィルソンの死体についていた。だから、彼がウィルソンを橋から突き落としたんじゃないかと考えたんだ。フリーマントルときみが橋の上にいるのを見た男が同一人物ということになれば、すべてきれいに説明がつく」フリーマントルの自宅で見つかった死体と、黄色い服を着て血のように赤い口をした女の子を抱えた巨人を描いた棒線画のことには触れなかった。

ジョニーは背筋をぴんとのばした。包帯の下の皮膚が引きつれた。「フリーマントルさんが近寄ったとき、デイヴィッド・ウィルソンはまだ生きてたの？」

「わからん」

「でも、生きてたかもしれないんだね」

ハントは死んだ男のまぶたについた血まみれの指紋を思い浮かべた。「そいつはどうかな」

「もしかしたらウィルソンさんは、フリーマントルさんに妹の居場所を伝えたかもしれない」

「そういう話はなしだ、ジョニー」

「あの子というのがアリッサだったらどうするのさ。どこで見つけたかフリーマントルさんに話したかもしれないじゃないか」

「やめるんだ」

「だけどもしかしたら――」

「ウィルソンがアリッサのことを言ってたとは考えにくいし、だいいち、フリーマントルが近づくまで生きていたとも考えにくい」ハントは少年の顔を見つめた。頭のなかで必死に計算しているのがわかる。「もう推理なんかやめるんだ」

「推理って？」

目を丸くしてしらを切る姿に、ほかの警官ならころりとだまされたことだろう。「探偵ごっこはもうおしまいだ、ジョニー。地図もなし。冒険もなし。わかったな？」

ジョニーは顔をそむけた。「さっき、バートン・ジャーヴィスの話をしようって言ったよね。なにが知りたいの？」

「一から話してほしい。どうやって彼の家を見つけたか。なぜあそこに行ったか。なにを見たか。なにがあったのか。一部始終をだ。全部だ」

ジョニーはあの家を訪れた最初の数回を思い浮かべた。暗闇と小屋、雑木林ごしに見えた家、それに深い森で小動物が立てる音。漆喰《しっくい》の釘と数カ月の悪夢、ジャーの恐ろしい友人とスモール・イエローをめぐるふたりの会話がよみがえった。聞くだけで膝ががくがくしてくる笑い声。抑えようと思ったが、恐怖感が迫り上がった。母がそれを察し、立ち上がって心配そうに室内をうろうろしはじめた。それがハントの気に障った。「すわっていてくれませんか、キャサリン」

彼女は聞き流した。

「キャサリン」

「なにも問題がないふりをしてすわってられるわけないでしょ」彼女は体をびくっと震わせ、目をぎらつかせた。「社会福祉局がなによ」彼女はハントをにらんだ。「納得いかないわ！」

ハントは声を落とした。「その話はジョニーには聞かせないことで同意したはずでしょう」

「絶対にいや！」

「おれだってできるかぎりのことをしてるんです、キャサリン。信じてもらわないと」

「あなたはアリッサを連れ戻すと言ったわ。そのときも信じろと言ったじゃない」

ハントの顔が青ざめた。「いまさらそんなことを」

「さっき話してたのはそのことなの？」ジョニーは廊下のほうを示した。「DSSがどうかしたの？」

「社会福祉局はきみの身を案じてるんだ、ジョニー。こんなことになった以上、評価の見直しをせざるをえない。つまり聞き取りや家庭への立ち入り検査をやるということだ。学校からも話を聞くだろう。だが、全部が終わるにはしばらくかかる。その間、きみにはお母さんの家からよそに移っていてほしいそうだ。一時的にね。きみの安全を守るために」

「安全を守る？」

「DSSはきみが危害をくわえられていると考えてる」

「あたしからね」キャサリンが言った。

「誰もそんなことは言ってない！」ハントの癇癪玉《かんしやくだま》が破裂した。

「そんなのおかしいよ」ジョニーが言った。

「聞き分けのないことを言うな」ハントはいまにも泣きだしそうな母親に目をやってから、少年に向き直った。「スティーヴおじさんに頼んでみよう。見直しがおこなわれるあいだ、おじさんのところに身を寄せられるよう手配できると思う」

「スティーヴなんかろくでなしだ」

「ジョニー！」

「本当のことじゃないか、母さん」

ハントは顔をぐっと近づけた。「スティーヴか裁判所が任命する後見人か、ふたつにひとつだ。スティーヴのところで暮らせば、お母さんが好きなときにきみを訪ねていける。少なくとも最終的な判断が下されるまで、きみは家族と離れずにすむ。裁判所の判断にまかせた場合、おれにはなんの手出しもできない。判事から連絡がいき、きみはその判断に従わなくてはならない。必ずしもいい判断が出るとはかぎらんぞ」

ジョニーは母のほうを向いたが、彼女は両手に顔を埋めていた。「母さん？」彼女は頭を振った。

「すまない」ハントは言った。「だが、これは以前からの懸案でね。けっきょく、こうするのが最善なんだ」

「父さんを見つければいい」ジョニーは言った。

母の足音は聞こえなかった。ふと気づくと母が突然ベッドのそばにいた。大きくて黒い、沈んだ目が光った。「お父さんの居場所を知ってる人は誰もいないのよ、ジョニー」

「でも、手紙をくれたって言ったじゃないか。シカゴだか、カリフォルニアから」

「手紙なんか来なかったの」

「だけど――」

「うそをついたのよ」母は片方のてのひらを返した。血の気がなく真っ白だった。「手紙なんか来てないの」

目の前がかすんだ。「家に帰りたい」ジョニーはそう訴えたが、ハントはにべもなくはねつけた。

「それは無理だ」

キャサリンが息子のそばに歩み寄った。頭をそらしたその姿に、ハントは保護者らしさを、なけなしのプライドを感じ取った。「わがままを言わないで」彼女は息子の手を取った。

「家に帰りたい」ジョニーは繰り返し訴えた。

一瞬だけ、ハントは目をそらしてやった。しかし、これはあくまで仕事だ。ジョニーには感心させられる面も多くあるが、いいかげん、彼が住んでいるおとぎの国を叩き壊さなくてはならない。怪我人が出る前に。あるいはジョニー自身が殺される前に。

ハントは病室を横切って紙袋を取り上げた。なかには少年が身につけていた羽根、脱皮殻、それに黄ばんだ頭骨一個が入っていた。彼はネックレスを出して振り返り、目の高さに持った。「こいつがなにか説明してくれないか？」

「なんなの、それは？」キャサリンが訊いた。

「ジョニーはこれを身につけて乗りこんだんです。上半身裸で煤とベリーの果汁を塗りたくり、ポケットにはヘビ草らしきものが一杯につまってました。当然、DSSも質問するでしょう。これらすべてについて。彼らは徹底的に追及するでしょうから、先におれに話してもらいたいんです」

ジョニーは羽根に目をこらした。そのうちの一枚が、ジャーの手で真っぷたつにされていた。なにひとつ変わってない。この刑事は依然として脅威であり、母は依然として頼りにならない。誰もわかってくれないんだ。

「常軌を逸してるぞ」ハントは迫った。

「その話はしたくない」

「バートン・ジャーヴィスのことを話してくれ」

「いやだ」

「どうやって見つけた？　何度あそこへ出かけていった？」

ジョニーは窓の外に目をやった。

ハントはネックレスをもとに戻し、ジョニーがメモをした紙をつかみ出した。「これに書かれてることは事実なのか？　これによれば、きみは十回以上もあそこを訪れてる。ほかの家にもだ。ジャーヴィスの家以外にも」

ジョニーは紙を横目で見た。「それはでっち上げだよ」

「なんだって？」

「ごっこ遊びの一種」

「ジョニー――」ハントの表情に落胆が広がった。

ジョニーはまばたきひとつしなかった。「行ったのはゆうべが初めてさ」

「うそをつく気持ちはわかるが、きみが目撃したものを把握しておきたいんだ。ここに五人の名前が書いてあるな。全員、前科があって、警察が目をつけていた連中だ。さらに第六の男の存在が記されている。バートン・ジャーヴィスの家にしょっちゅう出入りしてる男だ」ハントはメモに目をこらした。「その男について、まる一ページを費やしてる。人相風体が記述してある――身長、体重、髪の毛の色。車の型と異なる三種類のナンバーの記述もある。ナンバーはどれも去年じゅうに盗難届けが出されたものだ。この男が何者か知りたい。力になってもらえないか」

「いやだ」

「〝スモール・イエロー〟とはなんだ？　どういう意味だ？」

「おじさんはＤＳＳの手先だ」

「いいかげんにしろ」ハントの忍耐は消し飛んだ。そこへキャサリンが息子と刑事のあいだに割って入った。華奢な指を広げ、めずらしくしっかりした声で言った。

「ここまでにして」

「メモの半分は読めません。ジョニーが気づいてないだけで重要な情報があるかもしれないんです。それを話してもらわなくては」

キャサリンは息子の書いたものを見た。メモにざっと目を通し、今度はじっくり読んでいった。しばらくかかったが、ハントは待った。読み終えたキャサリンは怯えた表情を浮かべていた。「息子があなたの質問に答えたら、ＤＳＳとの交渉に有利になる？　それとも残念な結果に終わるだけ？」

「おれを信じてもらうしかありません」

「息子を手もとに置いておくことがなにより大事なの」

「たとえアリッサを取り戻せなくても？」

「取り戻せないとほのめかしてるわけ？」

「息子さんは、この地域を根城にする未知の小児性愛者を発見したと考えられます。ひじょうに狡猾《こうかつ》で慎重なやつです。なにかつながりがあるかもしれません」

「その可能性は高いの？」

楽観していない本音が声にあらわれた。「なんとも言えません」

「なら、いまいる子どもを第一に考えるしかないわ」

「息子さんのことが心配なんです」

彼女はハントをじっと見つめ、ガラスの破片のように鋭くつっけんどんな声で言った。

「あなたを信頼しろと言うのね」

「そうです」

「警察を信頼しろと」

「そうです」

キャサリンは前に進み出ると、ハントに用箋を押しつけた。「この未知の小児性愛者について知りたいんでしょ。狡猾で慎重な人物について。もう少しであたしの息子を殺すところだった男とつるんでる人物について」

ハントは首を傾けた。キャサリンは母親にしか読めそうもないインクの殴り書きを指で示した。顔が青ざめ、怒りと恐怖を帯びた磁器の仮面と化した。「この単語は」と彼女は言った。「カップ《cup》とか野球帽《cap》とか、そんなあたりさわりのない言葉じゃないわ。警官《cop》よ。バートン・ジャーヴィスとつるんでる男は警官だと書いてあるの」彼女は用箋をハントの胸に押しつけ、息子に歩み寄った。

「これで事情聴取はおしまいにして」

ハントがいなくなり、キャサリンは息子のベッドのわきに立っていた。長いこと息子を見つめていたが、羽根のこともメモのこともハントから聞いたことも尋ねなかった。「あたしとお祈りしてちょうだい、ジョニー」頰の赤みが消え、興奮がおさまったようだった。「あたしとお祈りしてちょうだい、ジョニー」

母がひざまずくのを見て、ジョニーは腹の奥底から怒りがわくのを感じた。母が強かったのはほんの一時期で、そんな母を誇らしく思ったのもほんの一時期のことだった。「お祈り？」

「そうよ」

「いまさら？」

母はジーンズでてのひらをこすった。「これほど救われた気分になれるなんて、すっかり忘れてたわ」

ジョニーにはそれが赤の他人の言葉のように聞こえた。母はあっさりとあきらめ、あっさりと両手を上げて心の平安に逃げこんでしまったのだ。

「神様が聞いてくれるはずないよ」

「もう一度、神様に望みをかけたっていいでしょ」

ジョニーは母をにらんだ。嫌悪感も落胆も強すぎて、とても隠し通せなかった。彼は手すりをつかんだ。手で金属をへし折ってしまいそうな気がした。「ぼくがなにを祈ってたかわかる？　毎晩のように祈ってたんだよ。けっきょく神様は見向きもしてくれないと悟るまで。これから先もそれは変わらないと悟るまで。わかる？」

容赦のないその声に、母は目に悲しみと驚愕の色を浮かべ、首を横に振った。

「願い事はたったの三つだ」ジョニーは言った。「欠けた家族が戻ってきますようにと祈った。母さんが薬を飲むのをやめますようにと祈った」母が口をひらきかけたが、ジョニーが先んじた。早口で冷ややかに告げた。「ケンが死にますようにと祈った」

「ジョニー！」

「毎晩、そう祈った。家族がそろいますように。薬をやめますように。ケン・ホロウェイがじわじわと苦しみながら死にますように」

「お願い、そんなこと言わないで」

「そんなことってどれ？　ケンが死にますようにって部分？　じわじわと苦しんでって部分？」

「やめなさい」

「あいつには、ぼくらが味わわされたのと同じ恐怖を味わいながら死んでほしい。どうにもならなくてびくびくする気持ちがどんなものか、思い知ってほしい。そのあと、ぼくらに手出しできないところに消えてほしい」キャサリンが息子の髪に指を一本置いた――悲しみをたたえた目がうるんだ――が、彼はそれを振り払った。「でも神様は知らん顔だ」

ジョニーは背筋をのばした。怒りは怨念《おんねん》に変化し、怨念は彼を涙もろくさせた。「祈ってもアリッサは戻ってこなかった。それに父さんも。家は温かくならなかったし、ケンが母さんに暴力をふるうのも変わらなかった。神様はぼくたちに背中を向けたんだ。母さんだって自分でそう言ったくせに。覚えてる？」

覚えていた。ある寒い夜、老朽化した家の床で言ったのだった。歯に血がつき、ほかの部屋でケンが酒を注ぐ音を聞きながら。「ばかなことを言ったと思ってる」

「なにもかもなくしたのに、よくそんなことが言えるね」

「神様があたしたちにおあたえになるものは完璧じゃないのよ、ジョニー。ほしいものをなんでもかんでもくださるわけがないでしょ。そういうものじゃないの。そんな楽なものじゃないの」

「楽なものなんかひとつもなかったじゃないか！」

「わからないの？」母は目で訴えた。「いつだって失うもののほうが多いのよ」息子の手を取ろうとしたが、振り払われた。しかたなくベッドの手すりを両手でつかんだ。光が髪に反射した。「あたしと一緒に祈って、ジョニー」

「なにを祈るのさ」

「ふたりで一緒に暮らせますように。あきらめる力をおあたえくださいますように」彼女の指も手すりの上で白くなった。「どうか赦《ゆる》しをおあたえくださいますように」彼女はしばらくジョニーを見つめていたが、答えを待ったりはしなかった。頭を垂れ、小声でつぶやきはじめた。ジョニーが目を閉じているか確認することも、一緒に祈っているか確認することもなかった。それでよかった。

ジョニーの顔には赦しのかけらもなかった。あきらめなど微塵《みじん》もなかった。

25

病室を出たとたん、数々の感情が一気に押し寄せた。キャサリンがジョニーのメモから読み取った単語に対する戸惑いと疑惑。口をきこうとしない少年に対する怒りと苛立ち。彼が無事で、ティファニーも助かったことに対する安堵感。ハントはひんやりした壁に肩甲骨を押しつけ、前を通り過ぎる人も彼らの表情も無視した。身も心もくたびれ果てていたが、バートン・ジャーヴィスの死は終わりの始まりであり、彼の横死がアリッサの失踪を解明する第一歩となるという淡い期待があった。すべては性根の腐った卑劣漢による単独犯行だと自分に言い聞かせたものの、つかみどころのない不快感が頭の奥に引っかかっていた。

そんなことがありうるのか？

警官だと？

いま一度、ジョニーの細かい殴り書きを解読しようとこころみた。鉛筆書きのものはこすれて読みにくい。水の染みがついているところもあれば、煤やマツの樹液で汚れ、紙が破れているところもある。まだ読めないところがあることだけはわかった。ドアを蹴り破って、少年から答えを絞り出してやりたかった。

ちくしょう！

少年はなにかを隠している。それはたしかだ。ハントはもう何度めになるかわからないが、黒い目と警戒心を、思慮深さからくる完全な沈黙を思い返した。ジョニーはいろいろな意味で問題児だし、精神的に不安定で、ひねくれてもいる。しかし特定のものに対する見方はたしかだ。

献身。一途《いちず》。一徹《いってつ》。

そういう資質があるから、少年は単なる邪魔な存在と一線を画《かく》している。健気だと思うし、ついかばってやりたくもなる。きみのそういうところは、最近ではめったに見られないし、いまの世の中ではとても貴重だよと教えてやりたい。抱き寄せてわからせたいと同時に、やめさせたかった。

駐車場に出ると、太陽は燦然《さんぜん》と輝き、空気は驚くほど澄んでいた。こんな日には緑の芝生も陽射しもなんの役にも立たない。ハントは六階を見上げた。ジョニーの病室は一方の端、ティファニーの病室はその反対の端だ。建物は真っ白に輝き、窓に完璧な空の青が映りこんでいる。

自分の車に向かって歩きだし、半分ほど行ったところでスーツ姿の男が目に入った。建物の奥の角近くで二台の車にはさまれるように身を隠していたその男は、葦のように背中を丸めて近づいてくると、ハントの右に立った。ハントは反射的に男を品定めした。両手は見えるところに出している。愛想のいい笑顔。片手にたたんだ紙を持っている。病院の事務長。そう踏んだ。あるいは見舞いに来た親戚か。

「ハント刑事？」

三十代、まばらな髪、ところどころあばたのある肌。白くて並びのいい歯。「ええ」

男の笑みが大きくなり、指が一本立った。見覚えのある顔を見つけて誰だか思い出そうとする表情になった。「クライド・ラファイエット・ハント刑事ですね」

「ええ」

男はたたんだ紙を差し出した。ハントが受け取ったとたん、男の顔から笑みが消えた。

「召喚状です」

ハントは男が立ち去るのを見送り、書類に目をこらした。ケン・ホロウェイに訴えられたのだ。

くそ。

リーヴァイ・フリーマントルの保護観察官が働いているのは、郡裁判所の三階にひっそりと入居している狭苦しいオフィスだった。廊下の床はリノリウムが剝がれ、八十年にわたるニコチンで漆喰壁が黄ばんでいる。出入り口のドアは濃色のオークで、上部の明かり採《と》り窓が真鍮《しんちゅう》の蝶番《ちょうつがい》で外側にひらいていた。ドアの奥から音が漏れてくる。反論、弁解、泣き声。過去にさんざん聞いたものばかりだ。それこそ何百回も。何百万回も。立て板に水よろしくうそが繰り出される。だからハントが知るなかでも、ベテラン保護観察官の人間を見る目はおそろしく鋭い。

フリーマントルの保護観察官は手前から九部屋めにいた。ドア枠のプレートにはカルヴィン・トレモントとあり、ドアはあけっぱなし。椅子にも床にもファイルが山を成している。瑕だらけの金属製キャビネットの上で、扇風機が生温かい空気をかきまわしていた。デスクについている人物とは知り合いだった。中背で堂々たる腹まわりの男は六十手前でごま塩頭、浅黒い肌に寄った皺はほとんど真っ黒に見える。ハントはドアをノックした。

顔を上げたトレモントは、例のごとく渋面を浮かべていたが、それも一瞬のことだった。彼とハントは親密な間柄だった。「やあ、ハント刑事。どうしてまたここに？」

「おたくの対象者のことで」

「椅子をどうぞと言いたいところだが……」彼は二脚の椅子に積み上がったファイルを示すように指を広げた。

「すぐすむ」ハントはなかに入った。「きのうメッセージを入れておいただろ。その話で来た」

「休暇が終わって、きょうが初日なんだ」彼はまた手を動かした。「まだ電子メールも読み終わってない」

「旅行は楽しかったか？」

「家族連れで海に行ってきた」トレモントはどのようにでも解釈できる言い方をした。ハントはうなずいたが、それ以上突っこんでは訊かなかった。保護観察官は警官と同じだ。個人的な話はめったにしない。

「リーヴァイ・フリーマントルのことが聞きたい」

トレモントの顔に、ハントが初めて見る本物の笑みが浮かんだ。「リーヴァイだって？わたしのぼうやはどうしてる？」

「おまえのぼうやだと？」

「あいつはいい子だ」

「四十三歳だぞ」

「うそじゃない、あいつは子ども同然だ」

「おまえの大事なぼうやが人をふたり殺したとわれわれは見てる。場合によっては三人かもしれない」

トレモントの頭は首の関節にオイルを差してあるかのようによく動いた。「そいつはなにかの間違いだね」

「やけに自信がある言い方だな」

「リーヴァイ・フリーマントルは風貌からすると、ストリートでいちばんでかい暴れん坊で、五ドルの麻薬と引き替えに人を殺すこともいとわないように見えるかもな。まあそれも、場合によっては役に立つこともある。だが、断言しよう、ハント刑事。あいつには人は殺せない。無理だ。とんだ勘違いだよ」

「住所はわかるか？」ハントは訊いた。

トレモントはうなずくと、記憶していた住所を早口で告げた。「かれこれそこに三年も住んでる」

「この住所で死体がふたつ見つかった」ハントは言った。「三十代前半から半ばほどの白人女性。四十五歳前後とおぼしき黒人男性。きのう発見した。死後、一週間近くが経過していた」ハントはいまの話を相手が理解するまでしばらく待った。「クリントン・ローズという人物を知ってるか？」

「それが死んでた男か？」

ハントはうなずいた。

「わたしの担当じゃない」トレモントは言った、「だが、長いこと、うちのオフィスに出入りしてる。悪党で粗暴だ。そいつが殺しをやったというなら理解できる。だが、リーヴァイはありえない」

「警察はほぼ確信している」

トレモントは椅子のなかですわりなおした。「リーヴァイ・フリーマントルは保護観察違反で三ヵ月のおつとめ中だ。あと九週間は塀のなかだ」

「それが八日前、作業中に逃げ出した」

「信じられん」

「ふらりといなくなり、それ以降、彼の姿を見た者はふたりだけだ。自分の名前もろくに言えないべろんべろんの酔っぱらい。もうひとりは少年で、その証言からリーヴァイがべつの殺人現場にもいたことがわかってる。二日前のことだ。というわけで、三つの死体があがり、いずれもおたくのおぼっちゃまと接点がある」

トレモントはフリーマントルのファイルを出してひらいた。「リーヴァイが有罪判決を受けた事件はどれも暴力がらみじゃない。それどころか、そういう容疑をかけられたことさえない。不法侵入に万引き」保護観察官はファイルを閉じた。「いいか、リーヴァイはお世辞にもツールボックスでいちばん切れ味鋭い道具とは言えない。犯した罪の大半は、誰かから〝リーヴァイ、あそこからワインを一本持ってこい〟と言われて、素直に店に入って取ってくるとか、そんなのばかりだ。あいつには善悪の観念がないんだ」

「殺人犯の大半も同じだ」

「そういうのとは違う。リーヴァイは……」トレモントはかぶりを振った。「あいつは子どもっぽいんだ」

「殺されたなかに白人女性がいる。三十代前半から半ば。心あたりはあるか？」

「リーヴァイはロンダ・ジェフリーズという女性とつき合っていた。白人でパーティ好きな女性だ。片手間にときどき売春もやってるらしい。ちょっとした遊びでね。彼女はでかくて悪い男が好みだ。とりわけ、でかくて悪い黒人男には目がない。リーヴァイとつき合ってるのもああいう外見だからさ。いかにもストリート一のタフ野郎って感じだろ。いつも連れ歩いてるのは、あいつが扱いやすくて、なんでも言うことを聞くからさ。小銭を稼いじゃ彼女に渡す。家のなかのこともやる。おかげで彼女はかたぎの人間に見えるってわけだ。気晴らしというか、ほかの男をつまみ食いしたくなると、うまいこと言ってしばらくリーヴァイを閉じこめておくらしい。さっきも言ったが、あいつは彼女に言われればなんでも素直に従うんだ。初めて逮捕されたのは万引きの容疑だった。彼女が陳列棚から香水を盗み、リーヴァイに持ってろと命じた。そしてやつと連れだって警備員の前を通りすぎ、正面入り口から出ようとしたってわけだ」

「ふたりは結婚してるのか？」

「いや。だが、リーヴァイは夫婦だと思いこんでる」

「どうして？」

苦笑。「肉体関係があるからさ。それに……」声が尻すぼみになった。「そう言えば……

……」

「どうした？」

「子どもは誰が見てる？」

ハントの背筋を冷たいものが走った。「子ども？」

「まだ幼い女の子だ。二歳くらいの」

ハントは自分の携帯電話を探った。

「心がとろけそうな笑顔をした子だ」

26

病院の規則でキャサリンはやむなく夜の九時にジョニーの病室をあとにした。身を引き裂かれる思いもあったが、ある意味ありがたくもあった。ケン・ホロウェイが病室に四度も電話を寄越し、会う約束を取りつけるまでは切らないと言い張るからだ。彼は執拗だったが、キャサリンも負けていなかった。いまは息子が第一だからと、電話のたびに断った。最後には彼女のほうから切らなくてはならなかった。二度も。以来彼女は、ドアがあくか、廊下でいきなり足音がするたびに恐怖で体を震わせた。

それに酒が切れてきていた。しゃんとしようとするものの、全身が欲していた。切実に。

彼女はぎりぎりまでベッドのそばでぐずぐずしていた。息子の寝顔は、いつもながら妹そっくりだ。同じ形の口。同じ顔の輪郭。彼の額に唇を押しあて、病院の裏口に待たせてあったタクシーに乗りこんだ。

帰路は冷や汗のかきどおしだった。ビールとワインが買える店を三軒通りすぎ、二軒のバーを通りすぎた。彼女は顎をこわばらせ、てのひらに爪を食いこませた。繁華街の明かりが見えなくなると、ようやくほっとひと息ついた。前方に真っ暗な道路がのび、黒い舗装路の上をタイヤがまわる音がひっきりなしに聞こえてくる。もう大丈夫。もう一度、自分に言い聞かせるように繰り返す。

もう大丈夫。

タクシーが最後の坂を下りはじめると、半マイル先に自宅が見えた。全部の窓から光が漏れ、庭にマルハナバチのような黒と黄色の縞模様を描いていた。

電気は全部消してきたはずなのに。

タクシーを降りて玄関に向かいかけたものの、しばしためらった。バッグのなかの携帯電話を探りあてた。ポーチに上がったが気が変わって、うしろに下がった。静かすぎる。庭も雑木林も通りも。

車に気がついたのはそのときだ。百フィート先の路肩にのり上げるようにして駐まっている。暗すぎて色はわからない。おそらく黒だろう。大型のセダンだが車種までは見分けがつかない。目をこらし、一歩だけ近づくと、エンジンがかけっぱなしなのが音でわかった。

さらに二歩進むと、ヘッドライトが点灯した。車は泥と砂利をはね散らかしながらタイヤを鳴らしてUターンし、飛ぶように坂をのぼっていった。テールランプがしだいに小さ

くなり、やがて坂の向こうに消えた。ただの車だわ。きっと近所の人よ。自宅

キャサリンは呼吸を落ち着けようとつとめた。ただの車だわ。きっと近所の人よ。自宅を振り返ると、玄関のドアがわずかにあいていた。ドアを押すと黄色く細長い切片の面積が大きくなった。

なかで音楽が鳴っていた。

〝ささやかながらも楽しいクリスマスを過ごそう……〟

いまは五月の終わりだ。

音楽を止め、奥に向かった。人がいる気配はなかったが、音楽ですっかり気が動転していた。一曲を繰り返し再生するようにセットされていた。まず寝室をのぞいたが、変わったところはなかった。浴室も異常なかった。

キッチンに薬があった。

薄っぺらなフォーマイカのテーブルのど真ん中にオレンジ色の瓶が置いてあった。瓶はまばゆいほどに光り、そこだけ切り抜かれたような白いラベルが目にまぶしい。じっと見つめるうち、舌が肥大しはじめた。ラベルを読もうと瓶を手に取ると、なかの錠剤が軽い音を立てた。自分の名前が書いてあり、きょうの日付になっていた。

七十五錠。

オキシコンチン。

彼女はかっとなってドアを乱暴にあけ、瓶を庭に投げ捨てた。ドアを思いきり閉め、錠をまわす。全部の窓と全部のドアを調べ、道路に面した窓近くのソファにすわった。背筋をまっすぐにのばし、すぐそこの、暗闇のなかに瓶があるのを感じていた。歯を食いしばり、ケン・ホロウェイをののしった。

こんな手にやすやすと乗るものか。

翌日の正午、ジョニーは退院した。車椅子で縁石まで連れていかれ、そこでおそるおそる立ち上がった。「大丈夫？」看護師が尋ねた。

「たぶん」

「ちょっとそのまま立っててね」

三十フィート前方でカメラのシャッター音とフィルムの巻き上がる音がした。記者たちが口々に質問を浴びせるが、警官が彼らを押しとどめている。ジョニーはスティーヴおじさんのバンの屋根に片手をかけ、その光景に見入った。シャーロットとローリーのテレビ局から報道車が来ていた。「もう出発しようよ」彼は言い、看護師の手を借りてバンに乗りこんだ。

「体に負担がかかることはしちゃだめよ。傷のうちふたつはかなり深いんだから」看護師は最後ににっこりほほえみ、ドアを閉めた。運転席でスティーヴが居並ぶカメラに目をこらした。その隣で母が片手を顔にかざしていた。

ジョニーが後部座席に無事乗りこむと、ハントがウィンドウに歩み寄った。彼はDSSから引き出した譲歩案を説明した。「きみたちが取り決めどおりに行動しない場合、この話はなかったことになる」彼はひとりひとりの顔を見ていき、最後にスティーヴの顔に目をとめた。「あんたにまかせて大丈夫か確認しておきたい」

スティーヴはルームミラーに映るジョニーをちらりと見た。「たぶんな。やつがおれの言うことをちゃんと聞きさえすれば」

ハントはジョニーに目をやった。「これでも運がいいんだぞ、ジョニー。なんのかんの言ってもな」

「息子はいつまで家を出てなくちゃいけないの？」キャサリンが訊いた。

「DSS次第です」

「くだらない」ジョニーがつぶやいた。

「なんだって？」

ジョニーはフロアマットを蹴った。「なんでもない」

ハントはうなずいた。「そうだろうと思った」彼は車から離れ、スティーヴに声をかけた。「おれの車についてこい。離れるなよ」

十二分の移動のあいだ、誰も口をきかなかった。家に着くとハントは芝生に車を停めた。

ジョニーと母親がバンを降りた。母は遠くの街灯をじっと見つめ、一度喉に手をやり、なかに入った。ジョニーもあとを追って自分の部屋に向かった。ベッドの上に服がきちんとたたんで置いてあった。母の声はひどく言い訳めいていた。「ゆうべ出しておいたの。なにを持っていきたいかよくわからなくて」

「自分で荷造りするよ」

「大丈夫なの？」母は胸の包帯を示した。

「自分でできるってば」

「ジョニー……」

母に目を向けると、顔がげっそりしていた。以前はいつも張りがあったのに、アリッサが連れ去られてからは見る影もない。いまの顔はまったくの別物で、まるで母が持つふたつの面が激しく争っているかのように見える。「あなたにうそをついたのは間違いだったわ。お父さんから手紙が来たなんて言うべきじゃなかった」

「わかってる」

「ふたりだけになったと思ってほしくなかったの。だからあたし——」

「わかってるって言ってるでしょ」

母は彼の髪に手を滑らせた。「強いのね」ぽつりと言った。「自制心がある」

ジョニーは体を硬くした。いまのは、母がいつも父にかけていた言葉だった。原因はいまもわからないが、両親がめずらしく喧嘩しているところに出くわしたことがある。そのとき母がこう言った。〝いつもいつも自分の殻《から》に閉じこもってないでよ！〟。父はほほえんで母にキスをし、それで喧嘩は終わりになった。ジョニーの父はそういう憎めない人だった。彼に笑顔を見せられると、いつまでも腹を立てているのがばかばかしくなる。いまでもジョニーにとって、自制と強さは同義語だ。不平を言わず、やるべきことをやる。ジョニーにもその血はしっかりと受け継がれている。足りないのはあの憎めない笑顔だ。もともと自分にはないのか、笑うことを忘れてしまったのか、どっちだろう。ジョニーの人生は自制の連続になっていた。彼はジーンズを拾い上げ、ダッフルバッグにつめこんだ。

「さっさとすませなきゃ」

母は部屋を出ていった。母の部屋のドアの音がし、つづいてベッドスプリングが小さくきしむのが聞こえた。軟弱な母と強い母と、けっきょくどっちが勝ったのかわからないが、経験から言って母はふとんにもぐりこみ、目をきつくつぶっているにちがいない。だから、それからしばらくして、母がドアのところにいきなり現われたときにはびっくりした。彼女は額入り写真を差し出した。結婚式で撮ったカラー写真だった。二十歳の母が満面に笑みを浮かべ、その顔を太陽が美しく照らし出している。その隣に、例の無頓着な笑顔で相好を崩した父が立っている。この写真には見覚えがあった。ほかのと一緒に母が焼いてしまったと思っていた。

「持っていきなさい」

「またここに戻ってくるのに」

「いいから持っていきなさい」

ジョニーは受け取った。

すると母はいとおしむように彼を抱きしめた。そのまま自室に引きあげ、それきりドアがあくことはなかった。

ジョニーは網戸の手前で足を止めた。ダッフルバッグが片方の肩にずしりと食いこんだ。おもてでは、木の葉が気まぐれな風に吹かれて小さく震えている。ハントがうなだれ、両手をポケットに深く突っこんで立っている。奥まった目で家の様子をうかがっている。ジョニーのことは目に入っていないようだ。彼は頭をじっと動かさず、額の真ん中に皺を寄せて、窓をひとつひとつ点検していた。ジョニーが網戸を足で軽く押すと、ハントはぴくりと動いた。「そんなものを持っちゃだめじゃないか」彼はジョニーの肩からバッグを取り上げた。「縫ったところが引っ張られるぞ」

「べつに平気だよ」ジョニーが庭に出ると、ハントはその隣に立った。

「出かける前にひとつ訊きたいことがある」

「なに？」

「リーヴァイ・フリーマントルと遭遇したときだが……」ハントは口ごもった。「彼は誰かと一緒じゃなかったか？」

ジョニーは引っかけるつもりではないかと、質問の意図を探ろうとした。これまではハントの質問にいっさいだんまりを決めこんできたが、それではDSSの心証を悪くしないともかぎらない。首を横に振ると、刑事の顔に浮かんでいた希望の色が一瞬にして消えた。

「トランクを持ってただけだったよ」

ハントは目に落胆の色を浮かべ、引きつった声で言った。「本当に誰もいなかったのか?」その先は訊けなかった——子どもを見なかったか? 心がとろけるような笑顔の幼い女の子を?

ジョニーはうなずいた。

ハントは黙りこみ、咳払いをした。「これを」ジョニーは差し出された名刺を受け取った。「いつでも電話してくれていい。理由なんかなくてもかまわん」ジョニーはカードを傾け、尻ポケットに突っこんだ。ハントは最後にもう一度家に目をやり、無理に笑みを浮かべた。手をジョニーの肩に置いた。「おとなしくするんだぞ」そう言うとジョニーのバッグをバンの後部に投げ入れた。

ジョニーはハントの車がゆっくりと道路に出、曲がるまで見送った。それからきしむバンのドアをあけた。乗りこむと、スティーヴが唇をゆがめ、わざとらしくほほえんだ。

「ふたりだけになっちまったな」

「こんなのばかげてるよ!」ジョニーは言った。

スティーヴの顔から笑顔がはがれ落ちた。彼は車を発進させ、私道を出た。唇を舐め、視線を右に向けた。「一部始終を聞かせてくれよ」

ティファニー・ショアのことを言っているのだ。

「ぼくは誰も助けてない」機械的で、棒読みのような返事になった。彼はつとめて自宅のほうを見ないようにした。母を残してきた要塞を、剝がれかけたペンキと腐った木材に固められた独房を振り返ったら、自分がどうなるか怖かった。

スティーヴはスピードを上げた。「それでも、親父さんが知ったら喜ぶぞ」

「まあね」

ジョニーは勇を鼓し、遠ざかって小さくなっていく自宅を一度だけ振り返った。たわんだ屋根がまっすぐに見え、瑕は目立たなくなり、家は一瞬、十セント硬貨のように輝いた。

「ぼくたち、うまくやっていけるかな」ジョニーは訊いた。「おじさんのうちに泊まることになったのは、ぼくが言いだしたわけじゃないからね」

「おれのものに触りさえしなければいいさ」バンは坂をのぼりはじめ、スティーヴは関節がはずれたみたいに顎をゆがめた。道が急に暗くなった。「キャンディか漫画本でも買ってやろうか？」

「キャンディ？」

「ガキはそういうものをほしがるんだろ」

ジョニーは答えなかった。

「おまえに借りがある気がするんだよ」

「借りなんかないよ」

スティーヴは少し緊張が解けた様子で、グローブボックスを頭で示した。「そのなかから煙草を出してくれ」

グローブボックスのなかは紙切れやその他のがらくたで一杯だった。煙草のパック。レシート。宝くじ。ジョニーは半分だけ入った皺くちゃのラッキーストライクを出して、おじさんに渡した。そのとき銃があるのに気がついた。奥の隅、車の取扱説明書とコーヒーの染みがついたマートル・ビーチの地図の下に突っこんであった。握りは刻み目のついた茶色い木で、撃鉄部分の金属がつやありのシルバーで仕上げてある。固くなった革のホルスターはひびだらけで変色していた。銃の隣には弾の入った色褪せた箱があり、三二口径ホローポイント弾と書いてあった。

「そいつに触るなよ」スティーヴが軽い調子で言った。

ジョニーはグローブボックスを閉めた。枝のしだれた木々がかたわらを行進していくのをながめ、木と木のあいだの暗い隙間はまるで煙の色をした巨人だと思った。「撃ち方を教えてくれる？」

「べつにむずかしくもなんともない」

「教えてくれる?」

スティーヴは値踏みするように横目で見ると、ウィンドウの外に灰を落とした。ジョニーは平然とした表情を崩さなかったが、そんな自分を褒めてやりたかった。なぜなら、心のなかは平然とはほど遠かったからだ。妹のことと、溶けた顔とマスティーの名前を持つ巨漢のことで一杯だった。

「なんのために?」スティーヴに訊かれ、ジョニーは無邪気そのものの目を見せた。

「なんとなく」

27

スティーヴが運転するバンは町なかを抜けた。通り沿いの店や円柱を配した屋敷の前を通りすぎ、ねじれたオークの木が枝を広げ、この郡の誇り高き南軍兵士の死を悼《いた》んで一世紀以上前に建立された彫像が見守る公園のような広場も通りすぎた。とある木にヤドリギが着生しているのを見て、ジョニーは一度だけ、おそるおそるキスした女の子のことを思い出したが、もう顔もほとんど覚えていなかった。

どうでもいいことだ。

広場をすぎ、太陽が照りつける地元大学のキャンパスもすぎると、スティーヴはショッピングモールに通じる四車線道路に入った。ケン・ホロウェイのモール。あいつが所有するモール。「どこに行くの?」ジョニーは訊いた。

「職場に寄らなきゃならない。すぐすむ」

ジョニーはシートに沈みこんだ。スティーヴはぴんときた。「ホロウェイさんはいないよ。一度も来たことがない」

「べつにケンが怖いわけじゃないよ」

「さきにおれの家に連れていってやってもいいぞ」

「怖くなんかないって言ったでしょ」

苦笑いが漏れた。「そういうことにしておくよ」

ジョニーはすわりなおした。「どうしてあいつは母さんにしつこくつきまとうの？」

「ホロウェイさんのことか？」

「あいつ、母さんをごみ扱いするんだ」

「おふくろさんは、州のこのあたりじゃいちばんのべっぴんだったんだ。まさか知らなかったなんて言うなよ」

「べっぴんなんてもんじゃないよ」

スティーヴは肩をすくめた。「ホロウェイさんは奪われるのが嫌いなんだ」

「奪われるってなにを？」

「どんなものでもだ」ジョニーが面食らった表情を見せたのがわかった。スティーヴは目を細め、唇から煙を吐き出した。「知らなかったのか？」彼はかぶりを振った。「まずいこと言っちまったな」

「どういうこと？」

「おふくろさんは昔、ケン・ホロウェイとつき合ってたんだ」

「信じられない」

「ま、信じてもらうしかない」スティーヴは時間稼ぎに、またも煙草をひと吸いした。

「当時彼女は十八か、十九だった。ほんの小娘だ」彼はかぶりを振って唇を突き出した。

「三ドルのピストルよりホットだったんだぜ、おふくろさんは。ハリウッドに行ったっておかしくなかった。ニューヨークでもいい。もちろん行かなかったが、行ってもおかしくなかった」

「やっぱり信じられないよ」

「ホロウェイさんは年上で、当時でもこのあたりじゃいちばんの金持ちだった。言っておくが、いまほどじゃないぞ。それでも充分金を持ってた。あの男に本気でアタックされれば、きれいな女の子はみんななびくさ。おふくろさんもほかの女の子と同じだった。花。プレゼント。豪勢なディナー。おふくろさんに自分は特別だと思わせるためなら、ホロウェイさんは手段を惜しまなかった」

「母さんはそんな人じゃない」ジョニーは腹が立った。

「たしかにいまはそうじゃない。だが、若者ってのは実際以上に自分はえらいと思いがちだ。そんな状態が数カ月ほどつづいたな。だが、そこへ親父さんが町に戻ってきた」

「どこから？」

「兵役さ。四年間の。たしか親父さんはおふくろさんより六歳上だったかな。いや、七歳か。とにかく、親父さんが町を離れた当時のおふくろさんはほんの子どもだったが、それが別人になってたわけだ」スティーヴは笑い声を上げ、低く口笛を吹いた。「いやはや、すごい変わりようだった」ジョニーはウィンドウの外をぼんやり見ていた。「親父さんは鋼鉄の塊のごとく恋に落ちた」

「母さんも？　母さんも父さんと恋に落ちたの？」

「おふくろさんは蝶々みたいなものだったんだよ、ジョニー。きれいでふわふわしてて繊細だった。親父さんはそういうところに惚れたんだ。蝶々を自分のてのひらに乗せようと、やさしくもしてやったし、辛抱に辛抱を重ねたよ」

「じゃあ、ホロウェイは？」

スティーヴは煙草を揉み消し、ウィンドウの外に唾を吐いた。「ホロウェイさんは彼女をガラスの瓶に入れることしか考えてなかった」

「母さんはあいつのそういうところを見抜いたんだね」

「おまえの親父さんと一緒になるからあなたとは別れると言われたときのホロウェイさんの顔を見せてやりたかったね」

「怒った？」

「怒ったし、嫉妬もした。ホロウェイさんはおふくろさんをしつこく追いまわし、なんとか気を変えさせようとしたが、三カ月後、おまえの両親は結婚した。一年後にはおまえが生まれた。これほどはっきりした拒絶はないね。ホロウェイさんはそのショックからいまだに立ち直れてないんだろうな」

「だけど父さんはホロウェイの仕事を請け負ってたよ。父さんが建てた家は全部そうだ。ずっとホロウェイに顎で使われてたじゃないか」

「親父さんはどんな人間にもいい面を見る人だった。だから憎めなかったんだな。だが、ホロウェイさんは親父さんを葬り去るときを虎視眈々《こしたんたん》と狙ってた」

「父さんは気づいてなかったの？」

「おれは忠告したが、親父さんはなんとかなると思ってたみたいだ。思い上がってたんだな」

「自信があったんだよ」

「傲慢だったんだ」

黒いアスファルトがトラックの下に吸いこまれるように消えていく。ファンベルトが突然、悲鳴のような音を立てた。「おじさんだってホロウェイのところで働いてるくせに」

「引く手あまたな人間なんてめったにいないんだ、ジョニー。人生の教訓として言っておく。授業料はいらないよ」

スティーヴは信号でバンを停めた。遠くにホロウェイのショッピングモールが戦艦のごとくそびえ立っている。ジョニーはスティーヴの顔に目をこらし、母のことを訊いた。

「おじさんは母さんとデートしたかった？」

スティーヴの目はヘビのように無表情だった。「ばかなことを訊くな、ぼうず」信号が青に変わった。「したくないやつなんかひとりもいなかったよ」

駐車場の混雑ぶりを見て、ジョニーはきょうが土曜日なのを思い出した。スティーヴは裏の従業員用入り口近くに車を駐めた。ドアをあけたとき、運転席側のミラーに陽射しがあたってジョニーの目に入った。「降りな」

「車のなかで待ってちゃだめ？」

「ここは危険が多すぎる。ホームレスもいるしドラッグ中毒のやつもいる。ほかにもなにがあるか知れたものじゃない」スティーヴはベルトから下げたもろもろに触れた。メイスの催涙スプレー、無線機、手錠。「さあ降りろ。いいものを見せてやる」

建物に入ると、カードキーを使って細いドア、金属の階段、三階の廊下と進み、〝警備員室〟と記されたオフィスの前まで行った。スティーヴはカードを通し、ドアを肩で押さえた。「普通の子どもは入れないんだぜ」

警備員室は広くてごちゃごちゃしており、壁を覆いつくすように映像モニターが並んでいた。ふたりの警備員が黒い回転椅子に腰かけ、キーボードとジョイスティックを操作しながら画面上の映像を切り替え、ズームしたりパンしたりして監視していた。ふたりはジョニーが入っていくと振り返り、驚いたように目をまるくした。

そのうちひとりは二十代で小太り、髪を短く刈りつめ、顔がかみそり負けしていた。その笑顔には感服と軽蔑が入り混じっていた。「こいつが例のガキか？」

スティーヴはジョニーの背中に手を置き、部屋の奥へと押しやった。「おれの甥みたいな存在でね」

太った警備員が肉づきのいい手を差し出すと、ジョニーは警戒するようにながめてから握手した。「よくやったな、ぼうず。おれもその場にいたかったよ」

スティーヴを見上げると、彼は二語を口にした。「ティファニー・ショア」

警備員が銃を撃つまねをした。「パーン」

「その話はしたくないよ」ジョニーは言った。

しかし警備員は粘った。「こいつを見たか？」カウンターにあった新聞をつかんだ。

「一面だぜ。ほら」

写真は母の車の運転席にすわるジョニーを、ウィンドウごしに撮影したものだった。まだ両手でハンドルを握っている。口が半びらきで、驚いたような脱力したような表情だ。全身血まみれで、乾いた血はどす黒く、胸の傷からじくじく滲《し》み出ている血は真っ赤。羽根と脱皮殻が肌を背景に黒く光り、頭骨は蜂蜜に漬けた石のように黄色くてかっていた。

ティファニーは隣のシートに横向きにすわり、強烈な陽射しが顔にあたっているせいで、目のなかで光がはじけている。白衣姿の腕の長い男たちがドアから手を入れて引っぱり出そうとするものの、そうはさせまいと口を真一文字に結び、ジョニーの腕を必死につかんでいる。

写真の下の説明文はこうあった――〝拉致少女発見、小児性愛者の犯人殺害〟

ジョニーはかすれ声で言った。「こんな写真、どこで撮ったんだろう？」

「病院の警備員が自分の携帯電話で撮ったんだってよ。CNNでも同じ写真を使ってたぜ」太った警備員はかぶりを振った。「さぞかし大金を払ったんだろうな」

スティーヴがジョニーの前に割りこみ、新聞を押しやった。「こんなもの、こいつに見せないでくれ」

警備員は椅子にすわり直しながら、ジョニーの顔をとっくりとながめ、落ちくぼんだ部分の影がいっそう濃くなっているのを見てとった。「べつに悪気はなかったんだよ」

「ボスは来てるか？」スティーヴは相手の話をさえぎった。

警備員は親指でオフィスのドアを示したが、目はまだジョニーを見つめていた。ジョニーはスティーヴの視線を追い、埃が積もった白いブラインドがかかっている窓で目をとめた。向こうから目がのぞいたかと思うと、ブラインドが素早く閉まった。「くそ」スティーヴはつぶやいた。「おれを探してたのかな」

「そうする理由でもあるのか？」

スティーヴは肩をすくめたが、顔は引きつっていた。「きょうはどんな感じだ？」

「万引き一件。D&Dが二件」

スティーヴは説明してやった。「泥酔して風紀を乱すことの略だ《ドランク・アンド・ディスオーダリー》」彼はジョニーの肩を叩き、部屋の奥へと歩を進めた。「こっちへ来い」ジョニーはあとを追ってずらりと並ぶモニターの前を通りすぎ、高さ九フィートで幅はその二倍ある一枚ガラスに歩み寄った。フードコート全体が見渡せた。スティーヴはガラスを叩いた。「マジックミラーになってる」

下の様子が一望できた。店舗にフードスタンド、エスカレーターに客。太ったほうの警備員がのっそりと近づき、両手でカップの形を作って大きく息を吐き出した。「神様もきっとこんな気分がするんだろうな」ジョニーはそのコメントがばかばかしく、あまりに卑屈なので、声をあげて笑いたくなった。

そのときジャックの姿が見えた。

気恥ずかしさに顔を真っ赤にし、ぶざまな様子のジャックが。

片腕が短く、卑屈さを微塵も感じさせない小柄で色黒の少年が、人混みからはずれた場所に立っていた。彼は堪え忍んでいた。刃向かってもどうにかなるわけではないが、すごすごと立ち去ればすでに山のように積み上げられた恥辱の上に、また恥辱を塗り重ねることになるからだ。いじめているのは上級生で、自意識過剰な笑みを浮かべた筋骨たくましい少年たちだった。

ジャックのシャツのうしろ身頃に唾が筋を引いているのを見て、ジョニーは胸を突かれる思いがした。しかし怒りが一気にこみ上げたのは、ジャックの兄が十フィート離れたところで止めようともせずに立っているのを見たときだった。そのまわりで、少なくとも四人の女の子がしなを作っていた。

ジョニーは指で示した。「ねえ、あれを見て」

スティーヴは身を乗りだした。「ジェラルド・クロスか？　ああ、見える。やつがクレムソン大と契約してからというもの、いつもあんなふうに女の子がまとわりついてるよ。一年後にはプロになるんだろう。契約金は少なく見積もっても一千万にはなるはずだ」

「そいつじゃないよ」

「なら、なんだ？」

「下に行ってきてもいい？」

スティーヴは肩をすくめた。「行こうが、ここにいようがどっちでもかまわん。おれはおまえの親父じゃない」

ジョニーは階段を足音荒く駆けおり、通用口を抜けて雑踏に飛びこんだ。ピザと焼けた牛肉のにおいが鼻を突き、オーバーヒートした客が押し合うにおいがただよい、どこから名前がささやかれるのが聞こえた。みんなが指差している。ジャックがいるほうへと向かうあいだ、自分のおむつのにおいがした。ジャックがいるほうへと向かうあいだ、自分の

あの子だよ。

一分かかってようやくわかった。

こんなにもニュースが広まってるんだ。

フードコートを横切る頃には十人以上の人から見つめられたが、ジョニーは気にもとめなかった。上級生のひとりがジャックの不自由なほうの腕にラビットパンチを繰り出し、肩の肉のすぐ下、骨が空洞でほとんど無防備な場所を殴りつけた。ジャックはごまかそうとしていたが、ジョニーには親友がいまにも泣きだしそうなのがわかった。

ジョニーはいじめグループに突っこんでいき、ありったけの力で上級生を殴った。パンチは相手の口にあたり、頬ひげと歯と切れた唇のぐにゃぐにゃした感触を手に感じた。相手は左によろけ、なんとか踏み止まり、両腕をこぶしに握った。彼はパンチを繰り出そうと腕を引いたところで、相手が誰だかわかった。「やべえ」

ジョニーは相手の仰天した茶色い目を、ヤニで汚れた歯を、ジェルで固めたロングヘアを見つめた。上級生は血を吐き出して一歩下がった。「あの変わり者のガキだ」

ジョニーは身を震わせた。怒りに、長年にわたってがまんしてきたことに、病室で目覚めて以来ずっとこらえてきたすべての感情に。上級生は震えているのはビビっているから

と勘違いして顔をにやつかせたが、ジョニーの頭の向こうで野次馬が急に成り行きを見守りはじめたのに気がついた。両手をおろし、笑ってごまかそうとした。「落ち着けよ、ポカホンタス」

ほかには誰も笑わなかった。ジョニーは気味の悪い少年としてよく知られている。獰猛《どうもう》な黒い目をした、頭のおかしな変わり者として。彼は少年が見るべきでないものをさんざん見てきた。ふたごの妹を失い、ティファニー・ショアを発見し、おまけに人も殺したとか。

インディアンの出陣化粧をし、怒りの炎を燃やす少年。

正気の沙汰じゃない。

ジョニーは指を一本立て、親友の潤んだ目をのぞきこんだ。「出よう」

引きあげようとすると、ジェラルドの姿が目に入った。三列ほど奥にいた彼は、長身で肩幅があり、砂色の髪と焼いた粘土のような色の肌をしていた。ジョニーはジャックを従えて歩きだし、野次馬が道をあけた。ジェラルドの前で足を止めると、きれいな女の子たちがあとずさりした。取り巻きがいないジェラルドはやけに貧相に見えた。

ジョニーはうしろに隠れているジャックを引っぱり出し、肩に腕をかけた。親友が目を伏せたのも、背中をまるめたのも見なかったし、羞恥と恐怖の表情を浮かべたのも、怯えたように体を素早くひくつかせたのも見なかった。目の前にそびえるジェラルドは、ジョニーより十インチも背が高く、百ポンドも重そうだった。彼は夏の汗と緑の芝そのもので、将来のヒーローとして有望視されていたが、この場にいる全員がいま優位なのはどっちかよくわかっていた。

　ジョニーはさっきのように指を一本立て、ジェラルドの肉厚の胸に突きつけた。「自分の弟だろ、ばか兄貴。なに、ぼけっと見てんだよ」

　少年ふたりは、無言の野次馬をかき分けて進んだ。ジョニーはまっすぐ前を見て誰とも目を合わせようとしなかったが、ひとりだけ知った顔に気がついた。べつの上級生で、背が高く、髪は白っぽいブロンド、目の間隔が離れている。ハント刑事の息子のアレンだった。川で見かけたあの少年。彼はひとりだった。スチールトウのブーツにデニムのジャケット姿で、人だかりのうしろ近くの柱に寄りかかっていた。爪楊枝《つまようじ》を舌で転がし、目を伏せている。ジョニーが目を向けても、まばたきもしなければ、身動きひとつしなかった。ただ爪楊枝を左から右へと転がすだけだった。

　通用口はスティーヴから渡されたカードキーを受けつけた。扉がカチリと音を立ててひらき、ジョニーは湿気とセメントのにおいがこもる、ひんやりした広い空間に歩を進めた。右に階段がそそり立ち、その下に薄暗いちょっとしたスペースがあった。ジャックは床に倒れこむようにすわり、背中を壁に預け、両脚を胸に引き寄せた。ジョニーもその隣に腰をおろした。床にチューインガムの黒い跡が点々とついている。ジャックの靴の片方のひもが解け、ジーンズの膝に草の染みがついていた。

「まったくむかつくよな」ジョニーは声をかけた。

ジャックが膝に顔を突っ伏し、ジョニーは顔を上げた。指を階段のリベットに、それから溶接線に這わせた。ようやくジャックも顔を上げると、草で染みになった膝が濡れて黒くなっていた。

「どうしてここに入れたんだ？」

「スティーヴおじさんのおかげさ」

ジャックは二回立てつづけに息を吸い、短いほうの腕の外側に鼻水をなすりつけた。

「あいつら、最低だね」

ジャックは洟《はな》をすすった。「くそ食らいさ」

「うん。ケツ拭き紙だ」

ジャックがひくつくような笑い声をあげ、ジョニーはほっとした。「いったいなにがあったんだ？」

「兄貴が変なことを言わせようとしたんだ」ジャックは説明した。「冗談じゃねえよ」ジョニーが問いかけるような顔を向けると、ジャックは肩をすくめた。「〝スポーツマンはえらい。五体不満足は役立たず〟」

「ジェラルドの野郎。腕の具合はどう？」

ジャックは肩のところで腕をまわし、それから胸に押しつけた。彼はジョニーの胸を指差した。ボタンをとめていても包帯を巻いているのがはっきりとわかる。「血が出てるぜ、相棒」

「縫ったところが何カ所かひらいたみたいだ」

ジャックは包帯に目をこらした。「こないだの夜の傷か？」

包帯は黒ずんでいた。ジョニーはシャツの前をかき寄せた。

「おれも一緒に行けばよかったよ、ジョニー。おまえから手を貸せと言われたときに行けばよかった」

「どっちにしても結果は同じだったよ」

ジャックは自分の脚をこぶしで叩いた。「おれって最低な友だちだな」こぶしは肉にハンマーを振りおろしたような音を立てた。「おれってやつは――」彼は言葉を切り、もう一度叩いた。「――最低な友だちだ」

「よせよ」

「おれはアリッサになにもしてやれなかった」

「しょうがないよ」

「一部始終を見てたのに」

「きみにできることはなにもなかったんだ、ジャック」

しかしジャックは聞いていなかった。「おまえにもなにもしてやれなかった」そう言って、また叩いた。今度はもっと強く。

「やめろってば、ジャック」

ジャックは手を止めた。「本当なのか？」彼はジョニーに目を向けた。「おまえのこと、みんながいろいろ言ってるだろ？ ほら、あのことだよ」彼は顔の前で指をひらひらと動かした。

ジャックの言いたいことはわかった。「全部じゃないけど」

「どういうことなんだよ」

ジョニーは親友の顔を見て、はっきりと悟った。ジャックには、自分の二本の腕より強いなにかにすがりたいという狂おしい気持ちなどわかってもらえないのだと。ジャックは喪失感も恐怖も味わったことがないのだ。もはやジョニーの人生の一部となった悪夢とも無縁だ。だからと言って、愚かなわけでもない。

ジョニーは少しでもわかってもらいたいと思った。

「国語の授業で読んだ本を覚えてる？ 『蝿の王』を？ 無人島に置き去りにされた少年たちが、教え諭す大人がひとりもいない状況でだんだん野蛮になってく話。自分たちで槍を作ったり血でペイントしたりするんだ。ジャングルを縦横無尽に駆けまわって豚を狩り、太鼓を叩く。覚えてる？」

「ああ。それがどうした？」

「ごく普通の少年だった彼らが、ある日突然、ルールに縛られない状態に置かれる。彼らは独自のルールを作って、独自の信念を持つようになる」ジョニーは間を置いた。「ぼくはときどき、その少年たちと同じ気持ちになるんだ」

「あいつらは殺し合いを始めるんだぞ。頭がイカれちまうんだぞ」

「頭がイカれる？」

「そうさ」

ジョニーは肩をすくめた。「すごく好きな本なんだ」

「おまえ、頭がおかしいぞ」

「そうかもしれない」

ジャックはジーンズのほつれた糸を引っぱり、コンクリートと階段しかない空間を見まわした。「おまえ、スティーヴおじさんを嫌ってるんじゃなかったのか」

ジョニーはDSSのことを、ハント刑事のことを説明した。「そういうわけなんだ」

「おれだったら、あの刑事の頼みなんか聞いてやらないけどな」

「どうしてだよ」

ジャックは手をひらひらと振った。「親父から聞いたんだ。警官同士の噂話ってやつを」

「どんなこと？」

「あいつはおまえのおふくろさんに惚れてるって話だぜ。ふたりは、ほら……わかるだろ」

「くだらない」

「親父がそう言ったんだよ」

「じゃあ、きみの親父さんはうそつきだ」

「かもな」

ふたりは黙りこくった。初めて、ふたりでいることに気詰まりを感じた。「泊まりに来る？」ジョニーは訊いた。「スティーヴの家だけど、でも――」

「親父がおまえと出歩くのを許しちゃくれないさ」

「どうして？」

「〝蝿の王〟だよ、相棒。親父はおまえを危険なやつと思ってる」ジャックは頭を壁に預けた。ジョニーもならった。「危険なんだとさ」ジャックは言った。「危険なのはクールなのによ」

「一緒に出歩けないならクールもへったくれもないよ」

ふたりはまたも長い沈黙に陥った。「おれ、おまえの親父さんがすごく好きだった」ジャックが言った。「親父さんといると、腕が悪くたってどうってことないって思えるんだ」

「だって本当にどうってことないことだもの」

「うちの家族なんか大嫌いだ」

「そんなこと言うなよ」

ジャックは膝を抱え、指が白くなるまで膝を強くつかんだ。「去年のこと、覚えてるか？　おれが腕を折ったときのことを」

ジャックの腕はもろいせいで折れやすい。ジョニーの記憶では、少なくとも三回はギプスをしていたことがある。しかし去年の怪我はかなり深刻で、四ヵ所が折れていた。つなぐためには折れた箇所以上の数の手術が必要だった。ボルトだとかピンといった金属をいくつも埋めこまなくてはならなかった。「覚えてるよ」

「ジェラルドに折られたんだ」小さな手が細い手首の先端で踊った。ジャックの声は井戸に落ちたかのように小さくなった。「だから親父は新しい自転車を買ってくれたんだ」

「ジャック――」

「だからおれはあの自転車に乗らないんだ」

「ひどい」

「うちの家族なんか大嫌いだ」

28

ハントは署長のオフィスに立っていた。国旗が部屋の各隅を飾り、ひとつの壁には署長がさまざまな州の関係者と撮った写真がこれでもかとかかっている。副知事、前上院議員、なんとなく見覚えがある二流俳優。子どもの写真がサイドキャビネットの上の空間を埋めていた。デスクには地元紙がのっている。ウィルミントン、シャーロット、ローリーの新聞もある。どの紙も一面はジョニーの写真だった。フェイスペイントに羽根、血、そして骨。

野蛮なインディアン。

署長は椅子に窮屈そうにすわり、背中をそらせ、腹の上で手を組んでいた。怒りが目もとに深い皺を刻んでいた。額にかかった洗っていない髪がてかり、いかにも疲れた様子だった。引き締まった体格をした六十代の郡保安官が壁にもたれて立っていた。関節の皮膚がひび割れ、目の下になめし革のようなたるみができている。三十年近く保安官の職にある彼は、気性の荒さで恐れられる一方、腕のよさで尊敬を集めてもいた。彼はなにを考えているかわからない黒い目でハントをながめ、署長に負けず劣らず虫の居所が悪そうな顔をしていた。

ハントは顔色ひとつ変えなかった。

「わかって言ってるのか」署長が口をひらいた。「この署で何人の人間が働いているのかを。警官が何人いて、訓練生が何人いるのかを」

「充分わかっています」

署長は保安官を示した。「保安官事務所はどうだ？　わかってるのだろうね？」

「かなりの人数であることは承知してます」

「では、人事ファイルの閲覧を許可すれば、彼らがどんな気持ちになるかわかるだろう。部外秘の人事ファイルだぞ」

「それにはちゃんとした根拠が――」

「きみの根拠とやらはもう聞いた」保安官の声が室内に響きわたった。彼は肩を壁に預けたまま姿勢を変え、両方の親指を重そうな黒いベルトにかけた。「わたしも署長も、問題の言葉がなにを意味するのか断定できん。文字どおり〝おまわり〟のことかもしれないが、そうじゃないかもしれん。それに少年の聞き間違いということもある」

署長が身を乗り出した。「あるいは単なるでたらめか」

「あるいは頭がおかしいのかも」

ハントは保安官をにらんだ。「お言葉ですが、それには同意できかねます」

「専門家にでもなったつもりかね？」署長は指で新聞を叩いた。「この写真の彼を見たまえ」

写真は読者に誤った印象を植えつけるものだった。羽根、乱れた髪、恐怖に凍りつくティファニー、ショックのあまりうつろになった彼の目。

「この写真がどんな印象をあたえるかはわかりますが、この少年は利口です。彼が警官を見たと考えているなら、根拠があるはずです」

保安官が横槍を入れた。「少年は空想で書いたと言ってるんだろう？　きみがそう言ったではないか。それだけ聞けば充分だ」

「あの子は、たったひとり残った家族と離ればなれにされることを心配してるんです。彼は警官がバートン・ジャーヴィスの共犯であると考えています」ハントは苛立ちを抑えきれなかった。「彼は怯えきっています。自分の殻に閉じこもっているんです」

「その少年の言葉以外に、われわれの一員である警官が、今回の神をも恐れぬ所業にかかわっていると考える根拠はあるのかね？」

「ティファニー・ショアに使われた手錠は警察の支給品でした」

「あんなものはどこの放出品ショップでも買える」保安官が言った。

「強力な状況証拠にはなります。ジョニーの証言と考え合わせればよけいに」

「少年の証言とやらについては結論が出たはずだ」署長は言った。「ティファニー・ショアに使われた手錠を、警察か保安官事務所に結びつける証拠でもあるのか?」保安官は顔のどのパーツもほとんど動かさなかった。「シリアルナンバーとか? なんでもいいが」

「ありません」

「現場でなにか見つかったか? ジャーヴィスの過去からは? やつの地所からはどうだ?」

「いいえ、なにも。ですが、これまでわれわれのレーダーに引っかからなかった危険なけだものの存在をジョニーが突きとめたのは事実です。ですから、まずファイルを調べるのが理にかなってます。ジョニーの言うことが正しければ悪人をひとり世の中から排除できます。間違っていたとしてもなんの害もありません」

「なんの害もないだと? 冗談はやめたまえ、ハント」署長はでっぷりした手をデスクに広げた。「人事ファイルの閲覧許可をきみにあたえれば、わが署の全職員を激怒させ、うんざりするほど多くの雇用関係の法令をおかす可能性だってあるのだぞ。この話が漏れた場合に被るイメージダウンは言うにおよばずな」

「話は必ず漏れる」保安官が言った。

「あの少年のおかげで、わたしはすでに全国放送のテレビで笑い者にされた。そのうえ、わが署の主任刑事にして、右腕であるはずのきみが、この町の名士である実業家との訴訟にわが署を引きずりこんだ」

「あの訴訟は愚にもつきません。署長も内心はそう思ってるはずです」

署長は一本一本、指を折って並べあげた。「警察官による暴行。いやがらせ。故意行為による精神的苦痛。不法逮捕。まだほかにあるかね？ もう指が足りなくなりそうだ」

「警察バッジを帯びた小児性愛者が、いまもこの郡に野放しになっているかもしれないんです。これこそゆゆしき問題であり、あなた方ふたりが懸念すべきことでしょう。それを無視すれば、子どもたちをさらなる危険にさらすことになりかねません。あなた方が——」ハントはその言葉に力をこめ、繰り返した。「——あなた方が子どもたちをさらなる危険にさらすことになるんですよ」

署長は腰を上げた。「このオフィスの外でそういう戯言《たわごと》を繰り返してみろ、ケツに火がつくことになるからな」

「無視すれば問題がなくなるってわけじゃないでしょう」

「いいかげんにしたまえ」

「対外的イメージを優先させた結果、また子どもが行方不明になったりしたら——」

「なぜこの野郎の話を聞かされなきゃならない？」保安官が声を張り上げた。「また子どもがいなくなったとしても、この男が無能だからだ。そういう話になるに決まってるし、みんなそう思っている。この野郎のざまを見ればわかるじゃないか」

ハントはむっとし、署長が話をおさめにかかった。「ジャーヴィスは死んだ。ティファニーは無事だった。それでいいじゃないか」

保安官が突然笑いだした。「十二歳の少女と十三歳の不良のおかげでな」

「うちの人間のことはわたしが対処する」署長は言い、保安官をねめつけた。「いいな？」

保安官は壁の定位置に戻り、ハントを指差した。「なら、おたくの敏腕刑事にもっとしゃんとしろと言ってやれ。頭がイカれてきてるようだからな。自分をよく見せるために、ほかの警官を泥沼に引っぱりこんでるとしか思えん。わたしの部下。あんたの部下。それにわたしたちふたり」

署長は片手を上げ、首筋をしだいに赤らめながらハントを諭した。「警官の小児性愛者問題については納得してくれたな？　二度とこの話を持ち出すんじゃないぞ」

「署長の立場は痛いほどわかりました」

「よろしい。きみが本来やるべきなのは、デイヴィッド・ウィルソン殺害の状況、リーヴァイ・フリーマントル、それからすでにつかんでいるバートン・ジャーヴィスの交遊関係を調べることだ。作り話でもなく、疑問符つきの話でもないものを調べるんだ。事実にもとづいてつかんだものだけを調べろ。ジャーヴィスとつながりがあるやつがいたら、そいつの所在を突きとめろ。辻褄《つじつま》の合わない点はすべてつぶせ。人事ファイルの閲覧許可については、ジョニー・メリモンが話す気になったら、また考えよう」

「やつが目撃してたらの話だがな」保安官が言った。

「彼が目撃していたらだ」署長も口をそろえた。「なにを目撃したのか。なにがあったのか。通常の事情聴取だ。早まったことをして失態をさらす前に、警官として聞いておくべきことを聞くだけだ。了解したかね、ハント刑事？」

「はい」

「では、とっとと出ていきたまえ」

ハントは動かなかった。「話はまだあります。おれが思うに」

「きみが思うにだと？」保安官はあからさまに軽蔑するように言った。

「フリーマントルの件です」

「やつを見つけたのかね？」署長が尋ねた。

「まだです」

「ではなんだ？」

「死体の身元がわかりました。フリーマントルの恋人と、彼女と肉体関係があったと思われる男でした。フリーマントルの仕業であるのはほぼ確実です。無理に押し入った形跡はありません。偶発的な犯行と思われます。おそらく痴情のもつれでしょう。フリーマントルが家に帰ったところ、ふたりがお楽しみの真っ最中だったと考えられます」

「偶発的ね」保安官は言った。「むずかしい言葉を使うんだな」

「その朝、フリーマントルは刑務作業中に行方をくらましてます。おそらく、まっすぐ自宅に向かい、ふたりが一戦交えてる現場を目撃したんでしょう。彼の保護観察官によれば、恋人はかなりの尻軽だったようです」

「そうか。わかりやすくて単純な事件だな。気に入った」

ハントは息を吐き出した。「ふたりのあいだには娘がいます」

「で？」署長の全身がふくれ上がった。

「その子が行方不明になっています」

「いいや」署長は立ち上がった。「それはない」

「どうしてですか？」

署長は冷静で感情を殺した声を保っていたが、その下に敵意がひそんでいた。「行方不明の届けは出ておらん。警察に助けを求めてきた者もおらん」

「それだけでは理由になりません」

「親戚のところにいるのかもしれないだろう。祖母とかおばとか。リーヴァイ・フリーマントルが連れ歩いてる可能性もある。やつは父親なのだろう？　だったら親権があるはずだ」

ハントはかっとなって立ち上がった。「この件も無視するおつもりですか？」

「無視するとはなにをだね？」署長は両のてのひらを上向けた。「無視するものなどなにもない。事件でもなんでもないのだからな」

「わかりました」ハントは言った。

「本当だな？」敵意が無言の脅迫に変わった。

「これ以上、行方不明の子どもを出したくないから揉み消すわけですね。砂に頭を突っこんで、なんの問題もないふりをするわけですね」

「それ以上、あらたな行方不明の子どもがいるなどと言うなら……」

「もう、あなたの脅しはたくさんだ」

署長は背筋をのばした。「きみはもう充分すぎるほど仕事を抱えているではないか」

「もっと真剣に考えてください」ハントは言った。

「いやだと言ったら？」

ハントは保安官を、つづいて署長をにらみつけた。「われわれ全員にとって致命的なことになりますよ」

29

ジョニーは寝室が二部屋あるスティーヴおじさんのアパートに落ち着いた。外から見てもみすぼらしい部屋だった。スティーヴがドアをあけ、決まり悪そうな顔をした。「気にしないな？」

ビールと汚れた衣類のにおいが鼻を突いた。「うん」

スティーヴはジョニーを部屋に案内し、ジョニーに言われてドアを閉めた。部屋にはシングルベッドがひとつと、テーブルと電気スタンドがあった。クローゼット。整理箪笥《だんす》。それだけだった。ジョニーはダッフルバッグをおろして荷を解いた。両親の写真をテーブルに置き、シャツの前をあけて包帯を巻いた場所を調べた。赤い点が長さ八インチにわたって斜めににじんでいる。そこはいちばん深く切られたところだったが、血はもう乾いており、放っておいても大丈夫と判断した。ジョニーはボタンをはめた。

日が暮れた頃、スティーヴがピザの出前を取り、ふたりで彼が言うところの教育にいいクイズ番組を見ながら食べた。食べ終えるとスティーヴは膝に手を置き、おずおずと切りだした。「女の友だちがいるんだが……」彼はきめの細かい合成繊維のズボンに指を落ち着きなく這わせた。「部屋に閉じこもってようか。よかったら出かけてきてもいいよ。ぼくはかまわないから」

「出かけてきていいのか？」

「うん」

「DSSにばれたら困るだろ」

「あいつらが来たって出なければ平気さ。食事をしに行ってたと言えばいいんだもの」

スティーヴは電話を、それからドアを見つめた。ジョニーは助け船を出した。「ひとりぼっちは慣れてるから。心配しなくていいよ」

スティーヴのこわばった口もとが安堵でゆるんだ。「二、三時間で帰ってくる」

「ぼくは十三歳だよ」

スティーヴは立ち上がって指先をジョニーに向けた。爪は茶色く変色し、割れていた。

「おれのものに触るんじゃないぞ」

「わかってる」

「それから、誰もなかに入れるなよ」

ジョニーは神妙な顔つきでうなずき、もうひと押しする必要があると察した。「本でも読んでる。自宅学習しなくちゃ」

「自宅学習か。名案だな」

スティーヴは出かけ、ジョニーは彼が敷地から出ていくのを見送った。それからスティーヴのものを調べはじめた。手順よく。慎重に。罪の意識も良心の呵責も感じなかった。スティーヴが酒か麻薬に溺れていないか、確認しておきたかったのだ。銃とナイフと野球のバットについても同じことが言えた。

それらがどこに隠してあるのか知っておきたかった。

銃が装塡してあるかどうかも。

冷凍庫からウォッカが見つかり、キャセロールからはマリファナがひと袋出てきた。コンピュータはパスワードで保護され、ファイリング・キャビネットは鍵がかかっていた。寝室のクローゼットの床でハンティング・ナイフを見つけ、棚からはセックス教本が出てきた。ドアをあけてキッチンからガレージに出ると、薄汚れた白のピックアップ・トラックが置いてあった。タイヤがすり減り、白いボディがところどころへこんでいる。ジョニーはまぶしい明かりの下に立ってボンネットに、泥がこびりついたフェンダーに手を這わせた。古いポンコツ車だが、タイヤに空気は入っているし、ガソリン残量を調べようとキーをまわすと針が浮き上がった。ガレージ特有のにおいを嗅ぎながら、こんなことはやるべきじゃないと必死に自分に言い聞かせていた。しかし二分後、彼はキッチンのテーブルを前にしていた。目の前にはトラックのキーとひらいた電話帳があった。リーヴァイ・フリーマントルの名はひとつしか見つからなかった。記された住所は知っている。

キーを手に取ったとたん、電話が鳴ってぎくりとした。母からで、かなり取り乱した様子だった。「いい子にしてる?」

ジョニーはキーを拾い上げて光にかざした。「うん」

「ほんのちょっとのあいだのことよ、ハニー。信じてちょうだい」

電話の向こうから妙な音が聞こえた。なにかがぶつかる音だ。「信じてるよ」

「愛してるわ」

「ぼくもだよ」また音がした。

「もう切らなきゃ」

「そっちは大丈夫なの?」

「いい子にしてるのよ」母は電話を切った。

ジョニーは受話器をじっと見つめ、やがて架台に戻した。キーが手のなかで温まっていた。


ばれやしないさ。

30

キャサリンは脚の近くの床に受話器を置いた。背中を預けている玄関のドアが固くて冷たい。外からこぶしで叩かれたが、彼女はさらに強くもたれかかった。「帰ってよ、ケン！」

頭上のデッドボルト錠はびくともしなかった。次々と繰りだされるパンチ。蹴り。「おまえはわたしの女だ。ここはわたしの家だ」

「鍵を替えたわ！」

「このくそったれなドアをあけろ！」

「警察を呼ぶわよ。本気なんだから」

ドアが立てつづけにパンチを浴びてガタガタ揺れた。取っ手はまわるがドアは頑《がん》としてあかなかった。「話がしたいだけだ！」

「いま電話してるわ」うそだった。

突如として完全な静寂が訪れた。キャサリンは息をつめ、耳をすました。耳をドアにくっつけ、汚れた塗装に白くなるほど指を押しつけているケンの姿を思い浮かべた。静寂が深まっていく。十秒。一分。じれたケンがドアを蹴り、キャサリンは悲鳴をあげた。つづいて彼がステップをおりていく震動が伝わってきた。車のエンジンがかかり、庭のなかで方向転換して走り去る際、ヘッドライトがぼろぼろのレースのカーテンごしに差しこんだ。

ドアにもたれてへたりこむと、体が激しく震え、顎が痛くなった。ケンは酔っぱらっているかコカインをやっていたのだろう。しかしキャサリンは心を決めていた。ジョニーが最優先だ。お酒も薬も断つ。それはすなわち、ケン・ホロウェイも断つということだ。

キャサリンは手のつけ根を嚙んだ。少なくともジョニーはこの家にいない。少なくともあの子は無事だ。

心臓の鼓動が速度をゆるめ、呼吸が落ち着くのを待った。五分。もしかしたら十分だったかもしれない。立ち上がろうとしたとき、なにかが庭を忍び足で横切ったのが音でわかった。砂利を踏む音、土の地面がきしきしいう音。彼女は恐怖で身がすくみ、比喩ではなく本当に息ができなくなった。枯れ木をわたる風の音に合わせ、古い厚板がたわむ。ポーチに重みがかかる。ドアになにかがぶつかるひかえめな音。玄関ステップの最下段がきしむのが聞こえ、やがて静寂が戻った。

気味が悪いほど完全な静寂が。

手に受話器を握っていたが、九一一に緊急通報するだけでは安心できなかった。ハントにいてほしかった。彼に頼りたかった。身を低くしたままキッチンに移動した。彼の名刺は抽斗の最上段に入っていた。彼は最初の呼び出し音で出た。彼女はか細い声で説明した。「絶対にドアをあけないように」彼は言った。「なにがあっても。いますぐ車でそっちに向かいます」

通話が切れたあとも受話器を握りしめていた。窓まで這い進み、思いきって外をのぞいた。影と木々が見え、のぼりはじめた月の前を低く垂れこめた雲が猛スピードで横切り、光と闇がせめぎ合うのが見える。庭は異常がないようだ。キャサリンは頬をガラスに押しつけ、さらにのぞきこんだ。ポーチの一部が見えるが、全体までは無理だ。ふたたびドアまで戻って耳をすますと、パラフィン紙をフォークで引っかくような音が聞こえた。かすかだが、二度聞こえたかと思うと、つづいて聞き間違いようのない、くぐもった鳴き声がした。か細い。どこか聞き覚えのある声。

また鳴き声がした。ドアの外、ポーチからだ。

受話器を見おろすと、また聞こえた。頭が混乱しているせいか、一瞬、赤ん坊かと思った。誰かがうちのポーチに赤ん坊を置き去りにしたのだと。もっとも、それはあまりに突拍子もない考えだと自分でもわかっていた。しかし、またも声が聞こえ、彼女は思わずデッドボルト錠に指をかけ、もう片方の手で取っ手を握った。ケンの顔が頭をよぎり、足がすくんだ。

遠くでエンジンがかかる音がした。音はしだいに大きくなり、やがて南に消えた。また鳴き声がし、風に頬を撫でられたと思ったら、チェーンの長さだけドアがあいていた。あけた記憶はなかった。

ポーチの上に、銀色のテープで密封した段ボール箱がひとつ置かれていた。上に封筒がのっている。箱が動き、なかのものがあげる声がいっそうはっきりと聞こえた。封筒にはジョニーの名が書いてあった。「大変」庭をながめまわしたところ誰も見あたらず、彼女は一歩踏みだした。封筒は口があいており、なかには紙が一枚だけ入っていた。メッセージがタイプされているだけで署名はなかった。

おまえは誰も見ていない。なにも聞いていない。その口を閉ざしてろ。

キャサリンは怯えた目で箱を見つめた。膝をつき、まっすぐ貼られたまばゆいテープを剝がした。引き裂くような音がした。なかには猫が一匹入っていた。生きている。背骨が折れた状態で。

キャサリンは尻もちをつき、その場に凍りついた。頭のなかはひとつのことで一杯だった。

ジョニー。

スティーヴの自宅の番号を押したが、番号を間違った。もう一度、うまく動かない指で押した。「お願いします、神様」

呼び出し音が六回鳴り、十回鳴った。しかし誰も出なかった。彼女は死ぬほど怯えて電話を切った。そして、もう一度ハントにかけた。

訳者略歴　上智大学外国語学部英語学科卒，英米文学翻訳家　訳書『川は静かに流れ』ハート，『ボストン、沈黙の街』ランデイ，『酔いどれに悪人なし』ブルーウン（以上早川書房刊）他多数

HM=Hayakawa Mystery
SF=Science Fiction
JA=Japanese Author
NV=Novel
NF=Nonfiction
FT=Fantasy

ラスト・チャイルド
〔上〕

〈HM(331)-3〉

二〇一〇年四月十五日　発行
二〇一〇年十二月十日　四刷

（定価はカバーに表示してあります）

著者　ジョン・ハート
訳者　東《ひがし》野《の》さやか
発行者　早川浩
発行所　株式会社　早川書房
郵便番号　一〇一 - 〇〇四六
東京都千代田区神田多町二ノ二
電話　〇三 - 三二五二 - 三一一一（大代表）
振替　〇〇一六〇 - 三 - 四七七九九
http://www.hayakawa-online.co.jp

乱丁・落丁本は小社制作部宛お送り下さい。
送料小社負担にてお取りかえいたします。

印刷・三松堂株式会社　製本・株式会社明光社
Printed and bound in Japan
ISBN978-4-15-176703-6 C0197

＊本書は活字が大きく読みやすい〈トールサイズ〉です